U0092379

古遠清文藝爭鳴集

以前衛的眼光，探討張愛玲是否為文化漢奸，以及研究臺灣新詩史與香港文學史等議題。

古遠清　著

前言

哲人桑塔耶納說：「雄辯滔滔是民主的藝術，清談娓娓的藝術卻屬於貴族」。我自覺不是「貴族」，不善於娓娓清談，但也絕非口若懸河，作滔滔雄辯狀的演說家。可一位朋友看了我和一位文化名人在上海法院對仗而語驚四座的誇張報導後，竟稱我為「雄辯家」，另一些朋友則因我敢向名人挑戰而稱我為「文藝鬥士」。把研究文學史的學者說成是「鬥士」，顯然不是恭維。這弦外之音是說，筆者是靠批判別人而聞名文壇的，或是靠「雄辯」而不是靠扎實的學問進入學者之林的，算不得當行本色，故我連忙把「雄辯家」還有什麼「鬥士」的帽子拋掉，並鄭重說明：我與那位名人機關槍掃射般的語言火網下的論戰，還有與臺港文壇的爭鳴，均是人家雄糾糾地打上門來，聲稱要將我「批得體無完膚」，甚至揚言要把我送進牢房，我才接招，勉強應戰。基於此，我不贊成「不爭論」。只有

左起：張國培、古遠清、欽鴻，1994 年於曼谷

通過爭論，才能為學術的發展注入一股活力，就好比鐵錘敲打碎石，在撞擊時有時會迸發出真理的火花。孟子對他的弟子說得好：「予豈好辯哉？予不得已也。」這便是我總是被動地答辯，有這一系列爭鳴文章的由來。

我二十年來治臺港文學，大都以「抓生產」寫專著為主，但書餘常常不自覺地捲入「鞏固國防」的論爭。有些人為鞏固自己的文學地位，常常主動出擊，還把論爭化為人身攻擊，我不屑於這樣做。參加爭鳴，激動起來難免慷慨激昂，有出格的時候，但一定要把握好分寸，不可使用語言暴力。我對那位文化名人的批評，最酷的詞便是「狡猾」，可他在起訴我時，竟認為「狡猾」一詞是最嚴重的誹謗，這的確使整個案件帶有荒誕性乃至有點娛樂性。我當時使用「狡猾」是加了雙引號的，是貶詞褒用，是讚揚他狡黠、智慧和聰明的意思。他太不幽默了，連標點符號的用法都不懂。湖南衛視在拍攝《一位文化名人的「法律苦旅」》時，主持人馬東（相聲大師馬季之子）這樣調侃我：「某文化名人認為『狡猾』是『整個侵權事件最嚴重的焦點』，由此向你索賠十六萬元人民幣，好昂貴的『狡猾』！你可是『一字千金』——不，是『一字萬金』呀。與其說某文化名人告你，還不如說在抬舉你。你的文章一個字竟值八萬人民幣，你恐怕是全世界稿費最高的作家了，真可惜呀，你竟然沒有拿到！」在這個什麼都可搞笑、都可娛樂的時代，對簿公堂這樣嚴肅的事情居然可以成為「娛記」報導的內容，這也算是我的另類收穫吧。

我從事文學研究大半輩子，有關中國當代文學史的專著竟然寫了六部，這受了我的老師劉綬松潛移默化的影響。由於有這些專著墊底，這幾年境內外的學術研討會常邀請我參加，這樣便有一些專題論文出現。有人認為我的文章以資料豐富著稱，其實也有理論性較強的，如〈兩岸「看張」的政治性及戲劇化現象〉和未收入本書的〈《臺灣當代新詩史》的歷史敘述及陌生化問題〉[1]，就不是放乎感性和史料，而是追求知性的嚴密和透闢。

南洋商報的廣告

自從《古遠清自選集》在吉隆坡出版以來，我的爭鳴文章還未專門結集出版，多半附在專著中，如《當今臺灣文學風貌》曾收入〈兩岸是怎樣「爭奪」臺灣文學詮釋權的？〉、〈兩岸文學交流不應存在「敵意」——答向明先生〉、〈蕭蕭先生批評大陸學者的盲點〉，《臺港澳文壇風景線》收入〈究竟誰在「捏造誹謗，誣陷他人」——駁《華夏詩報》評論員文章〈真理愈辯愈明〉〉、〈「不批不知道，一批做廣告」——答謝《華夏詩報》兼闢謠〉、〈顧彬，收起你的舌頭〉，另在「自選集」中收入〈異議《中國作家大辭典》〉、〈破綻甚多的《中華文學通史》〉，一九九四年我還自印過《兩岸詩學交流論爭集》的小冊子。這些文章限於篇幅，更重要的是為避炒現飯之嫌，統統棄而不選。讀者最有興趣也是最有現實感的應是書中有關《臺灣當代新詩史》的一組爭鳴文章。眾所周知，為臺灣新詩寫史是一種艱難的選擇。為臺灣當代新詩寫史尤為艱難。因為當下新詩的發展現狀始終參與當代新詩史的建構，這便造成當代新詩生成與新詩史研究的共時性特徵。與研究日據時期詩歌不同，臺灣當代新詩的發展與新詩史研究疊合在一起，即臺灣當代新詩的研究不限於一九四〇年代中期以後的作品，還包括二十一世紀政黨輪替後的新詩創作。這種下限無盡頭、塵埃未定、詩人多半未蓋棺卻要論定，便使詩歌史家疲於奔命，新的詩作尤其是網路詩歌永遠看不完。大陸學者研究臺灣當代新詩史則是難上加難。不僅是因為搜集資料的不易，還因為研究者未親歷臺灣新詩的轉型和變革，缺乏感同身受的經驗，另一方面還要轉換視角，要丟棄研究大陸文學的條條框框，才不至於隔著海峽搔癢。正因為艱難，所以才會出現缺失，以及由缺失帶來的爭論。這次收入書中的幾篇回應，如有不同意見或能引發出「把臺灣當代新詩史的詮釋權從大陸學者手中奪回來」的呼喚，那我樂觀其成，並希望能早日看到一部由臺灣學者自己寫的既超越「雙古」[2]又超越張雙英的臺灣新詩史。

每逢世界華文作家聚會，或懇談或密語，不外乎是交流研究心得，交換資訊，或談文壇趣聞，碰上這種「捉繆思」的同樂會，談興正濃而不知拂曉之將至。在上海一次夜話中，有朋友說：「真正的學術研究，應有自己的獨立品格，不受社會風氣的影響，不被主流意識形態和市場牽著鼻子走。正如錢鍾書所說：『大抵學問是在荒村老屋中，二三素心人商量培養之事。朝市之顯學，必成俗學』」。一位朋友反彈說：「在一個商品經濟社會中，學術研究必然會受到市場化的衝擊，出版市場更是如此」。另一位臺灣作家站起來插話：「有遠見的出版社，是可以跨越市場刮起的熙熙為名、攘攘為利的浮躁之風，堅持自己的品位的。像秀威資訊科技股份有限公司，正是這樣一家有雅士之情兼豪俠之氣的出版社。」如果說，過去對「秀威」是耳聞，那這次我是親自體會到了，因而要衷心感謝蔡登山先生的大度，給了我充分表述自己學術立場的自由，使所謂「戰地黃花」分外清香，而不需要像大陸那樣搞繁瑣的三審，更不需要讓人費力不討好地閹割使人血壓升高的文字，將所謂「敏感問題」段落泡軟磨圓按扁。我至今在臺灣出書十種，均充分享受到彼岸出版自由的好處。末了，也要感謝一位文學史專家的大力舉薦。

【附注】

(1) 汕頭，《華文文學》二〇〇八年第五期。

(2)「雙古」即北京中國社會科學院古繼堂、中南財經政法大學古遠清。這一說法見諸孟樊：〈主流詩學的盲點〉，臺北，《臺灣詩學季刊》，一九九六年第三期，二六頁。

目次

第一章 張愛玲是文化漢奸嗎？

第一節　海峽兩岸「看張」的政治性及其戲劇化現象

作為在最不適宜文藝生長的「低氣壓時代」升起的一顆新星，作為中國現代文壇最具影響力的女作家之一，張愛玲作品在中國大陸、臺灣地區的接受和傳播本應不成問題。然而在半個多世紀的時間裏，由於意識形態原因，海峽兩岸的「看張」(1)不同程度上出現了政治色彩和戲劇化場面，其中有兩岸忠義文學評論家私設「文學法庭」，宣判張愛玲為「文化漢奸」；有兩岸的左右翼新文學史家，從政治出發，聯手挖坑「活埋」張愛玲；近年則有臺灣的部分「藍」、「綠」兩營的學者共謀，把這位地道的上海作家強行「綁架」為臺灣作家。

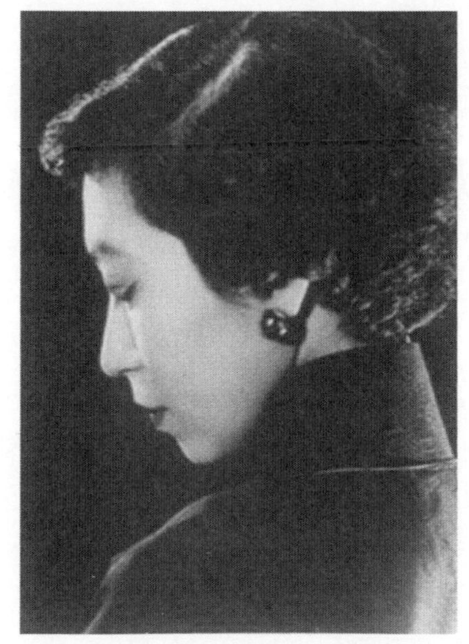
張愛玲

兩岸左右翼文人聯手挖坑「活埋」張愛玲

不要說較之於胡適，就是較之於沈從文、錢鍾書、周作人、路翎等作家，張愛玲作品在大陸的接受和傳播也姍姍來遲。

這種情況的造成，主要是「文藝為政治服務」的信條所致。在一元化的毛澤東時期，文宣部門動輒嗜好對作家進行「政審」。如果張愛玲真的留在大陸，歷次政治運動中必會遭到清算，尤其是在「文革」期間清理階級隊伍時，很可能會被「手執鋼鞭將你打」的紅衛兵認為：

第一，張愛玲是流著貴族血液的末代王孫。其社會關係複雜，比如她的外曾祖父是與帝國主義勾勾搭搭，簽訂喪權辱國的大買辦、大官僚李鴻章。當然，出身不能由自己選擇，應重在表現，可她後來的表現未能符合革命文學的要求。

第二，張愛玲有嚴重的政治歷史問題。她不分敵我，和汪精衛的高級官員金雄白以及兩名日本軍政人員一起出席「納涼會」。這個會名為休閒，實際上是在聯絡感情，準備拉張愛玲「落水」。張氏還接到過第三屆「大東亞文學者大會」的邀請書，報紙上登出她的名字。儘管她聲稱未曾參加，但缺乏人證物證。如果不是與汪偽政權有曖昧關係，她會列入被邀請名單嗎？

第三，張愛玲是汪偽宣傳部次長胡蘭成的太太。胡蘭成做的那些出賣民族利益的事，張愛玲有無參與？如未參與卻知情不報，就有可能是同案犯，或犯有窩藏漢奸罪。關於她這段歷史，極為隱秘。在未看到審查結論以前，只能「控制使用」，否則便會犯政治上不分敵我的錯誤。

第四，張愛玲聲稱自己在一切潮流之外，不接受任何政治、社會、宗教的意識形態。在階級社會裏，不存在不受意識形態制約的作家。張愛玲號稱超黨派，這就有如魯迅說的自己拔著頭髮想離開地球升天一樣。事實上，張愛玲曾表示對「左派的壓力」「本能起反感」(2)，並嘲諷過無產階級文學。(3)她不是中間派作家，至少是中間偏右的文人，還有可能是漢奸文人的同路人或同盟軍。

第五，張愛玲的作品大部分發表在日偽系統的刊物上，其中有的還是鴛鴦蝴蝶派的刊物，如使其一夜成名的便是周瘦鵑主編的黃色刊物《紫羅蘭》。鴛鴦蝴蝶派在新文學史上屬逆流，張愛玲的作品又充滿著情慾歡愉與「濫用身體」的描寫，自然不能對其進行褒揚。

第六，張愛玲對大陸的紅色政權不滿。解放後，她看不慣人民當家作主，南逃香港，竟有「從陰間回到陽間之感」(4)。她如此嚮往資本主義，在政治上應定性為叛逃文人。

第七，張愛玲有裏通外國的嫌疑。她到香港後，在美國對外宣傳機構新聞署的《今日世界》任職。她靠洋人養活自己，並翻譯過國民黨高級官員陳紀瀅在臺灣寫的反共小說《荻村傳》。(5)

第八，張愛玲曾在「美元文化」的資助下，寫過兩本反共反華小說《秧歌》、《赤地之戀》。(6)

第九，張愛玲的作品取「瑣碎」而拒排「偉大」，取「蒼涼」而捨「悲壯」。她站在雲端上看廝殺，是一位徹頭徹尾的觀潮派。在舉國上下救亡的關鍵時刻，這位海派文人袖手旁觀，不謳歌抗日戰爭，儘是寫些「與抗戰無關」的作品。她只會咀嚼個人的悲歡離合，調子低沉，用傅雷的話來說是「老是霪雨連綿的秋天，潮膩膩、灰暗、骯髒、窒息的腐爛的氣味，像是病人臨終的房間。」(7)或用另一位大陸批評家的話來說，張愛玲作品中的「人物和故事都散發著行將死亡的氣氛」(8)，她「沒有理想，並拒絕任何理想」。(9)像這類滿懷末世蒼涼感的「小資」作家的作品，讓其在社會主義新中國傳播，只會誤導青年，不利於他們成長為共產主義接班人。

第十，張愛玲蔑視一般的道德教訓，反對文學作品的教育作用，主張為藝術而藝術，在《秧歌》中又借劇作家顧岡的形象譏諷大陸的文藝政策，處處與毛主席〈在延安文藝座談會上的講話〉精神唱反調。

第十一，讚揚張愛玲的都是反共文人或對新中國不懷好感的右翼文人，如為美國政府及其侵朝美軍軍官編寫《中國手冊》的夏志清。按照毛主席他老人家的教導：凡是敵人反對的我們就要擁護，凡是敵人擁護的我們就要反對。

……

這樣的「政治審查」或曰「審判」雖然沒有形諸系統文字，但大陸的新文學史家，從王瑤到唐弢，從丁易到劉綬松，在他們的新文學史著作中之所以拒排張愛玲，就是根據這些不同的理由作取捨的。

在「文革」前，誰都不敢跟毛澤東欽定的「政治標準第一」唱反調。經歷了各種各樣以整知識份子為中心的政治運動的新文學史家，每個人都程度不同的寫過交待檢查，個個被治得服服貼貼，人人夾緊尾巴，不敢發表與領袖文學批示或講話中稍有出入的見解。於是，文學史家的創造性和主體性消失了，這便導致新文學史研究與文藝政策的嚴重混淆。

在「十七年」出版的新文學史著作中，王瑤的開山之作《中國新文學史稿》寫的作家最多，覆蓋面最大，連周作人、林語堂、李金髮這些或漢奸或非左翼作家也佔有一席地位，可張愛玲就是沒有提名的機會。(10)儘管此書後來遭到主流話語的抨擊，(11)但不應忘記：此書總的說來是運用了「毛澤東的〈新民主主義論〉、〈在延安文藝座談會上的講話〉中的觀點而統率全書」的。(12)

王瑤之所以有意遺漏張愛玲，有可能是張愛玲於一九五〇年應上海文藝界負責人之邀，參加上海市首屆文代會，後來受到批評，夏衍還為此作了檢討有關。至於丁易、劉綬松等人，他們基於王瑤的前車之鑒，只能把評論尺度越收越緊，把可寫可不寫的對象堅決捨去，以免成為下一次批判的對象。這裏順便說一下，筆者在武漢大學中文系求學時，劉綬松在一九六〇年代初曾教過我現代文學史，他使用的是學校內部印製的修訂本。此教材除像《中國新文學史初稿》(13)那樣把「胡風分子」全部除名外，又趁勢追擊，把丁玲、馮雪峰等「右派分子」作為反面教員寫進他的修訂本中。可惜他未有先見之明，來不及把「四條漢子」周揚、田漢、夏衍、陽翰笙也清除出去，這便為他在「文革」中被打成周揚黑線人物埋下了禍根。我後來才知道，他因出身地主，多次向共產黨組織寫入黨申請書均未批准。

據大陸知識份子當年的心態，越是出身不好的人越想靠攏組織，以便顯得自己比別人「革命」，以此表示已和反動家庭劃清了界線。就是這樣一位緊跟主流話語的新文學史家，因為出身問題，在「文革」中被定性為漏劃的階級敵人，被紅衛兵整得死去活來，最後只好與自己的妻子懸樑自盡，雙雙做了冤鬼。

大陸在十年浩劫後傳入了夏志清在《中國現代小說史》中對張愛玲的評價。(14) 學術界為此震動不小。通過撥亂反正，張愛玲的作品在一九八〇年代成了「出土文物」，大陸學者終於敢從正面「看張」，認為她的作品提供了另一種不同於主流文學的藝術特質，表現了真實動人的人生慾望，寫亂世男女的物質世界時透出一種悲涼氣氛，有不同凡響的民間文化形態。不過，人們在這時還心有餘悸，在肯定她的《傳奇》小說、《流言》散文時仍小心翼翼，生怕不慎踩了「地雷」，即使出版其作品也是打著「教學參考資料」的名義。

在一九八〇年代出現的現代文學史中，激進文藝思潮的影響仍然存在，如最早把張愛玲寫進中國現代文學史的黃修己，在介紹其創作生平和藝術特色時，連忙加上批判性詞語：張愛玲作品表現了「一群在敵偽統治下苟活者百無聊賴的精神狀態」，「……當人民革命風暴來到後，她的思想將趨向反動。」北京四位學者編撰的《中國現代文學三十年》，是影響更大的一種教材。該書把張愛玲視為「四十年代上海洋場小說的代表作家」，讚揚其「有很好的藝術素質」，同時用春秋筆法補上一句：「卻被她的政治立場所蔽。」(15) 這裏講的「政治立場」雖然語焉不詳，但從下面批評張愛玲「做為一個滿清達官顯臣的後裔」，其作品表現了「強烈的階級沒落感」，「在洋化環境裏卻依然頑固地存留著封建心靈」，(16)便不難看到這些論述背後，著者手中所捏的仍然是「政治標準第一」的尺規，這就難怪該書對非無產階級作家所作的評價有所保留。

號稱「自由中國」的臺灣，對張愛玲的接受和傳播是否要「自由」些呢？應該說比大陸要相對寬鬆和自由些，並早了二十多年，但這也只不過是五十步笑百步而已！

國民黨營壘中的右翼文人，和左翼文人一樣，評價作品時同樣把作品體現的政治思想內容放在首位，所重點褒揚的是長中華民族志氣的抗戰作品。對不談政治尤其是寫男歡女愛的作品，他們同樣不屑一顧。劉心皇的《現代中國文學史話》(17)，用了眾多篇幅論述抗戰時期的作家，可就是不見張愛玲的名字。號稱一生「反魯反共」的蘇雪林，雖然讀過張愛玲的作品，但由於張愛玲政治取向與她不同，張氏至少不「反魯」，故蘇雪林的《二三十年代的作家與作品》(18)，有「多角戀愛的小說家張資平」、「心理小說家施蟄存」，可就是沒有張愛玲的位置。周錦的《中國新文學史》(19)，在「新文學第二期的小說創作」、「新文學第三期的小說創作」中，張愛玲也缺席。

這種情況一直維持到一九九七年。有一本將兩岸文學融合起來寫的《二十世紀中國新文學史》(20)，在第四編〈救亡圖存（一九三七～一九四八）〉所繪製的「抗戰時期作家分佈・淪陷地區」文學地圖中，上海作者開列了總計二十三人的名單：

李健吾、夏丏尊、鄭振鐸、耿濟之、劉大杰、邵洵美、陸蠡、辛笛、紀弦、穆時英、孔另境、王統照、錢鍾書、楊絳、王獨清、許廣平、錢杏邨、魏金枝、柯靈、張資平、柳存仁、陳醉雲、胡蘭成等。(21)

這裏有貨真價實的文化漢奸胡蘭成，也有被長期誤解為文化漢奸的穆時英(22)，可同樣沒有亂世才女張愛玲！可見，無論是左翼還是右翼的新文學史家，均對張愛玲存在著嚴重的政治偏見，認為她的作品不能進入文學史。正是這些忠烈道德派或曰忠義文學史家，在兩岸不同的地方聯手挖坑「活埋」了這位「冷月情魔」。

有人填坑，也有人開掘文墓。海外的夏志清就是一位勇於讓張愛玲著作從權力的重壓下重見天日的學者，但他並不是超政治、越黨派的。一九五七年他在臺灣發表的有關論文中，毫不掩飾他的政治立場：「《秧歌》不僅是一部中國農民受苦難的故事，而且是一部充滿了人類的理想與夢想的悲劇；而人類的理想與夢想是為共產黨所不容的。」張愛玲也認為，夏志清等人評價「都是由反共方面著眼，對於故事本身並不怎樣注意。」(23)右翼文人之所以把張愛玲的作品與反共聯在一起，是基於國民黨「反共復國」政策的需要。正是這種反共政治，張愛玲才借著這個縫隙進入寶島，並為以後的右翼文人寫新文學史提及她打下基礎。首次論及張愛玲創作的是厚得像電話簿的《中華民國文藝史》，其中有這樣一段文字：

張愛玲，於抗戰時期的上海，開始寫短篇小說。大陸變色，未及走逃，曾親眼見到毛共人員的種種暴行。「三反」前夕，始獲逃離大陸。民國四十一年間發表的《秧歌》，就是以她在毛共區的所聞所見為題材，甚獲讀者好評。

張愛玲的另一部長篇小說《赤地之戀》，就是以毛共的「三反」為題材……(24)

表面看來，臺灣新文學史家終於把張愛玲寫進文學史中了。可短短一段文字，連續三次使用了「毛共」字眼，可見這不是文學評論，而是「匪情研究」式的政治評判。正因為不是文學評論，故這段話與張愛玲的作品實際不完全相符。另方面，這部官修文學史(25)即使寫了張愛玲，仍改變不了張愛玲的邊緣身份。這從該書不是在抗戰時期小說創作中提及張愛玲，而是在海外「華僑文藝」中寫到她可見一斑。

張愛玲作品在臺灣儘管獲得了通行證，但絕不是一帆風順。張愛玲去世後，張曉風、彭歌、陳芳明、桑品載、彭樹君等人的文章中回憶：在一九五〇、一九六〇年代的臺灣，《赤地之戀》並沒有被官方視為合格的反共文藝作品，而是要經過刪改後才能出版，有一度還將《赤地之戀》列為禁書。(26)《秧歌》的遭遇也差不多，著名作家王鼎鈞曾向一家廣播電臺推薦，希望能改編為廣播小說，而對方高層則以「書中有很多地方為共匪宣傳」為由而拒之。(27)

張愛玲作品之所以在臺灣的接受和傳播出現了令人意想不到的曲折，是因為當年臺灣文化的嚴酷氛圍所致：

第一，臺灣從一九四九年五月開始了世界上最長的戒嚴時期。在軍事管制的體系下，大陸一九三〇年代乃至一九四〇年代文藝作品均屬禁書，圖書館不准借閱，老師也不能在課堂上講授。

第二，國民黨把共產黨員作家誣為「共匪作家」，把留在大陸的文人稱為「附匪作家」。對這兩頂帽子，曾在上海解放初滯留過的張愛玲也分到了後一頂。這位一度「附匪」的文人，其遭遇及在這時期發表的作品均引起國民黨政權的不快，如張愛玲在解放後寫的《十八春》中傳達了左傾文藝資訊，《小艾》則用「蔣匪幫」來詛咒國民黨。對這類按中共調子寫出的作品，只能「內部借閱，嚴禁外傳。」

第三，張愛玲否定「以強調人生飛揚的一面」的文學，認為這一類文學只能振奮人心，而不能給人啟示。她還認為「倘使為鬥爭而鬥爭，便缺少回味。」[28]這種理論及其「文學噴嚏」、「文學哈欠」的實踐，不利於蔣介石提倡的向共產黨開炮的「戰鬥文學」的推廣。[29]

第四，張愛玲不僅是拜金主義者，而且是極端個人主義者。胡蘭成就曾說「她非常自私，臨事心狠手辣」[30]。在厲行「國家總動員法令」的年代，張愛玲極端個人主義的行為只會渙散軍心，腐蝕鬥志，不符合「中國文藝協會」公約的第二、三、四條「發揚民族精神，致力救國文藝」、「團結文藝力量，堅持反共鬥爭」、「厲行新速實簡，轉移社會風氣」。

第五，臺灣當局於一九五四年開展過清除「赤色之毒」、「黃色之害」、「黑色之罪」的「文化清潔運動」。在充滿仇共、反共情緒的臺灣，容不得「灰色和黃色」的東西。當時的文壇，「方形的黃色雜誌和報導內幕的雜誌很多，裏面的東西不是黃得一塌糊塗，就是捕風捉影的似是而非的戰局內幕，和一些私人生活的內幕。報紙副刊的文章，充滿了名人以及名女人軼事，陳舊不堪的掌故，『鴛鴦派』的抒情，以及庸俗酬唱的舊詩詞。有多少文人噤若寒蟬，不敢說話，也不敢發表文章；有多少文人寫著『大腿、隆胸、豐臀』的黃色文藝，和胡扯八道的洋幽默。」(31) 如果讓張愛玲那些充滿畸形、病態甚至反常態的小說在一九五〇年代出版，恐怕也會被右翼文人視為「黃色之害」，成為「文化清潔運動」的對象。

第六，在「保衛臺澎金馬」的年代，國民黨需要的是孫陵那樣高喊「創造士兵文學！創造反共文學！」的吶喊式作品(32)，而張愛玲的小說寫的儘是對舊生活的留戀，還聲稱「生命是襲華美的袍，爬滿了蚤子」(33)，純屬病態的美。這位「閨閣話語」的操持者既不會寫抗戰，又不高喊「反攻大陸」，她在上海淪陷時期寫的並不是《秧歌》式作品，自然不符合「反共復國」的政治需要，故只好採取塵封態度。

第七，張愛玲的代表作如果在一九六〇年代前期的臺灣出現，會對當時流行的反共文學大鍋菜式的同質性，尤其是牛哥那類「牛伯伯打游擊」(34) 公式作出諷刺。

第八，在一九四九年底至一九五二年，張愛玲沒有隨國民黨到臺灣，顯然對「黨國不忠」。正如有的臺灣作家所指出：「張愛玲當年如果來臺灣，一定會很慘……張愛玲這一輩子做了許多錯誤選擇，包括和胡蘭成在一起。唯一做對的事情，就是沒有到臺灣來。所以和臺灣保持了一個很怪而安全的距離，被許多讀者閱讀著，慢慢形成口碑。」[35]

第九，胡蘭成於一九七四年被中國文化學院聘為教授。他到臺灣後，重新點燃「張愛玲現象之火」，使張氏作品進一步得到傳播。與此同時，出現了強烈的反胡聲音。如「立法委員」胡秋原出於民族自尊心，便寫了〈漢奸胡蘭成速回日本去！〉[36]。當胡蘭成所著《山河歲月》在臺北出版後[37]，余光中立即寫了〈山河歲月話漁樵〉[38]一文，引發了臺灣文化界對胡蘭成其人其文的抨擊，形成群起而攻的架勢。如發展下去，就會「『恨』屋及烏」，完全有可能禍及自戀、自虐和世故的張愛玲。俗氣加冷氣的張愛玲自然不是喪失民族大義的逆賊胡蘭成，她一九六一年去臺灣也沒有人聲稱要驅逐她出境。她這次是悄悄去的，很多人不知道。但在這種討胡、反胡的氛圍下，讓與胡蘭成的「胡說」有密切關係的「張腔」寫進體現統治者利益和願望的新文學史中，畢竟不利於樹立當局的正面形象。

第十，臺灣雖然出版過水晶、唐文標等人研究張愛玲的論著，但水晶是海外評論家，唐文標是左翼評論家，他們都不能代表官方。臺灣的張愛玲研究，在很大程度上是一種民間自發行為。臺灣大學中文研究所於一九八二年秋天開過以張愛玲作品為主要討論對象的《現代文學專題》課，但不是本科必修，是任課教師張健的個人興趣所致。[39]

……

和大陸一樣，臺灣任何一位新文學史家在寫自己的著作時，均不一定直接或明確作出如上價值判斷。但從這分析和推測中，可以看出：張愛玲在臺灣也有過「歷險記」。過去，我們只注意了大陸的左傾文學史家無視張愛玲的史實，而未充分注意到對岸的右翼文人也同樣用意識形態的石塊將其密封。

弔詭的是，左右翼文人之間曾打過多次筆仗，在意識形態上似乎勢不兩立，可他們的思維方式及其信奉的「工具論」，又使他們找到了共同話語，在「看張」這一問題上表現出驚人的一致。左右翼新文學史家居然由你死我活變為同一戰壕抹殺張愛玲的「戰友」，即使號稱中間地帶的香港新文學史家也扮演了這種特殊的「對照組」角色。(40) 這種左翼與右翼的戲劇性轉化及殊途同歸現象，多少也有一點張愛玲式的夢魘吧。

兩岸忠義文學評論家連袂「宣判」張愛玲為「文化漢奸」

張愛玲怕誰？(41) 張愛玲本身有這樣高的藝術成就，自然用不著怕誰，尤其害怕自己的文學史地位會被埋沒。但她也是凡人，在活著的時候不可能做到對別人的尖銳批評毫不動容，對別人不負責任的評價尤其是亂扣帽子的做法毫不動怒。她在一九四七年出版的短篇小說集《傳奇》增訂本前言中，「有幾句話同讀者說」：

我自己從來沒有想到需要辯白，但最近一年來常常被人議論到，似乎被列為文化漢奸之一，自己也弄得莫名其妙。我所寫的文章從來沒有涉及政治，也沒有拿過任何津貼。想想看我惟一的嫌疑要麼就是所謂「大東亞文學者大會」第三屆曾經叫我參加，報上登出的名單內有我；雖然我寫了辭函去（那封信我還記得，因為很短，僅只是：「承聘為第三屆大東亞文學者大會代表，謹辭。張愛玲謹上」），報上仍舊沒有把名字去掉。

可見，張愛玲最「怕」的就是別人說她與日本侵略者有不正常的往來。可她的表白並沒有起到作用，也許有人還會認為這是此地無銀三百兩呢。早在一九四五年十一月，由司馬文偵編的《文化漢奸罪惡史》[42]，就把她和胡蘭成捆綁在一起，作為漢奸文人加以討伐，並列舉了罪狀。到了一九七〇年臺灣出版的《抗戰時期淪陷區文學史》，劉心皇也把批判矛頭指向張愛玲的政治身份：

關於她的散文和小說，可以說是文情並茂，毛病甚少。可悲的是她在抗日時期，沒有到大後方，而留在淪陷後的上海，又偏偏沒有和從事抗戰工作的人員有聯絡，而終日和偽組織的高級人員混在一起，又和他們之中的一個同居，這是特別令人注意的。她雖然在文字上沒有替他們宣傳，但從政治立場上來看，不能說沒有問題。國家多難，是非分明，忠奸要分。[43]

這裏並沒有明確說張愛玲是「文化漢奸」，可到著者談〈南方偽組織的文學〉時，張愛玲被正式戴上「落水文人」的帽子。(44)

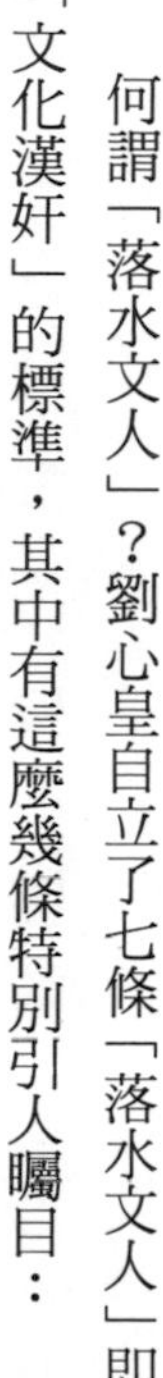

何謂「落水文人」？劉心皇自立了七條「落水文人」即「文化漢奸」的標準，其中有這麼幾條特別引人矚目：

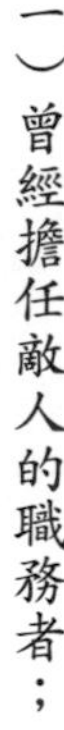

（一）曾經擔任敵人的職務者；

（二）曾經擔任漢奸政權的職務者；

（五）曾經在敵偽的報章、雜誌、書店等處發表文章及出版書籍者；

（六）曾經在敵偽保障之下出版報章、雜誌、書籍者；

（七）曾參與敵偽文藝活動者。(45)

劉心皇

這種「落水作家」的標準顯然過寬。筆者認為：不能把凡在敵偽機構任過職的人都看作是漢奸。在敵偽機關任職，一般說來是敵我不分、正義觀點淪落的表現，但對此要具體分析，這裏有被迫的，有自願的；有賣身投靠的，有奉命打入地下做工作的，其中有國民黨方面的，也有共產黨派進去的；有一般的工作人員與官員之分，官員中又有低級官員和高級官員之別。事實上，當時的中國政府在有關法令中，對這些人是區別對待的，並沒有把凡是在日寇或汪偽政權中任職的人統統都看作是漢奸。比如曾任偽上海市政府職員，其表現遠比張愛玲壞的蘇青，據臺灣燭微先生在一九八七年二月《世界日報》發表的文章中披露：當時的中國政府未正式調查她、在司法機關檢舉她，將其視為漢奸逮捕歸案（而她的同事差不多都被抓了進去），以至後來還有某大報編輯請其改換筆名編副刊。蘇青是以「性販子」著稱的，她的作品大部分內容是寫男女性愛。她不僅和周作人、胡蘭成有所不同，而且和大寫侵略有理、反抗有罪的漢奸作家有別。

以在敵偽報刊發表文章為由把張愛玲列為「落水文人」，這種做法也很不恰當。看問題不能光看表面，而應注意本質，即主要看其發表作品的內容是否有鼓吹日軍侵略有理，或詆毀中國人民抗日行動的內容。而在張愛玲作品中，並未發現這方面的問題。

關於第七條，也嫌過於籠統。比如背景複雜，被劉心皇一口咬定「為敵偽服務」的《雜誌》[46]，於一九四四年三月十六日召開過一個「女作家聚談會」，出席者有女作家和女性文學研究者：汪麗玲、吳嬰之、張愛玲、潘柳黛、譚正璧（《中國女性文學史》作者）、藍業珍、關露、蘇青[47]。這裏的譚正璧、關露明顯是愛國作家。故以是否參加過敵偽文藝活動[48]作為辨別「文化漢奸」的標準，顯然會把複雜問題簡單化。回想起一九五五年反胡風運動中，把凡是在胡風主辦的雜誌上發表過文章或與胡風有私人來往，或參加其宗派活動的人都打成胡風反革命分子或准胡風分子[49]，這個教訓難道還不夠慘痛嗎？

劉心皇是一個愛國學者，同時又是一個治學不甚嚴謹(50)，無視複雜的歷史情況，亂給作家扣帽子的文學史家。僅以上海地區而論，就有不少愛國作家被劉心皇視為文化漢奸：如柯靈、關露、劉慕清、袁殊、惲逸群、邱韻鐸、包天笑、周瘦鵑……。此外，著名的滿族革命作家沫南（即關沫南）也被其列入東北偽組織的漢奸作家之列。

劉心皇還有另一本掛著「國立編譯館主編」名義的《抗戰時期淪陷區地下文學》(51)，其存在的定性失誤和史料差錯，與《抗戰時期淪陷區文學史》極為相似，這裏不再評述。

在大陸，和劉心皇同調的有著名評論家陳遼。他曾以老新四軍戰士的身份給張愛玲補劃「文化漢奸」，其根據為：一、張在敵偽統治下的上海，「與大漢奸胡蘭成先同居後結婚」；二、「她從一九四三年五月到一九四四年底的絕大多數作品，都是在敵偽主辦的刊物和報紙上發表的。」三、「即使在抗戰勝利後，張愛玲對漢奸胡蘭成還是一往情深，不辨民族大義。」(52)

筆者認為，這幾點只能說明張愛玲「不辨民族大義」，而不能構成她墮落為「文化漢奸」的罪狀。因為所謂「文化漢奸」，是指賣身投靠日寇或汪偽政權，在敵人指使下從事背叛祖國人民的罪惡活動。對一個作家來說，主要是指大量炮製宣傳、鼓吹「大東亞戰爭」的作品。而陳遼並未列舉出這一事實。以陳氏提出的論據而言，「賣身」大漢奸胡蘭成不等於賣身汪偽政權，應把個人婚姻生活與政治活動適當區分開來。自然，在民族存亡的緊要關頭，像張愛玲的婚姻是不可能完全超脫政治的，但胡蘭成幹的壞事並不等於都是張愛玲幹的。與漢奸結婚的人，誠然是民族氣節虧敗的表現，但有虧者不等於是漢奸。筆者曾和陳遼商榷過這個問題，可他沒有接受別人的意見，在〈關於淪陷區文學評價中的幾個問題〉[53]、〈淪陷區文學評價中的三大分歧——對「關於淪陷區作家的評價問題——張愛玲個案分析」的回應〉[54]中，仍認為張愛玲是漢奸作家。

把張愛玲定性為漢奸，從法律角度來說證據嚴重不足，屬冤假錯案；從學術上來講，邏輯欠通，論點與論據不符，如陳遼稱張愛玲是「以不同方式附敵附偽的作家」，其「不同方式」包括「宣稱不談政治」；「寫男女情愛、家長里短的日常生活」；「標榜人性」，「搞色情文學」，「作無病呻吟」，等等。這裏沒有一條可以說明張愛玲犯有背叛祖國的政治罪行，只能表明這位女作家與主流作家題材、風格的不同和文藝觀的差異。至於說「色情文學」，也屬無限上綱。比起當下大陸流行的「下半身寫作」來說，張愛玲的哀豔文字要乾淨、衛生得多。當然，也不能說陳氏沒有抓到張愛玲的一點所謂證據，如張愛玲在《流言》中稱「日本對於訓練的重視，而藝妓，因為訓練得格外徹底，所以格外接近女性美善的標準」。這便被判為「歌頌日本」。這裏要分辨的是：歌頌日本並不等於歌頌日本軍國主義侵略者，更不等於「擁護上海被佔領」。如這種推理和演繹可以成立，那真是「欲加之罪，何患無詞」了！

這種觀點在大陸仍有相當的市場。最近的例子是何滿子〈這不是「反」了嗎？〉[55]。他自稱這是「本著良知發言」的文章，然而在筆者看來，此文激憤多於說理，感想多於論證，謾罵多於解說，是一篇不負責任的文章。譬如他一口咬定張愛玲是「附逆的丑類」，是「附逆文人」，並比陳遼多出了一條新「證據」：張愛玲社會關係複雜，行動詭秘，「在南京陪隨著胡逆周旋於周佛海、林柏生等漢奸頭子之間。」其實這兩者沒有必然聯繫。因為與漢奸接觸不等於就加入他們的組織，更不等於在汪偽政權任要職，或拿他們的特殊津貼，或與漢奸一起狼狽為奸，一起幹出賣中華民族的勾當。至於何滿子把淪陷區走紅當作張愛玲「附逆」的另一個理由，更是牽強附會。

解放前有人判張愛玲為「附逆文人」，一個重要「證據」是前面提及的張愛玲出席過第三屆大東亞文學者大會。何滿子居然不知道這一極有利於他立論的「證據」。可這一「證據」也很難求證。就是求證出來了，也只能勉強將張愛玲定為「附逆嫌疑人」，而不是法律意義上的「漢奸」。因為出席會議還要看她有無發言和內容是什麼，開完會後有無填表加入汪偽組織，如加入是自願的還是被迫的，是有名無實還是貨真價實的，是一般成員還是骨幹分子，這均應區別對待。

何滿子又說在抗戰勝利六十周年之際，召開「張愛玲國際學術研討會」，「是對愛國主義精神的嘲弄，民族氣節的挑釁」，這純屬情緒性反應。因為張愛玲不是賣國主義者，另方面研究張愛玲主要是研究她的藝術成就和做文本分析，並不是離開會議主題去讚揚她的前夫胡蘭成喪失民族氣節的「附逆」行為。如果說，漢奸的妻子不能作為研討會物件，那照此邏輯，漢奸周作人的哥哥魯迅也不能研究了？何滿子還認為國內學者起勁叫賣張愛玲，得力於美籍華人學者夏志清的「蓄意吹捧」，而夏氏這樣做是別有用心，是為了「顛覆」新文學以來的魯迅傳統，因而這位海外學者的評價不過是些「胡扯」，甚至是「反華反共謬論」。這種文風所體現的盛氣、霸氣和殺氣，讓人覺得好像是大批判運動又來了。

何滿子一提到張愛玲就不忘記將其和胡蘭成捆綁在一起，並稱其為「狗男女」。在另一篇〈貌作公正狀的話語誡條〉[56]中，又把胡張兩人籠統稱為「漢奸夫婦」，這欠妥。因為胡蘭成是貨真價實的「漢奸夫」，而張愛玲還不是漢奸女人即「漢奸婦」。看來，何滿子對胡、張兩人的生平瞭解太少，至少是缺乏認真的研究。在〈這不是「反」了嗎？〉中，何滿子認為張愛玲去香港，是在胡蘭成從臺灣被趕回日本之後，這在時間上不對。胡蘭成到中國文化大學教書的時間為一九七四年，返回日本是一九七五年，而張愛玲由解放後的上海到香港是一九五二年。

在這裏順便說一下，如同對周作人一樣，對胡蘭成也不能因人廢文。他是一個很複雜的人，有多面性，也不是生來就是漢奸。他對中國文化的見解不能說一無是處，不能因為他「附逆」就否認他的學識及其對中國文字的鍛煉功夫。余光中在一九七〇年代激烈抨擊胡蘭成新出的舊書《山河歲月》和《今生今世》時，也說前者「妍媸互見」，後者「是一部慧美雙修的奇書」[57]。

在一九五〇年代的反胡風運動中，何滿子曾被打成「胡風反革命集團」成員，受盡了凌辱和折磨，其遭遇十分令人同情。想不到平反後他竟用別人當年批判他的語言抨擊「張熱」，使用了一系列諸如「喪心病狂」等語言暴力。這種反文明的語言使用，只能說明作者手中無真理，只好靠謾罵和「『反』了嗎」這種聳人聽聞的標題掩飾自己內心的虛弱。

這種現象還說明：反胡風運動和「文革」雖然從地面消逝了，但從文化學角度看，政治運動所使用的語言暴力依然在文壇活著，極左思潮已轉化為某些人乃至當年被整肅者的精神潛流。這一戲劇性的轉化現象，居然出在何滿子這類「老運動員」身上，使人更覺得悲哀和發人深省。

臺灣部分「藍」「綠」學者合謀「綁架」張愛玲為臺灣作家

在臺灣，國民黨文人不在自己的新文學史著作中寫張愛玲，可本土作家態度不同，如在成為臺獨文學「教父」之前的葉石濤所寫《臺灣文學史綱》，就有一段「看張」的文字：

張愛玲是一九四〇年代傑出的作家之一。家世顯赫，典型的中國資產階級知識份子。中共攻陷上海之後，有段時間她還逗留在中共統治下的上海，親眼看到「土改」在江南農村推行的狀況。在一九五四年寫成的《秧歌》裏，她以「土改」後的江南農村，「勞模」譚金根一家為主要描寫對象，配以個性、背景各異的農民群。映在張愛玲眼裏的農村是饑餓、貧困和恐怖的世界。張愛玲的《秧歌》著重描寫農民生活的日常性，以女作家特有的細膩觀察描寫農民瑣碎的生活細節，當然也沒有口號式的誇張批判，卻反而把共產統治下的農村現實寫活了。張愛玲的小說一向富於音樂的節奏，色彩的氾濫，及嗅覺、觸覺等官能描寫。這本小說自也不例外。除《秧歌》之外，另外有一本反共小說《赤地之戀》。張愛玲一九二一年生於上海，河北豐潤人。現任職於美國加州大學中文研究中心。除這兩篇反共小說之外，還有《怨女》、《半生緣》、《張愛玲短篇小說集》等，在臺灣擁有許多讀者。(58)

葉石濤將張愛玲置於臺灣文學史的坐標之中，把《秧歌》與姜貴的《旋風》對照起來寫。葉氏雖然沒有明說張愛玲是臺灣作家，但把張氏當作「反共文學」的另一典範論述，這種寫法具有突破禁區的意義。

鑒於張愛玲作品一九七〇年代後在臺灣的迅速傳播和影響深遠，甚至被尊稱為「祖師奶奶」(59)，敏感的學者們順著這一文壇變遷，著力把「看張」現象提高到一個新的層次，即將其作品經典化。一九九九年由官方「文建會」出面，邀請了七位學者和作家製作了臺灣文學經典三十部名單。開始時，有部分委員猶豫不決，如把參加評選活動看得崇高而沉重的蘇偉貞，認為「就地理空間上來講，張愛玲的入選不免托附一些問題浮現」；連王德威「也有些遲疑，譬如張愛玲，她與臺灣的關係是非常有趣的文字因緣。」(60)但最後還是決定將張愛玲的小說《半生緣》入選。

這是島內部分「泛藍」與個別「泛綠」學者合謀製造的一個「文學事件」，是兩岸「看張」最具戲劇性乃至荒誕性的一幕。當然，這也是一大硬傷。因為張愛玲「到底是上海人」(61)，是原汁原味的上海作家，也許還勉強可以稱她香港作家，但絕不可以將其強行「綁架」為臺灣作家。臺灣出過一本李桐豪寫的《綁架張愛玲》(62)，那是「手繪上海文學地圖」，並沒有將張氏「綁架」為臺灣作家。張氏既不生於斯，也不長於斯，且不認同臺灣，把一九六〇年代去臺灣的短暫訪問稱之為「回返邊疆」，還說臺灣有臭蟲，以至引起接待者王禎和的「抗議」，差點釀成「臭蟲事件」[63]。張氏作品絕大部分均在上海和香港發表，不習慣用臺灣背景寫小說。她傾力營造的藝術世界是上海和香港，其作品沒有反映過臺灣的社會現實，也沒有用閩南話和客家話寫作，更未有葉石濤所強調的「臺灣意識」[64]，怎麼可以將其作品定位為「臺灣文學經典」?!難怪在研討臺灣文學經典時，現場有一位建中學生質疑「張愛玲是臺灣作家嗎？」以表示自己的困惑與不滿。

由臺灣文學經典評選活動引發的爭議，與「經典」一詞被濫用有關。須知，「經典作品」應具有永恆性與模範性，絕非一般的優秀作品或有廣泛影響的作品。它應比這類作品層次更高，是所謂花中之花，蜜中之蜜。在經典研討會上，有一位主持者為資深教授齊邦媛，她說一聽到「經典」二字就感到臉紅，認為這是主其事者埋藏下的「地雷」，似乎有意引爆不可避免的「文學統獨論戰」[65]。這絕不是危言聳聽，後來發生的一切證實了這位統派學者的預見：一大批「泛綠」作家激烈地抨擊「臺灣文學經典」的評選活動不公平不合理[66]，連民進黨黨部也發表聲明，認為「這項活動已挑起文學界重大爭議，擴大社會裂痕，也傷害了長年為臺灣文學努力的作家的感情」[67]。

使人感到納悶的是，對把張愛玲定位為臺灣作家這一點，不是由承辦單位《聯合報》副刊負責人陳義芝，或由「張學」的首席權威王德威出面說明，而是由原民進黨文宣部主任陳芳明出來為此事辯護：「文學的篩選，重視的是作品本身，而不是作者的身份證，因此不應以『排他性』的方式來建構臺灣文學史。」又說：「張愛玲的作品是否為經典有爭議，但放在臺灣文學裏絕對沒有問題，因為張愛玲不僅對臺灣作家影響極大，張愛玲的思考方式更已進入臺灣文學的血脈，與臺灣發展過程的命運相呼應，最完整的張愛玲還是只有在臺灣可以看見。」(68)文學的篩選不靠作者的身份證，而應重視文本，乍看起來沒有錯，但不能由此完全否定作家身份的重要性。至於用影響的大小和全集的出版，作為張愛玲為臺灣作家的理由，在學術層面上難以自圓其說。按照這種邏輯，如果密密麻麻的莎士比亞鬍子纏住了眾多莎迷和莎癡，甚至從臺北到高雄均出現了莎子莎孫和莎族，那莎士比亞是否也是臺灣作家？高行健的全集只能在臺灣出現，且其獲諾貝爾獎的小說《靈山》是臺灣最早出版的，那其作品是否也可以列入「臺灣文學經典」？

《臺灣文學經典研討會論文集》

這次經典評選活動，決審委員的結構欠合理。臺灣作家目前有統派與獨派之分，統派中又有左統與右統，獨派還有A型臺獨（急獨）與B型臺獨（緩獨）之別。當然，這次是文學評選活動，而不是「立法院」選舉，不必完全從政治派別考慮，用政治家的眼光去責備決審委員中沒有左統和A型臺獨學者。但這次評選畢竟不是一般的文學活動，還引發了一系列的遊行、抗議事件，以致被臺灣一位評論家稱之為「政治事件」(69)，故不能不從政治形態文藝學的角度考慮它的派別組成：「泛藍」學者、作家占多數——其中淡藍色彩者較多，有的人還一直在「中國意識」與「臺灣意識」之間徘徊，「泛綠」派人數則太少。像時刻不忘本土身份的向陽，他一人力排眾議，提出要把獨派李喬的《寒夜三部曲》列為經典，但畢竟「寡不敵眾」，未能被採納，這就難怪評選出來的作品本土派占極少數。葉石濤既具有「臺灣意識」又殘存有「中國意識」的《臺灣文學史綱》雖由主事者網開一面入選，但畢竟「就像富人終於丟給乞食者一個包子，卻是酸爛的」(70)。尤其是一批臺灣本土優秀作家如賴和、吳濁流、楊逵、鍾理和、呂赫若被排斥在外，是對長期被國民黨官方所排斥、所打壓的臺灣作家的極大傷害。

這次經典評選活動所使用的票選方式，也很值得質疑。大家知道，《唐詩三百首》(71)所收入的眾多經典詩作並不是票選出來的。在中國新文學發展過程中出現極具影響力的經典作品如魯迅的《阿Q正傳》、徐志摩的詩、梁實秋的散文，也不是像縣市長選舉那樣用票選的方式產生。這裏存在的誤區有：以為愈多具有高學歷、高職稱的學者和一流的編輯、作家等權威人士的組合，愈有助於提高經典評選活動的權威性；通過民主手段使不同學術背景的權威形成詮釋集團，會增加經典作品出現的可信度。可擔任決選的七位委員無論是「泛綠」還是「泛藍」或什麼也不是的中間派，以及參與製造「張愛玲神話」並將其發揚光大的王德威，他們的文學觀，對臺灣文學歷史與現象的瞭解，還有各自所熟悉的門類及其所持的評價標準，都有重大的差異，這怎麼可以「速配」，可以調和與整合？

人們不禁要問：為什麼會出現把張愛玲定位為臺灣作家，把她的《半生緣》選入「臺灣文學經典」這種奇異現象？

第一，從經典評選的背景來說，先是有大陸王一川「重排文學大師」事件：茅盾等人慘被除名，張愛玲等人趁虛而入，取而代之(72)，後有謝冕等人編的兩部《中國百年文學經典》、《百年中國文學經典》(73)。聞風而動的臺灣學者，也和大陸學者一樣浮燥，急於爭取「二十世紀中國文學決算權」，以便和對岸學者「競賽」。如把張愛玲定位為臺灣作家，在客觀效果上不妨看作是兩岸「爭奪」文學經典解釋話語權的一個小插曲。

第二，臺灣畢竟地方不大，文學歷史不長，其產生的文學經典難以和對岸並肩，在臺灣也還真的挑不出一位本地作家能像張愛玲影響那麼大，而這次經典之作的評選，充其量只是類似評選優秀之作和好書的活動。何況，張愛玲本是臺灣評論家（準確說法是海外評論家）夏志清發現的，是被大陸長期視為「反共作家」而遺棄的。更重要的是：七位決審委員有六位投贊同票，均認為張愛玲對臺灣文學影響極大甚至超過了新文學的「祖師爺」魯迅，因而把張愛玲當成臺灣作家也非完全離譜。

第三，至於張愛玲作品屬臺灣文學經典不是由七位決審委員出面說明，而是由陳芳明主動出來解釋，這與陳氏一貫善變的作風有關。按理說，本土派的一大特點是排斥外省作家，可張愛玲竟然不是陳芳明眼中的「外來作家」，這大概是為了表明自己是本土派的另類：不像一些人那樣教條和僵化，極具靈活性，這真可謂是「與時俱進」。這使人聯想到這位學者先是由文學走向政治，後又由政治回歸學術；當年「舞中國的龍」(74)，後又轉化為反中國的分離主義者。他一會兒是政論家施敏輝，一會兒又是文學評論家宋冬陽；一會兒認為中國文學是「外來文學」，一會兒又認為上海作家張愛玲屬臺灣作家；他先是余光中的「粉絲」，大力頌揚余光中，後私自公佈余光中有關陳映真為共產主義信徒的「密信」片斷(75)，以表示和余氏徹底劃清界限，最近又與余氏言和。這種游離的行動和戲劇性的轉化，使人看得眼花繚亂，致使一些「泛綠」人士也感到困惑不解。(76)

在另一篇資料翔實、論述也頗有見地的〈張愛玲與臺灣文學史的撰寫〉的文章中(77)，陳芳明把張學專家林柏燕對水晶的質疑轉「譯」為：「如果使用現階段的語言，林柏燕提出問題的真正意義是：張愛玲是不是臺灣作家？」並由水晶的回應得出這樣的啟示：「張愛玲在臺灣文壇所釋放出來的魅力，幾乎沒有人能夠否認。在撰寫臺灣文學史時，能夠不正視廣闊的張愛玲文學流域嗎？」文章結論是：「傾向於主張把她寫進臺灣文學史」。作者表示要用另一篇文章來詳細論述這個問題。不過，讀者在他這篇文章中已可初步獲得這樣的資訊：把張愛玲寫入臺灣新文學史，不僅是作為一種現象來討論，而且是基於臺灣眾多作家與張愛玲有一種近乎「血緣」的關係，因而把張氏當作一位臺灣作家來論述並無不妥。陳氏的《臺灣新文學史》還未正式出版，我們將拭目以待他對張愛玲的處理。

臺灣文壇部分學者把張愛玲判為臺灣作家，將其作品列入「臺灣文學經典」，雖然是近乎鬧劇的行為，但畢竟給張愛玲作品如何經典化，以及如何處理張愛玲與臺灣當代文學的關係，提供了一種難得的案例。這個案例啟示我們：

文學經典秩序的建立，必須要有關乎經典的權威理論作支撐，最好事先由主事者闡明「經典」一詞的科學含義。對臺灣來說，應先界定「臺灣作家」及其經典入選的標準，說明臺灣地區以外的作家以及用英文寫的著作能否入選；

文學經典的爭論，主要是不同文化力量的撞擊。做評選與闡釋的工作，要走出政治的誤區，從審美標準出發，在臺灣則要儘量避免民進黨發表聲明一類的政治因素的介入，應努力防止由文學經典作品的評選釀出與統獨鬥爭相關事件；

經典評選活動結束後，不應滿足於出版經典作品研討會論文集(78)，還應有相應的文學史教材將其定格化，而後者在臺灣並沒有出現。

海峽兩岸的「看張」所出現的政治性和戲劇化情境，無疑是張愛玲研究中的一道獨特景觀。當然，這只是其中一個看點，且正在淡化和遠去。筆者希望兩岸學術界儘快告別意識形態主導的「看張」，以讓張愛玲蒼涼的手勢更好地永留在人們心中。

通過以上論述，我們還可以看到：張愛玲作品在兩岸由封殺到開放，由開放到爭議，由爭議到經典化，這層出不窮的「看張」現象和不斷推出的論著及其評壇新秀，既聯繫著海峽兩岸政治、文化風雲變幻的脈動，又提供了永不重複的新鮮資訊，張愛玲研究的天地走出政治主導後將會顯得愈來愈寬廣。這位才女如果泉下有之，也會得到莫大的欣慰吧。

【附注】

(1)香港文化‧生活出版社一九七六年曾出版過張愛玲自編文集《張看》。本文將「張看」顛倒為「看張」，是指閱讀和研究張愛玲。

(2)來鳳儀編：《張愛玲散文全編》，杭州，浙江文藝出版社一九九二年版，三一〇頁。

(3)張愛玲：〈寫什麼〉。金宏達、于青編：《張愛玲文集》第四卷，合肥，安徽文藝出版社一九九二年版，一三三頁。

(4)張愛玲：〈浮花浪蕊〉。

(5)臺灣，重光出版社一九五一年版。張愛玲《秧歌》、《赤地之戀》所寫的農村革命，受了《荻村傳》的影響。

(6)這兩部小說先在《今日世界》連載，後出英文版和中文版單行本，其中《赤地之戀》由香港天風出版社一九五四年出版，《秧歌》的英文版於一九五五年春天在美國推出，香港皇冠出版社一九九一年又分別出版過。關於這兩本小說的評價，大陸學術界已有不同的看法。參看余斌：《張愛玲傳》，海口，海南國際新聞中心一九九三年版。費勇：《張愛玲傳奇》，廣州，廣東人民出版社一九九六年版。艾曉明：《從文本到彼岸》，廣州出版社一九九八年版。

(7)迅雨（傅雷）：〈論張愛玲的小說〉，上海，《萬象》雜誌第十一期（一九四四年五月）。

(8)李子雲：〈廢墟之上的罌粟花〉，上海，《文學報》一九九五年九月二十一日。

(9)錢谷融：〈談張愛玲〉，北京，《讀書》一九九六年第六期。

(10)上卷，北京，開明書店一九五一年；下卷，上海，新文藝出版社一九五三年版。

(11)《《中國新文學史稿》上冊座談會紀錄》，北京，《文藝報》一九五二年第二十期（十月二十五日）。另見該報一九五八年第三期（十月二十五日）的有關文章。

(12) 黃修己：《中國新文學史編纂史》，北京，北京大學出版社一九九五年版，一四〇頁。

(13) 北京，作家出版社一九五六年版.

(14) 劉紹銘等譯。香港，友聯出版社一九七九年七月版。

(15) 黃修己：《中國現代文學簡史》，北京，中國青年出版社一九八四年版，三五四、三五五頁。

(16) 錢理群、吳福輝、溫儒敏、王超冰：《中國現代文學三十年》，上海文藝出版社一九八七年版，五八六、五八七頁。

(17) 臺北，正中書局一九七一年版。

(18) 臺北，廣東出版社一九七九年版。

(19) 臺北，長歌出版社一九七六年版。

(20) 板橋，駱駝出版社一九九七年版，二一一頁。

(21) 參看稽康裔：〈鄰笛山陽——悼念一位三〇年代新感覺派作家穆時英先生〉，《掌故》月刊一九七三年十月號。另見司馬長風：《中國新文學史（下）》，香港，昭明出版社一九七八年十二月版，四七—四八頁。

(22) 香港，友聯出版社一九七九年七月版，三六七頁。

(23) 張愛玲：〈憶胡適之〉。《張看》，臺北，皇冠出版社一九九二年版，一四五頁。

(24) 臺北，正中書局一九七一年版，八九三頁。

(25) 一九七一年二月九日，在「中央文藝工作研討會」通過〈如何配合建國六十年大慶展開文藝活動案〉的第三項「實施意見」第一款「共同策劃事項」第一目後，便依照其內容，有關人員於四月份擬訂出《中華民國六〇年文藝史》編寫計畫。其編纂委員會主任谷風翔和副主任陳裕清均是官方派來的代表，總編纂尹雪曼則是「中華文化復興運動推行委員會」執行秘書。

(26) 以上文章可參看陳子善編：《作別張愛玲》，上海，文匯出版社一九九六年二月版，及季季、關鴻編：《永遠的張愛玲》，上海，學林出版社一九九六年一月版。其中《赤地之戀》刪節本由臺灣費龍出版社一九七八年版。

(27) 王鼎鈞：《文學江湖》，臺北，爾雅出版社，二〇〇九年。

(28) 張愛玲：〈自己的文章〉，《張愛玲文集》第四卷，一七三頁。

(29) 一九五五年一月，蔣介石正式提出「戰鬥文藝」口號。

(30) 胡蘭成：〈民國女子〉，季季、關鴻編：《永遠的張愛玲：弟弟、丈夫、親友筆下的傳奇》，七六頁。

(31) 劉心皇：〈自由中國文學三十年〉，臺北，國立編譯館館刊第九卷第二期。

(32) 孫陵：〈文藝工作者底當前任務——展開戰鬥，反擊敵人〉，臺北，《民族報》一九四九年十一月十六日。

(33) 張愛玲：〈天才夢〉，《西風》一九三九年。另見《張愛玲文集》第四卷，合肥，安徽文藝出版社一九九二年版。

(34) 牛哥，本名李費蒙（一九二五—一九九七）。他創作的漫畫《牛伯伯打游擊》，十分暢銷。

(35) 同注(26)。

(36) 臺北，《中華雜誌》一九七五年九月。

(37) 臺北，遠景出版公司一九七五年版。

(38) 臺北，《書評書目》一九七五年。另見余光中：《青青邊愁》，臺北，純文學出版社一九七八年，二六一—二六七頁。

(39) 張健主編：《張愛玲的小說世界》，臺北，學生書局一九八三年版，二頁。

(40) 曹聚仁：《文壇五十年》，香港，三育圖書公司一九五五年版。李輝英：《中國現代文學史》，香港，東亞書局一九七〇年版。司馬長風：《中國新文學史》上、中、下卷，香港，昭明書局一九七五、一九七六、一九七八年版，這三本書都同樣見不到張愛玲的名字。

(41) 王德威：〈落地的麥子不死〉。蔡鳳儀編：《華麗與蒼涼：張愛玲紀念文集》，臺北，皇冠出版社一九九六年版。

(42) 上海，曙光出版社一九四五年十一月版。

(43) 劉心皇：《抗戰時期淪陷區文學史》，臺北，成文出版社一九七〇年版，一三〇頁。

(44) 劉心皇：《抗戰時期淪陷區文學史》，臺北，成文出版社一九七〇年版，一三一頁。

(45) 劉心皇：《抗戰時期淪陷區文學史》，臺北，成文出版社一九七〇年版，一——二頁。

(46) 由「新中國報社」社長袁殊主辦，吳江楓主編。主要撰稿人為蘇青、予且、黃果夫、文載道（金性堯）、張愛玲、柳雨生等。

(47) 上海，《雜誌》一九四四年四月號。

(48) 何況《雜誌》並非「漢奸」刊物，而是為了擴大愛國作家發表園地，由打入敵人內部的袁殊主辦的「大拼盤」式媒體。

(49) 蘇青就因一九五〇年代前期與賈植芳寫過一封討論司馬遷評價問題的信件，在反胡風運動中被請進提籃監獄，關閉一年半之久才恢復自由。

(50) 這裏補充一個例子，劉心皇去世前不久，曾給筆者一封長信大罵蘇雪林，說她先是「追求左派領袖（魯迅）不成，轉而追求右派領袖胡適。」這種由於兩人恩恩怨怨而揭她人隱私（其事實根據不足），欠妥。

(51) 臺北，正中書局一九八六年五月版。

(52) 陳遼：〈「張愛玲熱」要降溫〉，天津，《天津文學》一九九六年第二期。陳遼：〈何必匆匆為張愛玲曲辯〉，武漢，《今日名流》一九九六年十二月。

(53) 北京，《文藝報》二〇〇〇年一月十一日。

(54) 南京，《江蘇行政學院學報》二〇〇一年第三期。

(55) 天津，《文學自由談》二〇〇六年第二期。

(56) 上海，《文匯讀書週報》二〇〇六年六月二日。

(57) 余光中：《青青邊愁・山河歲月話漁樵》，臺北，純文學出版社一九七八年版，二六一頁。

(58) 葉石濤：《臺灣文學史綱》，高雄，文學界雜誌社一九九一年版，九三—九四頁。

(59) 王德威：〈張愛玲成了祖師奶奶〉。《小說中國》，麥田出版公司一九九三年版，三三七—三四一頁。

(60) 陳義芝主編：《臺灣文學經典研討會論文集》，臺北，聯經出版公司一九九九年版，五一八—五一三頁。

(61) 張愛玲：〈到底是上海人〉，上海，《雜誌》一九四三年第十一卷五期（八月十日）。

(62) 臺北，胡桃木文化公司二〇〇六年版。

(63) 王禎和（丘彥明訪問）：〈張愛玲在臺灣〉。子通、亦清主編：《張愛玲評說六十年》，北京，中國華僑出版社二〇〇一年版，一四三頁。

(64) 葉石濤：〈臺灣鄉土文學史導論〉，臺灣，《夏潮》一九七七年五月一日。

(65) 轉引自黃樹根：〈張愛玲是臺灣作家嗎？〉，臺北，《笠》詩刊一九九九年六月（總第二一一期），第八頁。

(66)「文建會」於一九九九年三月十九日至二十一日在「國家圖書館」舉行臺灣文學經典研討會，本土派卻針鋒相對，在研討會開幕的當天下午，於臺灣大學校友會館舉行「搶救臺灣文學」記者會，激烈抨擊「經典」打壓本土文學。

(67) 見臺北，《聯合報》一九九九年三月二十日第十四版。

(68) 曾意芳：〈陳芳明：臺灣文學不應排他〉，臺北，《中央日報》一九九九年三月二十日。

(69) 洛桑（馬森）：〈都是「經典」惹的禍〉，香港，《純文學》一九九九年四月。

(70) 岩上：〈「臺灣文學經典」請勿發行〉，臺北，《笠》詩刊一九九九年六月（總第二一一期），第十四頁。

(71) 清・蘅塘退士選編。北京，京華出版社二〇〇二年版。

(72) 王一川主編：《二十世紀中國文學大師庫》，海口，海南出版社一九九四年版。

(73) 謝冕主編、孟繁華副主編。深圳，海天出版社一九九六年版；謝冕、錢理群主編，北京大學出版社一九九七年版。

(74) 陳芳明：〈「龍族」命名緣起〉，臺灣，《龍族詩刊》第十期。

(75) 陳芳明：〈死滅的，以及從未誕生的〉，載《鞭島之傷》，臺北，自立報系文化出版部一九九〇年版。

(76) 二〇〇三年由臺灣佛光大學等單位主辦的「兩岸現代詩學國際研討會」上，一位來自臺灣南部的「泛綠」學者評講筆者論文時說到陳芳明，批評陳氏在《聯合文學》上連載的《臺灣新文學史》有許多史料錯誤，其觀點變來變去叫人捉摸不定。

(77) 楊澤編：《閱讀張愛玲：張愛玲國際研討會論文集》，臺北，麥田出版公司一九九九年版。

(78) 陳義芝主編：《臺灣文學經典研討會論文集》，臺北，聯經出版公司一九九九年版。

第二節　張愛玲不是「摘帽漢奸」

拙文〈海峽兩岸「看張」的政治性和戲劇化現象〉(1)對陳遼先生私設「文學法庭」宣判張愛玲為「文化漢奸」提出批評，陳氏在〈張愛玲的歷史真實和作品實際不容遮蔽——對古遠清「看張」一文的回應〉(2)中稱：

> 在法律意義上，張愛玲未被國民黨法院判刑，因此不能稱她為「漢奸」。古遠清將二者混為一談，把「依附敵偽的作家」與「漢奸」劃上等號，那是他一己對「漢奸」的理解。

這段話把「依附敵偽的作家」與「漢奸」加以區分，好像更注重概念的準確性，其實這兩者並沒有質的差異。如有區別，那不過相當於右派／「摘帽右派」、漢奸／「摘帽漢奸」而已。此段話的另一言外之意是我「冤枉」了陳遼，他從來沒有說過張愛玲是漢奸呀。如真是這樣，拙文就成了無的放矢了。

退一步說，陳氏確實在修正自己對張愛玲的看法，對張愛玲的批判在降溫。但他過去（含現在）並不是這樣認為的。請看他在〈「張愛玲熱」要降溫〉(3)中如是說：

> 抗戰勝利後，國民黨政府給她（張愛玲）戴上「文化漢奸」的帽子，一點也不冤枉。臺灣劉心皇寫道：「她（張愛玲）特別聲辯她不是『文化漢奸之一』，這是她的態度不夠坦白，沒有反省的結果。」劉心皇這段話，符合張愛玲的實際，一點也不過頭。

這明明是說給張愛玲戴上「漢奸」的帽子，既「一點不冤枉」也「一點不過頭」。可事實是，國民政府從沒有運用國家機器給張愛玲戴過「漢奸」的帽子。在反駁我的文章〈何必匆匆為張愛玲曲辯〉(4)中，陳遼還擺出新四軍老戰士的身份，認為張愛玲屬漏網的漢奸，應該「補劃」。可見，我並沒有「無端捏造」或歪曲陳文，把不曾說過張氏是漢奸這一事實硬栽在他頭上。

對陳文，我原不想反彈，但讀了張學義先生〈對陳、古就張愛玲的爭辯的一點看法〉(5)後，有話想說。張文受了陳氏的誤導，以為我真的在捏造陳氏說過張愛玲是「漢奸」這一事實。不想回應的另一原因是陳氏的文風我實在不敢恭維。他所使用的是深文周納，斷章取義，上綱上線，借題發揮的方法，這種手法「似曾相識燕歸來」。如張愛玲說：「同西洋同中國現代的文明比起來，我還是情願日本的文明的」，(6)這裏的「文明」沒有明確的含義，至少不是指侵華戰爭，可陳文卻往日寇殺中國人這方面聯想，這未免有點強加於人。再如張愛玲說：「日本對於訓練的重視，而藝妓，因為訓練得格外徹底，所以格外接近女性的美善的標準」(7)。凡是有語文知識的人，均知道張愛玲這裏講的「訓練」是指藝妓有關美善的訓練，可到了陳氏「遮蔽」一文，這「訓練」竟成了「殺戮中國人」的訓練——如此明目張膽讚揚日寇殺中國人，張愛玲還能不是漢奸嗎?!可見，陳氏所說的張愛玲只是「依附敵偽的作家」，其實是「漢奸」或「候補漢奸」、「摘帽漢奸」的另一種說法而已。陳氏儘管沒有明確說過這類話，但實際上是這樣認為的。在他靈魂深處，其「文學法庭」依然存在，張愛玲仍是「漢奸」的判詞沒有本質的變動。

陳遼反駁我時還說我一口氣點了十八位學者的名，指責他們「活埋」了張愛玲。這種說法未免太籠統了吧。我在「看張」一文中，明明說黃修己、錢理群等人首次把張愛玲寫進文學史，只是觀點還比較拘謹，怎麼這些人就成了我說的無視張氏存在的對象？批評他人屬正常的學術論爭，完全不等於文革中流行的「點名」批判，真想不到陳氏一聽到指名道姓的批評就條件反射似的和「點名批判」掛鈎。

和「依附敵偽」有關的是張愛玲是否依附蔣家政權，屬「反共作家」創作過「反共文學」？這是一個有爭議的話題。已有不少學者指出，不能簡單化看《秧歌》這部作品。臺灣的一位評論家認為：寫《秧歌》的張愛玲「並沒有批判中共或反共的意圖」，雖然作品中對大陸政權有強烈的不滿(8)。另一個有趣的事實是：著名反共作家朱西甯在〈論反共文學〉(9)中，十分不滿國民黨中央黨部不重視和推廣《秧歌》，認為張愛玲「未能把老共幹王霖和新共幹顧罔寫得青面獠牙，毫無人性，農民也未明顯的心向國民政府。」《赤地之戀》當年也被國民黨官方認為不符合「反共文學」的要求，要刪改後才能出版。如果這兩部作品是貨真價實的「反共小說」，可反共的國民黨並不買賬。可見張愛玲這位自由主義作家（而非「反共作家」）真是豬八戒照鏡子，兩邊不是人——不管是共產黨還是國民黨乃至港英政府，都不歡迎她。我提供這一事實，並不是想說張愛玲認同大陸新政權，但《秧歌》確是一部複雜的小說，陳氏在〈「張愛玲熱」要降溫〉(10)中說它是「不折不扣的反共小說」，可按毛主席他老人家「凡是敵人反對的我們就要擁護」的教導，這「不折不扣」最好還是打一點「折扣」吧。當然，這不等於要毫無批判地贊同或「擁護」這部確有嚴重意識形態偏見的小說。

陳遼先生是我尊敬的前輩。在新時期，他辦刊物，編辭典，寫論著，為世界華文文學的發展做了許多有益的工作。我還常常收到他贈給我的大著，讀後受益匪淺。我這篇回應純屬學術爭鳴。他說我「氣勢洶洶，不可一世」，這未免抬舉了我，因而特作上述辯證，歡迎陳遼先生及廣大讀者指正。

張愛玲《小團圓》

【附注】

(1) 汕頭，《華文文學》二〇〇七年三期，第五三──六一、六八頁。

(2) 同注(1)

(3) 《天津文學》一九九六年第二期；另見《陳遼文存》第三卷，香港銀河出版社，二〇〇〇年，四八二頁。

(4) 陳遼：〈何必匆匆為張愛玲曲辯〉，武漢，《今日名流》，一九九六年十二月。

(5) 汕頭，《華文文學》，二〇〇七年第四期。

(6) 張愛玲：〈雙聲〉，上海，《天地》第一八期，一九四五年三月，第二〇頁。

(7) 張愛玲：〈忘不了的畫〉，上海，《雜誌》十三卷六期，一九四四年九月十日，第二五頁。

(8) 葉石濤：《臺灣文學入門》，高雄，春暉出版社，一九九七年，第一一三頁。

(9) 朱西甯：《日月長新花長生》，臺北，皇冠出版社，一九七八年，第二〇五頁。

(10) 同注(3)

第三節　慎拋「文化漢奸」帽子

吳江先生在〈向舒蕪先生再進言〉(1)是一篇宣揚愛國主義和民族氣節的好文章，但稱穆時英為文化漢奸，這實在是冤哉枉也！

在一九七三年十月香港出版的《掌故》月刊上，曾登過一篇題為〈鄰笛山陽——悼念一位三〇年代新感覺派作家穆時英先生〉的文章。作者嵇康裔，浙江湖州人，為陳立夫的親戚。當時他代表國民黨親自安排穆時英回南京：穆時英表面上任汪偽國民黨宣傳部新聞宣傳處處長，暗中為重慶刺探日方情報，所以當他聽到穆時英遇刺被害時大吃一驚：

> 我怔住了，不覺暗然久之。死了，我無法補救，我只能就擺脫他的漢奸罪名上想法子。但是，人家已經邀了功，我們又如何去補救？一種無法的內疚，只有犧牲了穆時英，也只有讓穆時英死不瞑目，他是成為雙重特務制下的犧牲者了。

這裏講的「雙重特務制」，係指國民黨特務系統中的「中統局」與「軍統局」。穆時英正是這兩「統」派系鬥爭的犧牲品。刺死穆時英為戴笠任局長的「軍統」特務所為，而派穆時英打入敵偽內部者為「中統」系統。當嵇康裔安排穆時英的秘密工作時，朱家驊任中統局長，實際操作者則為徐恩曾。徐氏曾因工作中的過錯被戰後的南京最高當局解職，並批示：「永不錄用」。而當時的戴笠聲望和實力遠遠超過朱家驊。刺死穆時英便為「軍統」記了一大功。在「中統」失勢的情況下，穆時英一案無法翻過來，以致他長期含冤地下，廣為各種文化史、文學史所載，打入「落水文人」的另冊。這就難怪嵇康裔在該文中為穆氏鳴冤叫屈：

> ……穆時英死了！他死得冤枉！他蒙了一個漢奸的罪名而死了！但他不是漢奸。他的死，是死在國民黨的雙重特務制之下。他是國民黨中央黨方的工作同志，但他卻死在國民黨軍方的槍下。國民黨抗日先烈的名字中，沒有他；國民黨遺屬撫恤項中，也沒有他，但他確確實實為國民黨中央工作的，他死得實在冤枉。死得年青，死得熱情——忠於國家的熱情。

香港的司馬長風（一九二〇～一九八〇）是著名的新文學史家。他的文學史觀很獨特，認為「文學史是沉冤錄」。即是說，過去海內外出版的文學史，出於種種原因，不是遺漏名家就是將名家打成「反面人物」使其沉冤地下。且不說大陸地區出版的各種現代文學史把穆時英、葉靈鳳打成「漢奸文人」，把胡風視為「反革命」，把馮雪峰當作「右派」釘在歷史恥辱柱上，就以臺灣劉心皇所著的《抗戰時期淪陷區文學史》(2)為例，作者把凡留在淪陷區或在敵偽報刊上發表過作品（至於這作品是無政治內容的或有鼓吹「大東亞戰爭」思想的則不加區別）的作家均一律視為「落水文人」，僅上海地區被打成附逆文人的愛國作家或政治態度曖昧者就有一長串名單：柯靈、關露、劉慕清、袁殊、惲逸群、丘韻鐸、包天笑、周瘦鵑、張愛玲……。而文學史家的任務，是把被別人遺忘或得到極不公正待遇的作家、或像劉心皇那樣忠奸不分的糊塗史家所製造的錯案將其糾正過來。為了糾正穆時英這一冤案，司馬氏開展了調查，其中包括親自拜訪在香港客居的原國民黨軍政幹部嵇康裔。他於一九七六年七月接獲嵇先生兩次來信和一次電話，均談及穆時英死難詳細經過。為慎重起見，司馬氏又於同年八月二十四日下午約晤嵇康裔到香港最豪華的九龍「半島酒店」見面，詢問有關人物及事件。經過這次訪談，司馬長風才確定穆時英是抗日先烈，並鄭重其事寫在其一九七八年十二月出版的《中國新文學史》下冊第二十五章〈戰時戰後的文壇〉中。拙著《香港當代文學批評史》(3)便吸取了司馬氏這一研究成果，把司馬長風的「沉冤錄」的文學史觀（包括為穆時英翻案）寫進該書第七章第八節〈勇踏「蠻荒」，毀譽參半的司馬長風〉中。

古遠清著：香港當代文學批評史

在抗戰中打入敵偽內部的作家，無論是左派還是右派派遣進去的，大都沒有受到公正的待遇乃至作出極為錯誤的處置。共產黨派進去的潘漢年、袁殊、關露等人，無一例外被懷疑為「漢奸」投進監獄，不少人去世多年後才平反。國民黨派進去的穆時英則更慘，當年就成了冤鬼。這種冤假錯案，再不能錯下去了。除了周作人、胡蘭成等極少數人的案不能翻也翻不了外，對兩黨派進去的作家，或為生計在敵偽內部工作而暗中為我方輸送文化情報（如挑選來自東京的各種書報雜誌交胡漢輝做敵後工作）的葉靈鳳，乃至與漢奸有千絲萬縷聯繫但未在政治上賣身投靠的張愛玲，再也不能亂拋「文化漢奸」的帽子了！

【附注】

(1) 上海，《文匯讀書週報》二〇〇七年十月二十六日。
(2) 臺北，成文出版社，一九八〇年。
(3) 武漢，湖北教育出版社，一九九七年。

第四節　邁向重讀之路

不久前，我再次訪問臺灣時，看到臺灣麥田出版公司出版的林幸謙的《歷史、女性與性別政治：重讀張愛玲》，說實話，當時並未引起特別的重視，認為這不過是眾多研究張愛玲著作中又多了一種罷了。後來得到這本書，並作了認真的閱讀後，我才感到了它的份量，覺得這不是一般研究張愛玲的著作，而是在解析張愛玲創作策略及敘述立場方面頗有新意的一本書。

林幸謙屬於那種使「雙槍」的作家：既從事學術研究，又常有創作發表：既是學者，又是詩人、散文家。打開中國大陸、臺灣、香港及東南亞各地刊物，差不多都可看到他的名字。在別人眼中，他也許是一位多產的詩人，可在筆者看來，他是一位有理論素養的文學評論家。

來自馬來西亞、現任教於香港浸會大學的林幸謙有雙重文化身份：既是海外華文作家，又是臺港學者。他為人傳統，可作品前衛。他是華人血統，可帶有南洋的「洋」味。他有詩人的氣質，卻又不乏有教授的風度。他有青年作家的急切，另有學者的深沉。他的這部《歷史、女性與性別政治》，充滿了各式各樣的西方名詞述語，卻又不是玩弄術語遊戲，而是將西方文論與中國文學創作實際相結合，與文本分析相結合。他的論著不僅注重張愛玲作品的解讀，而且在解讀之餘，反思了中國現代女性文學與西方論述間的互動關係。

這部重讀張愛玲的著作，對於我們認識張愛玲創作在中國現代文學發表中的歷史地位及其與性別政治的關係，有著特殊的價值和意義。其研究方法，簡言之就是從歷史縫隙中找到歷史、女性與傳統男性/陽性論述的差別，以及它與權力架構、歷史文化範疇和性別意識的內在的必然聯繫。當著者面對眾多的張愛玲研究成果時，他首先考慮的是摒棄把張愛玲收編在缺乏女性意識行列的守舊觀點。本來，張愛玲在《私語》等文章中，已反映了她對男女平等諸問題的思考。她本人從出走到獨立生活，更說明她對傳統父權社會的反叛。為了確立張愛玲作品裏所具有的女性主義文學研究價值，林幸謙除採取細讀張愛玲文本，對其早期作品及其代表作作深入的研究外，還對西方女性主義批評理論作融會貫通的探討，或者將兩者結合起來，以使自己的著作突破地域局限，躋身於國際女性主義文學批評行列。

在汗牛充棟的張愛玲研究論著中，有兩種截然不同的意見：一是傅雷和唐文標等人認為，張愛玲的作品足不出租界，其人物不是古舊沒落家庭的墮落分子，就是自暴自棄分子。他們為情欲而生，顯得十分庸俗，這樣的作品自然無法反映時代精神。二是夏志清的評價與此相反，認為張愛玲不僅暴露了人性的複雜面，正視心理現實，而且有「強烈的歷史意識」，其作品折射著中國的歷史時代精神。而林幸謙的看法與他們不同。就以後者而論，夏志清雖然從正面肯定張氏但忽略了張愛玲小說所具有的女性意義，尤其未能挖掘出張著在揭露傳統父權社會對於女性的壓抑真相。林幸謙恰好在這一點超越了前人，即他不滿足於一般肯定張愛玲，沒有停留在人性哲學的有關層面，捨棄了一種以男性經驗為主體思想的父系文學批評理論。在女性主義的批評角度觀照下，林幸謙首先從生理層次上，揭示出張愛玲作為女性作家所表現的與陽性自我的不同焦慮，在其文本中充分發揮了自身性別的書寫特質。其次在心理層次上，揭示出張愛玲的書寫深入女性潛意識層面，將其力比多轉移到文本之中。最後在文化層面上剖析了張愛玲小說中的集體壓抑意識。

作為男性學者，林幸謙能剝去父系人文主義觀點和男性批評理論及陽性自我偽裝，嫻熟地處理好張愛玲文本中的女性欲望和父權文化關係，察視出父權體制在文化上對於女性的總體壓抑影響。此外，還顧及了文學史中女性形象和文學壓抑主題，如何給予張愛玲啟示，從而寫出富有學術個性和智性魅力的專著，由此可看出著者的學術功力。

這種學術功力的取得，來源於著者整合的研究視野。是這種視野，強化了著者女性主義思考堅實的哲學支撐和豐厚的文化底蘊，突破了長期以來將張愛玲納入陽性自我的普遍「人」或「人性」的範疇，而努力運用女性主義理論，區分性與性別差異，即不把性別視為生理特徵而看作是一種開放的文化觀念，試圖重構《金鎖記》一類文本與性別、性別與典律的關係，從《怨女》中尋找女性和他者的聲音，從閨秀文學與張愛玲小說關係看女性壓抑主題及其閨閣身體的象徵儀式，把張愛玲作品的開放空間視為教育、事業、愛情與婚姻的陳列室，並綜合運用哲學、社會學、文化學、語言學、修辭學等研究視角，對張愛玲作品進行多角度的學理透視，這樣便達到了全面把握女性中心論與張愛玲小說閱讀策略關係的目的。這種整合的研究視野，正是邁向重讀之路的要求與內在精神。

張愛玲作品藝術魅力無窮，令讀者百讀不厭，令研究者用畢生精力去研閱窮照。和林幸謙的另一本學術評論《讀張愛玲論述：女性主體與去勢模擬書寫》一樣，作者在充分運用西方女性主義理論的同時，旁及心理分析、身體詩學和政治、文化批判以及國族論述，使《歷史、女性與性別政治》再一次折射出張愛玲這位民國女子「臨水照花」的面貌。一方面，林幸謙時時不忘以歷史理性的眼光審視張愛玲的小說，另方面在重讀《傾城之戀》等作品時，又充分彰顯女性論述作為一種新的批評策略的獨特功能和價值，強調打破傳統男性批評論述和男性本位的觀點，用女性文學、閨閣話語與女性主體邊緣化作為張愛玲的臨界點，這樣必然會找到某種足以移置顛覆的解構形式，用性別錯位與現代文學中的虛假論述現象理論去取代以往對張愛玲作品凝固不變的閱讀認知，為張愛玲研究及其文本隱喻提出自己的創見，使這部重讀張愛玲的著作成為尋找張愛玲關於「我是誰」和「我在和誰說話」等女性問題答案的又一研究佳作。這正顯示出著者走向理性思考的成熟。

第二章 關於臺灣新詩史的爭鳴

第一節　三十年來大陸的臺灣新詩研究

改革開放三十年來，大陸的臺灣文學研究取得了重要成績。從學術史角度來看，臺灣文學作為中國當代文學的一門分支學科開始創建，作為世界華文文學學科組成部分的臺灣文學，也逐步向跨地域的學科發展。

如今檢視這三十年來大陸的臺灣文學研究尤其是新詩研究成果，總結其經驗教訓，就需要有兩個參照系：一是自身的參照，即大陸的臺灣新詩研究與大陸的本土新詩研究相比有什麼特點與缺失；二是和臺灣地區參照，相較於臺灣本地的臺灣新詩研究，大陸的臺灣新詩研究有哪些特殊經驗與成果。後一個參照更重要，因為大陸學者的臺灣文學研究離不開臺灣政局的發展、文學的走向和自身研究成果的增援，這兩者互為激蕩，互為補充，這就必須借鑒臺灣同行的研究經驗，來考察大陸自身的研究價值和意義。如果從這

古遠清在台中中興大學，1997 年

個參照系看，大陸的臺灣新詩研究成果由於意識形態、研究方法和資料缺失等原因，還未能得到臺灣同行的充分肯定，反彈多於讚揚，批評多於褒獎。

三十年來大陸的臺灣新詩研究，大體可分為三個階段——

一九七九至一九八九年為奠基期

在改革開放前，大陸對臺灣文學一無所知。一九七九年元旦葉劍英的〈告臺灣同胞書〉發表後，兩岸對峙長達三十年的情況才有了改變，「老死不相往來」的兩地血緣文化，由此得到交流。大陸的臺灣文學研究，正是在停止炮擊金門的背景下展開的。由於是政治的解凍帶來文化的鬆動，鬆動後的文化自然也得報政治之恩，即讓文化交流為政治服務，讓臺灣文學研究為祖國統一大業服務。試看一九八〇年代先後出版的兩部《臺灣詩選》(1)，幾乎清一色是懷鄉愛國的主題，這就難怪名不見經傳的「詩人」上了榜，而一些著名的「大牌」詩人由於詩作的內容不符合這個標準而名落孫山。後來通過交流，《臺灣詩選》以及派生的《臺灣愛國懷鄉詩詞選》(2)一類的選本不再成為主流，大陸學者對臺灣新詩的基本情況已有初步的瞭解，這方面的文章僅第二屆臺灣香港文學學術研討會就有三篇：翁光宇〈臺灣新詩簡論〉、周文彬〈光復前臺灣新詩簡論〉、劉登翰〈論臺灣的現代詩運動——一個粗略的史的考察〉(3)，另有耘之的〈海峽彼岸的聲音——漫說三十年來的臺灣詩壇〉(4)、古繼堂的〈崛起・西化・回歸——臺灣新詩發展的歷程〉(5)。對臺灣新詩的有關資料也作了初步整理，有翁光宇的《臺灣新詩》(6)、劉登翰的《臺灣現代詩選》(7)，後者雖沒有「選析」，但其學術含金量比前者突出，參考價值更大。

在評介臺灣重要詩人詩作方面，得風氣之先的流沙河雖然有點拘謹，但他的《臺灣詩人十二家》、《臺灣中青年詩人十二家》(8)，不因人廢詩、因詩廢人，使讀者在走馬觀花之中領略到彼島詩作的概貌。他著重粗筆鉤勒而非工筆描繪，表層的介紹多於深層分析，因而不能說此書在理論上做到了深透和綿密，但作者對臺灣詩人的評價，總的說來著語不多而能力透紙背，評價中肯且文字雋永，表現了作者作為鑒賞家和批評家的風度：用現實的眼光與藝術的眼光，理直氣壯地而又溫文爾雅地評說著現代派的是非與功過。「十二家」是一種評介性的詩選，流沙河另一本《隔海說詩》(9)，則是具有獨立審美價值的詩話。它只講文本不涉及人；詩又只說優秀的或瑕瑜互見的，且著重探討詩藝，而不在其思想意識上下功夫。許多篇章，讀之餘味悠悠，令人低徊不已。流沙河的另一本《余光中一百首》(10)賞析，將余氏代表作的深奧內涵揭示了出來。後來賞析臺灣詩著作逐年增加（其中有一些寫於一九八〇年代末期、出版於一九九〇年代初），計有古遠清的《臺港朦朧詩賞析》(11)、《臺港現代詩賞析》(12)、《海峽兩岸朦朧詩品賞》(13)、耿建華和章亞昕的《臺灣現代詩賞析》(14)、陶梁選編的《臺灣現代詩拔萃》(15)、李元洛的《寫給繆斯的情書：臺灣與海外新詩欣賞》(16)、盧斯飛的《洛夫、余光中詩歌欣賞》(17)，最具規模的是陶本一和王宗鴻主編的《臺灣新詩鑒賞辭典》(18)。其中由花城出版社引進的恰似繪畫中飄揚髮絲的席慕蓉作品及衍生的賞析著作，在大陸捲起了一股席慕蓉旋風：在滿足少男少女夢幻的最新寄託的同時，出版社也創下了最佳的票房收入。

對評論之評論，一直是大陸臺灣新詩研究的薄弱環節。青年評論家鄒建軍的〈臺灣詩歌在大陸的研究概述〉[19]，開闢了新的領域。該文從四個方面描述大陸的臺灣新詩研究「經歷了由個體到群體到整個詩壇的研究，經歷了由淺到深，由初步綜合到專門化到高度綜合化的過程」。他這篇文章就是專門化綜合過程的一個說明。

這時期大陸的臺灣新詩研究失誤主要是受政治論詩學支配，局限在愛國、懷鄉詩作上做文章；闡明臺灣新詩是中國新詩的組成部分時，存在著直線化、簡單化的傾向，忽略了臺灣新詩還受日本文學影響的一面。對臺灣現代詩缺乏具體的分析，未能充分肯定它在臺灣詩壇所起的革新作用，如李元洛的論文〈前車之鑒——從臺灣詩壇看現代派〉[20]。另方面，出版臺灣詩人作品有商品化傾向，以致出現了冒名席氏著作以取得市場效應的怪事發生。一些選本的資料多採用二手，如流沙河的《臺灣詩人十二家》，係以臺北出版的《中國當代十大詩人選集》[21]為藍本，古繼堂的《柔美的愛情》，則幾乎全部取材自臺灣詩人張默編選的《剪成碧玉葉層層》[22]。

一九九〇至一九九九年為轉型期

這時大陸的臺灣新詩研究開始跳出為政治服務的框框，逐步回到文學本身的軌道，讓研究論著具有自身的學科形態和學術品格。一些學者以歷史的理性眼光進行客觀的研究：不但全面系統地整理資料，出版了《臺港澳暨海外華文新詩大辭典》[23]，而且考察各種題材、各種流派、社團的創作情況，探討他們在各自文學史上的地位，科學地總結臺灣新詩的發展規律及其經驗教訓。表現在具體的研究工作中，重新實事求是評價由於種種原因被貶低或被否定的創作流派。如初期進入臺灣文學研究領域的學者，鑒於鄉土文學受過國民黨御用文人的圍剿，便普遍抬鄉土詩壓低現代主義詩歌。可後來鄉土文學陣營發生了裂變，在統獨兩派鬥爭中眾多鄉土詩人倒向獨派一邊，這對有些論者過高評價他們來說，無異是莫大的諷刺。後來大陸學者意識到這個問題，已作了不同程度的修正，這體現在鄒建軍《臺港現代詩論十二家》[24]中。該書共評述了覃子豪、余光中、洛夫、瘂弦、文曉村、舒蘭、李春生、李魁賢、李瑞騰等人的詩論，其中現代詩論超過了現實主義詩論。陳仲義的《臺灣詩歌藝術六十種——從投射到拼貼》[25]，則是專論臺灣現代詩技巧的書。洛夫的「畸聯」、羅門的「顛倒」、余光中的「三聯句」、周夢蝶的「禪思」、瘂弦的「戲

在羅門燈屋談詩。左起：琹川、涂靜怡、古遠清、羅門，1997 年於臺北。

劇性」、商禽的「幻化」、紀弦的「徘諧」、葉維廉「名理前的視境」、羅英的「瞬間綻放」、杜國清的「意象徵」、《笠》同仁的「即物」，以及後現代的「錄影」、「多媒體」、「後設」、「拼貼」、「諧擬」、「博議」……這六十種藝術經驗技巧的分類雖然過於瑣碎，但著者能作深入獨到的分析。其剖析之細，在兩岸絕無僅有。

在大陸，閩籍學者一直是研究臺灣新詩的主力軍。在臺灣現代主義詩歌研究方面，除上述陳仲義的專著外，另有一批高質量的論文，如俞兆平的〈臺灣現代詩學中「知性」概念之我見〉(26)、朱雙一的〈超現實主義在臺灣詩壇的形成與蛻變〉(27)、余禺的〈現代主義與中國詩學的再出發——臺灣現代詩在中國新詩史上的位置及其評價〉(28)。此外，南京青年學者劉紅林的〈臺灣現代派詩歌獨特的文化內涵〉(29)、張桃洲的〈略論臺灣現代派詩的早期形態〉(30)，論題新穎，分析獨到。廣東學者陳子典、譚元亨合著的《臺灣兒童文學・詩歌論》(31)，不僅是一部臺灣兒童文學發展史，而且還用了許多篇幅對臺灣兒童文學的藝術特徵作了到位的分析。

在這一時期，大陸的臺灣新詩研究成果無論是量還是質方面均比第一個十年有所提高。這和研究隊伍擴大有關：除高等院校教師外，還有社科院研究人員、編輯家參與。新生力量的加入，則為大陸的臺灣新詩研究增添了活力。如費勇的博士論文《洛夫與中國現代詩》(32)，不局限於個案研究，對洛夫在中國現代詩史上的地位給予充分肯定，頗有深度。沈奇的《臺灣詩人散論》(33)，顯示了與老一輩評論家不同的學術風格。

在研究方向上，從著重政治功能到注重美學價值的轉換外，另一走向是從微觀透視到宏觀把握的拓展。還在一九八〇年代末期，便有學者嘗試用新詩史的形式去總結一九八〇年代的研究成果。古繼堂的《臺灣新詩發展史》(34)，便是這方面的代表作。該書以臺灣新詩發展為主線，以歷史與美學的綜合理論尺度，尋求臺灣新詩發展變遷的內在規律。為突出回歸傳統這一主旋律，該書一方面從縱向描繪臺灣新詩發展歷程，從橫向渲染各個時期的詩歌風貌，形成歷史的整體感；另一方面，又在現代派、鄉土派、青年詩人群的具體評價中，注意指出他們對詩壇的各自貢獻及其歷史局限性。這樣前呼後應，把各自分流的河水納入同一河道中，使臺灣新詩的發展軌跡了了分明。該書出版後，作者曾作了修訂(35)。即使這樣，張默在〈偏頗・錯置・不實？〉(36)中仍認為：「發展史」在詩人分類歸屬、評價標準方面頗多盲點，古繼堂後來寫了文章回應(37)。古氏的論著常常被臺灣評論家批評為「統戰文學」的代表，這與古氏的論述存在著某些觀點過於僵硬有關。

在老一代評論家中，劉登翰是極有影響的一位。他和朱雙一合著的《彼岸的謬斯——臺灣詩歌論》(38)，上篇〈詩潮論〉分五章：臺灣新詩的當代出發、政治的入侵和藝術的突圍、現代主義詩潮的勃興、現實的關切和傳統的接續、藝術經驗的匯聚和詩壇的多元發展。另有結束語〈從單一到多元，從碎裂到整合：當代中國新詩的歷史走向〉，從宏觀角度對臺灣詩歌潮流作了整體性的描述，具有《臺灣新詩思潮史》的雛型。下篇從微觀角度對六十多位詩人作出精到論析，已接近一幅完整的臺灣當代新詩的圖景。這些研究成果，劉登翰後來吸收在他和洪子誠合著的《中國當代新詩史》(39)中。

兩岸合作出版在這一時期也有所突破。古繼堂繼《臺灣新詩發展史》(40)在兩岸出版後，《臺灣青年詩人論》(41)的繁體字本也在臺灣亮相。古遠清的《詩歌分類學》(42)、《詩歌修辭學》(43)在大陸出版後亦在臺灣面世。

自改革開放以來，大陸掀起了一股包括新詩在內的臺灣文學研究熱潮。對此，臺灣詩學界一直沒有明確集中的反應。到了一九九二年，標榜「詩寫臺灣經驗」、「論說現代詩學」的《臺灣詩學季刊》創刊伊始，便製作了〈大陸的臺灣詩學〉專輯，對章亞昕、耿建華編著的《臺灣現代詩歌賞析》(44)、葛乃福編的《臺港百家詩選》(45)、古遠清編著的《臺港朦朧詩賞析》(46)和古繼堂著的《臺灣新詩發展史》(47)，作出「滿含敵意，頗多譏諷」(48)的「毫無情面的痛批」(49)。到了次年三月，該刊大概看到這種專輯所引發的巨大反響，極大增加了刊物的知名度，便又推出同名專題下篇，其中炮擊對象集中於大陸的「主流」臺灣詩學，即孟樊說的以「『大陸雙古』（古繼堂、古遠清）為代表，兼及謝冕、李元洛、楊匡漢、劉湛秋等人」(50)。

大陸「雙古」回應臺灣詩壇的批評

這不是一般的批評那幾本書、那幾位詩評家的問題。在他們看來：大陸詩評家「要和臺灣詩評家賽跑，爭奪臺灣詩的詮釋權」(51)。有位「年度詩選」主編者還預言：「不久的將來，臺灣新一代詩人即將面臨強勁的對手，到那時兩支『夢幻隊伍』交鋒，鹿死誰手，實難預卜，此岸詩人不能不有所警覺」(52)。故受到嚴重威脅的臺灣詩評家，到了必須嚴正表明對大陸的臺灣詩學不屑一顧，他們的著作「讓臺灣詩壇笑掉大牙」(53)的鄙視態度，以把臺灣文學詮釋權奪回來。可這些批評家不太瞭解大陸情況，「隔著海峽搔癢」批評大陸學者，如說「朦朧詩」在大陸是「精神污染」的代名詞，就欠準確。其實，「朦朧詩」在大陸主要是中性名詞，後來還成為褒義詞。他們還缺少自我反省精神，正如孟樊所說：「在痛批對岸之餘，是否也能反躬自省？我們自己交出了一張什麼樣的成績單？詩論、詩史都要交給對岸去寫之外，除了極少數人，在詩學方法上，還不是一樣抱殘守缺？……對臺灣詩壇而言，臺灣自己的臺灣詩學恐怕要比大陸的臺灣詩學來得重要。與其三番兩次去炮轟對岸，不如關起門來先檢討自己，我們給後代的臺灣詩人留下了些什麼？大陸『雙古』的臺灣詩史、批評史，我們既不滿意又不接受，可又拿不出可被檢視的同等著作，這才是臺灣詩壇的真正悲哀」(54)。

這時期大陸的臺灣新詩研究缺陷是對外省詩人關注多，對本土詩人研究只局限於杜國清等少數人身上；從友情出發評論多，尖銳批評對方的文章少。在一些研討會上，以臺灣鄉愁詩作應景文章的現象仍時有出現；大陸一些媒體缺乏版權觀念，盜印臺灣詩人作品的現象累有發生。

二〇〇〇年至二〇〇八年為深化期

在深化期，臺灣詩人詩作不論是西化／中化、外省／本土均進一步作出了全面深入研究；詩歌社團、流派及詩論研究在不斷加強；兩岸新詩比較研究和兩岸詩人、詩評家對話與爭議仍繼續進行；詩人評傳的撰寫成為熱門，新詩史研究又添新景。

從表面上看，第三個十年大陸的臺灣新詩研究成果比一九九〇年代「減產」，但在走向學術語境和研究品質方面，均有所提高。其中社團研究有章亞昕的《情繫伊甸園：創世紀詩人論》[55]。該書分析了「創世紀」從老一輩洛夫到新生代楊平數十位詩人的創作特色，讓讀者從中體悟半世紀以來臺灣詩壇的風雲變幻。該書在以個案研究為重心的同時，還有四篇綜論，對「創世紀」詩人的時空意識、文化精神、意象語言、邊緣處境等問題作了深入的探討。

臺灣詩人余光中、洛夫、瘂弦等人以詩藝上的驚世駭俗、不同凡響的風貌和不守詩律的反傳統姿態，以受超現實主義影響而走火入魔的創作個性，拓寬了中國當代詩歌的藝術空間。臺灣的現代後現代文學思潮湧入大陸，洛夫們由「樂詩不疲」到「玩詩不恭」的境地，刺激了大陸新詩的發展。在這樣的文學氛圍和歷史語境中，記述這些在境外詩人生平、思想、成果的評傳便出現在大陸書市之中。這方面的代表作有徐學的《火中龍吟——余光中評傳》[56]、龍彼德的《瘂弦評傳》[57]、楊四平的《一尊木訥的靈魂：九論詩人文曉村》[58]、鄒建軍等人的《李魁賢詩歌藝術通論》[59]、古遠清的《余光中：詩書人生》[60]。其中最值得重視的是龍彼德的《一代詩魔洛夫》[61]。該書與作者在一九九〇年代出版的《洛夫評傳》[62]不同之處在於：「補蛻變之散，集生平之趣，寫晚年之新」[63]。即著重在洛夫詩風的蛻變軌跡上做文章，從縱向上切入洛夫的人生又從橫向上選取幾個鏡頭而聯接成「傳奇」，網羅傳主一生中的眾多趣事趣聞，以表現其性格特徵和精神風貌。這裏說的「一生」，包括一九九六年洛夫移民加拿大後的創作新進展。全書「以傳為主，傳評結合。傳分三段：一是從出生到成名；二是從還鄉到走向世界；三是從移民加拿大到現在。三段概括了洛夫的一生，每一段都不離開詩，並以詩為中心，將感性的描述與理性的評析結合起來……緊扣『魔』字，但不粘滯於『魔』字。」[64]正是基於這種構思，使此書不是舊著的簡單改寫，而是在文本基礎上昇華到理論。而徐學的《火中龍吟》，寫法與龍彼德不同，與周偉民、唐玲玲的《日月的雙軌——羅門、蓉子創作世界評介》[65]只「評」不「傳」更不同。該書「傳」的部分勾勒傳主生平細節，神情笑貌；「評」的部分闡發傳主創作觀念與藝術特徵。「傳」著重史料性，注意可讀性。「評」所著重的是重思辯與定位，與「傳」側重點不同，但作者力求融合，打通藝術與生活。「一面力戒巨細無遺與藝術創造無關之生活細節，即使有趣也將捨棄；一面避免生硬晦澀，不附注解，少用述語，將可讀性與思辯性結合」[66]。該書不足之處是未寫詩人在鄉土論戰中的不良表現，有為賢者諱的傾向。

在海峽兩岸詩歌比較方面，這一時期有新的進展。以前的海峽兩岸文學研究多局限於小說，所強調的是臺灣文學與祖國大陸文學同根同種同文，然後再以「殊相」襯托「共相」。現今大陸的臺灣新詩研究，在比較時也強調「共相」，但用更大的篇幅述說「殊相」。這方面的代表作有朱雙一的〈臺灣新世代和舊世代詩論之比較〉[67]、陳仲義的〈兩岸後現代詩歌比較〉[68]。這種比較，均有利於兩岸詩人取長補短，尤其是兩岸前衛詩人面對大量非詩、非藝術的不滿和指責，進行反省和調整。

作為研究作家的一種形式——臺灣詩人詩作研討會，在一九八〇年代末期就有江蘇邳縣召開的「舒蘭詩歌研討會」，以後有海南大學一九九三年舉辦的「羅門、蓉子學術世界研討會」，中南財經政法大學一九九四年舉辦的「彭邦楨作品研討會」。到了新世紀，這種研討會仍舉辦了不少，如二〇〇二年華中師範大學舉辦的「余光中暨沙田文學國際學術研討會」，二〇〇五年中國作家協會主辦的「詹澈作品研討會」，二〇〇七年北京師範大學珠海分校主辦的「兩岸中生代詩學高層論壇暨簡政珍作品研討會」，二〇〇八年北京大學中國新詩研究所和首都師範大學中國詩歌研究中心主辦的「葉維廉詩歌創作研討會」，另有洛夫〈漂木〉、張默作品研討會等。這些研討會雖然也是讚揚居多，但與大陸盛行的某些紅包式「研好會」不完全相同，其中有雜音和噪音出現，有時還有激烈的論辯，另一不同是會後多半都出了論文集，即使沒出也在境內外期刊上刊出。

臺灣的詩論隊伍老一輩與新世代研究策略不同：老一輩長於微觀研究，新一代以宏觀研究著稱。大陸恰恰相反：前行代以宏觀研究見長，如劉登翰、古繼堂，新世代以微觀探幽著稱，如陳仲義、沈奇。當然，前行代與新世代的區分並不是絕對的，如章亞昕在研究「創世紀」詩社基礎上擴大研究面，已寫成《二十世紀臺灣新詩史》。王金城二〇〇八年由廈門大學出版社出版的《臺灣新世代詩歌研究》，系大陸首部研究臺灣新生代的專著。它對文化中國與地理臺灣、都市精神與後現代狀況、生活美學與身體修辭、流變中的詩學建構等問題，均作了深入的分析，有許多獨到的見解。此外，前行代在臺灣新詩史研究方面到新世紀也交出了新的成績單：古遠清在臺北出版的《臺灣當代新詩史》(69)，突出當下新詩發展現狀，下限寫至脫稿前的二〇〇七年；不為賢者諱，在充分肯定大牌詩人藝術成就的同時，如實地寫出他們的人生敗筆或藝術上的缺陷。該書出版後，在臺灣引起熱烈的討論。《創世紀》刊登楊宗翰對古遠清的訪談，在充分肯定此書的成績的同時指出其局限(70)。《葡萄園》專門製作了「挑戰與回應專欄」，發表了謝輝煌、落蒂幾乎全盤否定該書的文章(71)，劉正偉也發表了長文指出古著的諸多局限(72)。古遠清除在臺灣分別寫了〈小評謝輝煌對拙著的「反攻」〉、〈落蒂不如大陸學者熟悉臺灣詩壇〉作為回應(73)外，另在大陸發表了〈《臺灣當代新詩史》的歷史敘述及陌生化問題──對臺北三位詩人批評拙著的回應〉(74)。

深化期大陸的臺灣新詩研究仍存在下列缺失：有關臺灣新詩研究的課題未能攻進國家社會科學基金和教育部人文社會科學基金而立項；研討會只集中在「創世紀」、「藍星」等少數著名詩人身上，面還不夠寬；資料錯誤仍較突出。這固然有資料收集不易的原因，但更多的作者是出書心切，編校馬虎所致。

三十年來大陸的臺灣新詩研究，如果和大陸的本土新詩研究相比，隊伍不夠整齊，有份量的詩評家極少有人參與臺灣新詩研究，個別的只是「兼差」，新銳評論家也少人加入這一營壘。這就難怪大陸的臺灣新詩研究比大陸的本土新詩研究遜色。至於大陸的臺灣新詩研究最基本的經驗是堅持臺灣新詩是中國新詩的一個特殊分支，兩岸的詩學交流不是國與國之間的交流，而是國內不同地區的交流原則，以及整合兩岸詩歌應堅持和而不同，合而不併。臺灣學者不認同大陸某些批評家傳記式的批評方法，把詩史等同於詩刊詩社史的做法，還有兩岸新詩誰的成就高，這些均可以求同存異。使人感到遺憾的是，相比大陸的臺灣新詩研究，臺灣對大陸的新詩研究專著是如此之少，早先只有高準一人在做[75]，後來者寫的論著且質量甚差，錯漏甚多，如認為大陸粉碎「四人幫」後仍把社會主義現實主義作為最高準則，其實這個「主義」早在一九五八年就被革命現實主義與革命浪漫主義相結合的創作方法所取代，以後再沒人提起它。政治上的偏見更多，如稱一九四九年以後的大陸為「淪陷後」[76]，還有什麼「全面赤化」[77]，這均不是什麼學術語言。不過，到了新世紀，連這類的研究都幾乎沒有了，這固然和臺灣所刮起的「去中國化」之風有關，但也和臺灣詩論隊伍力量薄弱分不開。

【附注】

(1) 人民文學出版社編輯部編。北京，人民文學出版社，一九八〇、一九八二年。

(2) 巴楚編，北京，時事出版社，一九八一年；陳東生編，上海人民出版社，一九八二年。

(3) 翁光宇文章發表於廣州《暨南學報》，一九八六年第一期。周文彬和劉登翰文章見《臺灣香港文學論文選（二）》，福州，海峽文藝出版社，一九八五年。

(4) 福州，《福建文學》，一九八二年十一期。

(5) 鄭州，《文學知識》，一九八七年第三—四期。

(6) 廣州，花城出版社，一九八五年。

(7) 瀋陽，春風文藝出版社，一九八七年。

(8) 重慶出版社，一九八三、一九八八年。

(9) 北京，三聯書店，一九八五年。

(10) 成都，四川文藝出版社，一九八八年。

(11) 廣州，花城出版社，一九八九年。

(12) 鄭州，河南人民出版社，一九九一年。

(13) 武漢，長江文藝出版社，一九九一年。

(14) 濟南，明天出版社，一九八九年十月。

(15) 桂林，灕江出版社，一九八九年。

(16) 太原，北岳文藝出版社，一九九二年。

(17) 南寧，廣西教育出版社，一九九三年。

(18)太原，北岳文藝出版社，一九九一年。

(19)武漢，《社會科學動態》，一九八九年第四期。

(20)長沙，《芙蓉》，一九八四年第一期。

(21)張漢良、張默編。臺北，源成圖書供應社，一九七七年。

(22)臺北，爾雅出版社，一九八一年。

(23)古繼堂主編。瀋陽出版社，一九九四年。

(24)武漢，長江文藝出版社，一九九一年。

(25)桂林，灕江出版社，一九九七年。

(26)《廈門大學學報》，一九九四年第四期。

(27)劉登翰等：《臺灣文學的走向》，福州，海峽文藝出版社，一九九〇年。

(28)同注(27)。

(29)南京，《江海學刊》，一九九六年，第二期。

(30)南京，《世界華文文學論壇》，一九九九年，第三期。

(31)武漢，華中師範大學出版社，一九九四年。

(32)臺北，東大圖書公司，一九九四年。

(33)臺北，爾雅出版社，一九九六年。

(34)臺北，文史哲出版社，一九八九年。

(35)一九九七年修訂時，加了「續編」〈臺灣新詩的多元化〉。

(36)臺北，《臺灣詩學季刊》，一九九六年，第三期。

(37) 古繼堂：〈雨過山自綠，風過海自平〉，臺北，《臺灣詩學季刊》，一九九六年，第六期。

(38) 南昌，百花洲文藝出版社，一九九六年。

(39) 北京大學出版社，一九九三年。

(40) 臺北，文史哲出版社，一九八九年七月；北京，人民文學出版社，一九八九年五月。

(41) 武漢出版社，一九九四年；臺北，人間出版社，一九九六年。

(42) 武漢，中國地質大學出版社，一九八九年；高雄，復文出版社，一九九一年。

(43) 武漢，湖北教育出版社，一九九五年；臺北，五南圖書公司，一九九七年。

(44) 同注(14)。

(45) 南京，江蘇文藝出版社，一九九〇年六月。

(46) 同注(11)。

(47) 同注(40)。

(48) 李瑞騰：《大陸的臺灣詩學再檢驗・前言》，《臺灣詩學季刊》一九九二年十二月（總第一期），第九頁。

(49) 孟樊：〈主流詩學的盲點〉，臺北，《臺灣詩學季刊》一九九六年三月（總第十四期），第二七頁。

(50) 同注(49)。

(51) 同注(49)。

(52) 白靈：〈詩的夢幻隊伍——《八十四年詩選》上場〉。辛鬱、白靈主編：《八十四年詩選》，臺北，現代詩社，一九九六年印行，第六頁。

(53) 同注(49)。

(54) 同注(49)。

(55) 臺北，文史哲出版社，二〇〇四年.
(56) 廣州，花城出版社，二〇〇二年。
(57) 臺北，三民書局，二〇〇六年。
(58) 臺北，詩藝文出版社，二〇〇四年。
(59) 北京，作家出版社，二〇〇二年。
(60) 武漢，長江文藝出版社，二〇〇八年。
(61) 臺北，小報文化公司，一九九八年。
(62) 南京大學出版社，一九九五年。
(63) 龍彼德：《一代詩魔洛夫》，臺北，小報文化公司，一九九八年，第四三四、四三六頁。
(64) 同注(63)。
(65) 臺北，文史哲出版社，一九九一年。
(66) 徐學：《火中龍吟》，廣州，花城出版社，二〇〇二年，第六頁。
(67) 臺灣，佛光大學中文系：《兩岸現代詩學國際學術研討會論文》，自印，二〇〇三年。
(68) 同注(67)。
(69) 臺北，文津出版社，二〇〇八年。
(70) 楊宗翰：〈殊途不必同歸——與古遠清談臺灣詩史的書寫問題〉，臺北，《創世紀》，二〇〇八年夏季號。
(71) 劉正偉：〈評古遠清《臺灣當代新詩史》〉，臺北，《乾坤》，二〇〇八年七月。
(72) 臺北，《葡萄園》，二〇〇八年夏季號。
(74) 汕頭，《華文文學》，二〇〇八年第五期。

(75) 高準：《中國大陸新詩評析》，臺北，文史哲出版社，一九八八年。

(76) 潘麗珠：《臺灣現代詩教學》，臺北，五南圖書公司，二〇〇五年。

(77) 洛夫、瘂弦：《當代大陸新詩發展研究》，臺北，「文建會」出版，一九九六年。

第二節　兩岸詩學的交流與整合

改革開放三〇年來，中國當代詩學建設的一個重大收穫，是發現了與大陸詩學同根同種同文，但發展形態有重大差異的臺灣詩學。

由於閉關鎖國，以前是根本否認大陸以外詩學的存在。門戶打開了，臺灣詩人的作品及其詩學著作陸續登陸內地，可不少人還是對臺灣詩學抱著懷疑態度。之所以懷疑，首先是認為臺灣詩的人口遠遠比不上大陸，從事詩學研究的人又比大陸少。以詩評家而論，多半是詩人兼詩論家，少有像大陸謝冕、楊匡漢、吳思敬、呂進這樣專業的詩論工作者。其次是臺灣的詩評多於詩論，以鑒賞取代詩學建設的現象極為突出。再次是不似大陸有《詩探索》、《新詩評論》、《中外詩歌研究》這樣定期出版的長壽理論刊物。第四是不少打著《現代詩學》、《新詩學》招牌的書，均是論文的拼湊，名不副實。

然而，臺灣真的就沒有自己的詩學理論建構，沒有值得大陸同行借鑒的詩學主張及其專著嗎？當然不是。在「反共復國」的年代，純詩學理論難以生存，但仍有像紀弦這樣的勇士反叛自己信仰過的政治掛帥的「戰鬥詩學」，提出了新詩現代化的一系列理論主張。雖然這主張如強調知性、放逐抒情以及提倡「橫的移植」，遭到眾多詩人的批評，但誰都無法否認紀弦的現代詩創作實踐及其現代詩論的巨大影響，其中的經驗教訓對兩岸詩學的建設均是一筆財富。最近十多年，臺灣的系統詩學著作也開始出現，如簡政珍的《臺灣現代詩美學》、蕭蕭的《臺灣新詩美學》和《現代新詩美學》、孟樊的《臺灣後現代詩理論與實際》。這些著作不論在觀念上還是體系上，與大陸的詩學論著有明顯差異。

大陸詩學和臺灣詩學的分流，一般認為是一九四九年以後，其實在一九三三至一九三九年就已出現。以楊熾昌為首的《風車》詩集團，高揚超現實主義的旗幟，「主張主知的現代詩的敘情，以及詩必須超越時間、空間，思想是大地的飛躍」，並主張超現實主義。按詩社領頭人的講法：「我體認文學寫作技巧方法很多，寫實主義必定引發日人殘酷的文字獄，因而引進法國正在發展中的超現實主義手法來隱蔽意識的表露」，這可謂是用心良苦。這種主張亦可看作是對「思想陳腐、思考通俗，表現的只是滿腹感歎、饒舌的文字」的反撥。在《土人的嘴唇》中，楊熾昌再次強調知性：

> 現代詩的完美性就是從詩法的適用來創造詩。它非為一均勻的浮雕不可。所謂詩的才能就是於其詩的純粹上，非最生動的知性的表現不可。

這裏強調「知性」和不懼報人、小說家不理解，從政治上來說是企圖以超現實主義手法包裝自己對殖民文學的抵制；從藝術上來說，是想拓展新詩創作的路子，希望詩人們不要墨守成規，要有獨立創造的精神。他的許多觀點，受日本《詩與詩論》同仁的超現實主義理論的啟發，然而由於社會的不理解而受到圍攻，再加上「治安維持法」、出版、言論……等取締法的控制，政治環境不容許藝術革新，因而這股思潮隨著《風車》的停刊而止息。

如果說，超現實主義這股詩潮只是臺灣詩學與大陸流行的傳統詩學作分流的一個嘗試的話，那到了一九五〇年代，由於兩岸的隔絕造成臺灣的社會制度、軍事地位及經濟狀況、社會風俗與大陸不同，這便形成了與大陸當代詩學不同的特色：

一、在分期上，臺灣當代詩學不是一九四九年為界，而是從一九四五年光復後開始。這不是政治決定論，而是因為語言的轉換：光復後廢除日文，詩人和詩論家用中文寫作所致。

二、現代主義詩學比大陸出現得早。當兩岸軍事對峙，大陸閉關鎖國，視西方現代派為洪水猛獸，所走的是民歌加古典道路時，臺灣從一九五六年就開展了現代主義詩歌運動，現代派詩歌一度占主流，直到一九七〇年代後期才開始退潮。

三、臺灣詩論家隊伍的結構和大陸明顯不同。臺灣的詩論家大都出身於外文系，如顏元叔、余光中、葉維廉、張漢良、簡政珍，都不是中文系畢業。他們受西方詩學影響大，現代和後現代詩論多半出自外語系新世代的評論家之手。

四、詩人結社、辦刊和創作高度自由化。結社不受任何條條框框約束，容易形成流派，詩論同樣如此。但有長處必有短處：封閉性突出，黨同伐異現象嚴重，「私人戰爭」以及「私人連環戰爭」不斷出現，使詩論家無法安心「抓生產」，在「鞏固國防」方面浪費了不少精力。

五、當大陸的詩人和詩論家在文革期間不是被打成牛鬼蛇神就是下放勞改時，臺灣的詩論家還在努力耕耘，發表和出版了一小批論著，填補了中國當代詩論的空白。

六、在總體成就上，臺灣詩論也許比不上成績斐然的大陸詩論，但臺灣仍有單打冠軍，像葉維廉所著無論是廣義還是狹義的詩學，大陸均難於望其項背。另一海外詩論家奚密的著作也有別人難於代替的特色。

臺灣詩學這種異於祖國大陸詩學的獨特風采，豐富了中國當代詩學的內涵，為內地詩學發展提供了新的參照系。

這裏應提出的是，兩岸詩學從一九五〇年代以後出現的逆向運動：在國民黨退據臺灣不久，臺灣詩學高揚現代主義，到一九七〇年代後期回歸傳統，鄉土詩學由此占主導地位，而大陸詩學從一九五〇年代起只強調「縱的繼承」，到一九八〇年代則大力弘揚「橫的移植」，「三個崛起」便是這種詩學理論的代表。兩岸詩學這種逆向發展其目的都是為了創新，都希望與時俱進。這其中的經驗教訓值得總結。如臺灣詩學從一九八〇年代開始，不再獨尊某派詩學，而注意詩學觀念的多元；大陸詩學在一九八〇年代中、後期也是注意現代與傳統的包容，「上園詩派」的理論家的著作，便是這方面的代表。兩岸詩學走過的道路曲折，方向不同而最後殊途同歸，這是一個很值得探討的現象。

臺灣詩學與大陸雖然有諸多不同，但其分流是在同一文化背景下進行的。五千年悠久的中華文化，是分流前提。臺灣詩論家畢竟吃的是米飯，用的是筷子，過的是中秋，寫的是中文，其詩論當屬中國詩論無疑。目前，兩岸對詩學分流持不同態度：大陸強調異中有同，臺灣突出同中有異，有些人甚至不承認同的一面。由於立場的差異，兩岸詩論家不僅常常會為臺灣現代主義運動是否徹底失敗及為某些（如余光中）與政治關係密切的詩人詩作的評價產生分歧，而且會為兩岸詩歌誰的成就高互不相讓。早在一九七二年，鐘鼎文就認為「中國詩的傳統，只好由臺灣的新詩接續」，大陸已「完全受政治控制」，詩人們「都不再寫詩」。只有臺灣地區的文學運動，才是中國文學的「正統」。如果說，這在「文革」開展的一九七〇年代還說得過去的話，那到了一九八〇年代以後，還這樣認為就不十分準確了。可臺灣不少作家仍持這一觀點，如由大陸到臺灣定居的小說家無名氏，就「一直稱讚臺灣的詩凌駕於大陸之上」，並認為在臺灣的中國詩人「才是中國詩的希望」。本土作家更是認為「顯然三十年來臺灣文學的成就，已經凌駕於中國文學之上」。不過，臺灣有不少有識之士不願再為這些與政治密切相關無法作定論，且含有爭奪文學霸權和誰是「中心」的問題爭

載《臺灣詩學季刊》1996 年 3 月

吵不休。他們以「擱置政治爭議，發展文化交流」為指導思想，希望政治歸政治，詩藝歸詩藝。

此外，不能把新世紀的兩岸詩學關係簡單地解讀為統獨關係。臺灣許多詩人及詩論家並不贊同「寧愛臺灣斗笠，不戴中國皇冠」的口號，更不贊同用漢語寫的詩學不是「臺灣詩學」，而是所謂「臺灣華語詩學」，只有用所謂「台語」寫的詩論才算臺灣詩學的偏狹認識。臺灣詩論著作幾乎都避談統獨問題。不管是政治上傾「藍」或靠「綠」的詩論家，在探討詩歌基本原理時均自覺隱藏自己的政治身份，就詩學論詩學，其中所存在的不是回歸與叛離的抗爭，而主要是分流與整合的差異。

切忌用僵化的態度看兩岸詩學交流。兩岸關係時鬆時緊，依不同時間、地點，大陸對某派詩人的評價，會有不同變化。如在一九八〇年代，大陸學者高度讚揚剛腸疾惡的鄉土詩人反抗當局的精神，可到了全面本土化的一九九〇年代，他們對由鄉土詩學變為本土詩學尤其是受獨派「仇中、去蔣」意識形態牽累的詩論家，就會採取謹慎的態度。當然，他們不會把本土詩論家籠統地與分離主義等同起來。對生於斯長於斯而又對祖國大陸顯示友善態度的詩論家，他們會熱情接納。簡單地把這種現象視之為「統戰」，是一種皮相的看法。應強調的是，兩岸詩論家、新詩史家即使有「戰事」也不可怕，像拙著《臺灣當代新詩史》不久前在臺北出版後遭到對方詩評家的炮轟，這應該說是一種正常現象。兩岸畢竟隔絕多年，對一些重大詩歌現象和詩作有不同的評價，是預料中的事。經過不斷地交流、論爭和反復的磨合，雙方最後如能「截彎取直」，漸趨一致，這當然最理想，即使無法取得一致看法，也沒有關係。筆者始終認為，兩岸詩學的整合，應堅持分而不離，合而不併的原則。

第三節　余光中「自首」事件的來龍去脈

〈狼來了〉：一篇壞文章

余光中在臺灣文壇引起人反感，始於「唐文標事件」。七〇年代初，臺灣詩壇開始對紀弦所倡導的「橫的移植」(1)詩風進行反省和清算，唐文標為此寫了三篇抨擊現代詩的爆炸性文章(2)。余光中參加這場論戰批評對方時，言過其實地把論敵看作是「仇視文化，畏懼自由，迫害知識份子的一切獨夫和暴君」的同類，給唐文標扣上「左傾文藝觀」(3)的紅帽子。

一九七七年至一九七八年，臺灣發生了鄉土文學論戰。這表面上是一場有關文學問題的論爭，其實它是由文學涉及政治、經濟、思想各種層面的反主流文化與主流文化的對決，是現代詩論戰的延續。它是臺灣當代文學史上規模最大、影響最為深遠的一場論戰。

左起：王一桃、余光中、金聖華、梁秉中、古遠清，1993年於香港中文大學

這場論戰由《中央日報》總主筆彭歌發表的〈不談人性，何有文學〉(4)揭開序幕。這篇由短論拼成的文章，矛頭直指鄉土文學的代表作家和理論家王拓、陳映真、尉天驄。作者用老謀深算的眼光和犀利的文筆，尤其是大量引用蔣經國語錄和三民主義資料，硬是要迫出這三位鄉土作家的「左派」原形。第二篇攻擊鄉土文學的文章是余光中寫的。本來，這次論戰的參加者多為小說家，很少詩人上陣，再加上余光中長期在香港教書，可他按捺不住參加這場論爭，這就不能不使人刮目相看。他在〈狼來了〉(5)一文的開頭，以「公開告密」的方式煽動說：

> 回國半個月，見到許多文友，大家最驚心的一個話題是：「工農兵的文藝，臺灣已經有人在公然提倡了！」

文章雖然沒有出現鄉土文學的字眼，但明眼人一看就知道這裏講的「工農兵文藝」，是在影射臺灣的鄉土文學。這篇只有二千多字的文章中卻抄引了近三百字的毛澤東語錄，以論證臺灣的「工農兵文藝」有其「特定的歷史背景與政治用心」，以證明鄉土文學與毛澤東〈在延安文藝座談會上的講話〉隔海唱和，並說：「目前國內提倡『工農兵文藝』的人，如果竟然不明白它背後的意義，是為天真無知；如果明白了它背後的意義而公然公開提倡，就不僅是天真無知了。」言外之意是有特別的政治企圖，暗示鄉土文學是共產黨在臺灣搞起來的。緊接著，余光中批評大陸的同時，埋怨臺灣的文藝政策過於寬鬆，對明顯左傾的鄉土作家過於寬容：

中共的「憲法」不是載明人民有言論的自由嗎？至少在理論上，中國大陸也是一個開放的社會，然則那些喜歡開放的所謂文藝工作者，何以不去北京提倡「三民主義文學」，「商公教文學」，或是「存在主義文學」呢？北京未聞有「三民主義文學」，臺北街頭卻可見「工農兵文藝」，臺灣的文化界真夠「大方」。說不定，有一天「工農兵文藝」還會在臺北得獎呢。

為了和「工農兵文藝」唱反調，余光中故意生造出一個拗口的「商公教文學」名詞。他反對普羅文學的同時念念不忘「三民主義文學」，可見這位非官方人士的政治立場。

余光中認為島內的「工農兵文藝」產生於臺灣退出聯合國等一系列事件之後，這絕不是巧合。鄉土作家趁臺灣外交受挫折之際，「興致勃勃地來提倡『工農兵文藝』這樣的作風，不能令人無疑」：

那些「工農兵文藝工作者」立刻會嚷起來：「這是戴帽子！」卻忘了這幾年來，他們拋給國內廣大作者的帽子，一共有多少頂了。「奴性」、「清客」、「買辦」、「偽善」、「野狐禪」、「貴公子」、「大騙子」、「優越感」、「劣根性」、「崇洋媚外」、「殖民地文學」……等等大帽子，大概凡「不適合廣大群眾鬥爭要求的藝術」每位作家都分到了一頂。

這裏講的「清客」、「優越感」、「劣根性」，能否稱為「帽子」還可討論。就是「偽善」等帽子，也只屬於道德層面的批評，可余光中後來回敬對手的帽子，帶有強烈的政治性。他一口咬定主張文學關懷、同情的焦點定在農、工、漁等下層人民身上的文學，就是毛澤東所講的「工農兵文藝」，並把自己所命名的臺灣「工農兵文藝」視為「狼」，以表明自己為維護「三民主義文學」，與執政黨政治上保持高度一致的「勇氣」：

> 不見狼來了而叫「狼來了」，是自擾。見狼來了而不叫「狼來了」，是膽怯。問題不在帽子，在頭。如果帽子合頭，就不叫「戴帽子」，叫「抓頭」。在大嚷「戴帽子」之前，那些「工農兵文藝工作者」，還是先檢查檢查自己的頭吧。

這裏講的「狼」和「抓頭」的動作，已經超越了比喻這一文學修辭手法範圍，使人感到一股殺氣。尤其是「抓」一字，是全篇之警策，寫得寒氣逼人。難怪當事人陳映真說：〈狼來了〉發表後，「一時風聲鶴唳，對鄉土文學恐怖的鎮壓達到了高潮」(6)。

今天的大陸讀者，很難理解此文所起的製造恐怖氣氛的惡劣作用。嚴酷的事實是：「狼」文發表後，臺灣文壇展開了一場激烈的意識形態前哨戰。鄉土文學的提倡被官方文人認為是別有用心，是「祭起普羅文學的黑旗」，「揭發社會內部矛盾」、「宣揚階級論」，鄉土文學作家群起批駁這種不講理的指控。連與鄉土文學不沾邊的作家，也紛紛起來主持正義，反對對鄉土作家「抓頭」。

在鄉土作家差點遭到滅頂之災，尉天驄面臨被解雇乃至坐牢的危急形勢下，余光中卻因為反鄉土文學有功，和李煥、王昇、陳紀瀅等黨政要人坐在「全國第二次文藝座談會」主席臺上，聽取〈發揮文藝功能，加強心理建設案〉等反共文藝政策的報告，而鄉土作家卻因為被誣告不得出席這次會議。

胡秋原等人為鄉土文學護航

由彭歌等人刮起的白色恐怖之風，並沒有嚇倒鄉土文學作家。一九七七年八月，南方朔以「南亭」筆名發表〈到處都是鐘聲〉(7)，旗幟鮮明地支持鄉土文學的發展。同年九月，土拓發表〈擁抱健康的大地〉(8)批駁彭歌。十月，陳映真發表〈建立民族文學的風格〉(9)，對彭歌進行反擊，並要求立即停止對鄉土文學的誣陷。

古遠清在胡秋原（右）寓所，1995 年於臺灣新店

正當臺灣文壇殺伐之聲四起，大有將鄉土文學諸君子綁赴刑場的千鈞一髮之際，卻闖來了兩位老將，大喊「刀下留人」。這兩名老將是「立法委員」胡秋原和新儒家代表徐復觀。

胡秋原，一九一〇年生，二〇〇四年去世，湖北黃陂人。一九五〇年五月到臺灣。一九六三年八月，創辦《中華雜誌》，成為臺灣思想界的一面旗幟。一九七九年，他為高雄「美麗島事件」發表社論，勸當局寬大處理不同政見者。

身為國民黨高官的胡秋原，常在政治與學術、左翼與右翼之間搖擺。在鄉土文學論戰中，他明顯地偏「左」反「右」。他在〈談「人性」與「鄉土」之類〉(10)中說：

> 有一位朋友來談，說到臺灣文藝界有「人性」與「鄉土」的論爭，前者攻擊後者是主張「工農兵文藝」，是主張「階級對立」。我說想看看這些文字。次日，他寄來四張《聯合報》剪報兩文：一篇〈狼來了〉，一篇〈不談人性，何有文學〉。
>
> 據〈狼來了〉說，「工農兵的文藝，臺灣已經有人在公然提倡了！」接著他介紹了毛澤東關於「工農兵文藝」的講話，但並沒有指出什麼人是狼。……這幾年來，有人拋給國內廣大作家的帽子有「奴性」……「崇洋媚外」很多頂了，現在輪到他叫「狼來了」。「如果帽子合頭，就不叫戴帽子」，叫「抓頭」。「戴帽子」與「抓頭」二者畢竟是同一動作。而且，後者更厲害一點。因為萬一帽子不合頭，是否要削頭適帽呢？但「狼來了」之標題，畢竟有一點開玩笑之意。

……如果現在「人性」與「鄉土」之爭只是茶杯裏的風波，我不必說話。但以我的經驗，知其還可能發展，所以，願對有關方面有所勸告。

再者，被人指摘「崇洋媚外」時，不據理反駁，只叫「狼來了」（縱使都是戴帽子，前者是潮流，後者要坐牢的），還說是「敦厚溫柔」！這些文字如非自我反諷，都是難於理解的。

……就文學理論或評論而論，無論什麼口號、主張，贊成或反對，總要有學問根據，要能自圓其說。如被人攻擊為崇洋媚外，要檢查自己是否崇洋媚外，不能「抓頭」。……不要逼人上梁山，也不要一逼就上梁山。……如果有人報告「狼來了」，也要看看，找內行人看看，是否真狼，也許只是一隻小山鹿呢？……政府參與文藝論爭，將成為笑談，若揚洋流而抑土派，尤愚不可及。

胡秋原由於不是當事人，故還認為〈狼來了〉的標題屬學術上修辭手法，但他認為這一比喻貌似開玩笑，其實裏面有嚴肅的政治內容，弄不好是要坐牢的。作者同情鄉土文學，反對崇洋媚外，反對政府介入文學論爭。他不認為鄉土文學是「狼」，反而認為是一隻可愛的「小山鹿」。他以銳利的眼光指出余光中的文章有可能讓人「削頭適帽」的危險性。總之，他以嚴正的態度和恢宏器識，批判了反對鄉土文學的論調，維護了在逆境中成長起來的含有中國特色的民族主義文學。更重要的是，胡秋原的文章由於體現了外省人對本土文學成長的關懷，因而減輕了當時文壇上省籍的矛盾衝突。胡秋原後來為尉天驄編的《鄉土文學討論集》作序時，再次強調鄉土文學有其存在的理由和價值，反對迫害鄉土文學作家。他以保護鄉土作家又給官方文人面子的折衷態度，給這場論爭打了一個句號。

徐復觀，著名的新儒家和哲學家。一九〇三年生，一九八二年去世。湖北浠水人。歷任臺灣東海大學、香港中文大學和新亞研究所教授，著有《中國藝術精神》、《中國文學論集》等多種專著。一九七七年八月二十八日，徐復觀由臺灣新竹搬到臺北青年會，一進餐廳便有許多年輕人等著他，談到近年來文藝界的情形，使徐復觀感到困惑，因而他寫了〈評臺北有關「鄉土文學」之爭〉(11)：

> ……若干年輕人所提倡的「鄉土文學」，要使文學在自己土生土長、血肉相連的鄉土生根，由此以充實民族文學國民文學的內容，不准自己的靈魂被人出賣。

徐復觀反對在中華文化復興的虛偽口號下，瘋狂地將中國人的心靈徹底出賣為外國人的做法，由此肯定了鄉土文學的民族性。徐復觀還分析了有些人反對鄉土文學的陰暗心理……文學的市場可能發生變化，已成名或已掛名的作家們，心理上可能發生「門前冷落車馬稀」的恐懼，有如當大家注意到特出的洪通繪畫時，許多「大畫家」不覺醋性大發，說誰個提倡洪通的畫，誰個便是想搞「臺獨」一樣，勢必要借政治力量來保護自己的市場。這可用〈不談人性，何有文學〉及〈狼來了〉兩篇文章作代表。對於前者，老友胡秋原先生，寫了〈談「人性」與「鄉土」之類〉的文章，指出了談人性的人，實際是抹殺了人性，這已經把問題說得夠清楚了。

如果只是文學市場的分配問題，徐復觀也不會參與論戰。他以哲學家的慧眼，看到了〈狼來了〉這篇文章的嚴重性：

> 關於後者之所謂「狼」是指這些年輕人所寫的是工農兵文學，是毛澤東所說的文學，這種文學是「狼」，是「共匪」。寫此文的先生，也感到這是在給這些年輕人戴帽子，但他認為自己已給人戴過不少帽子，則現在還他們一頂，也無傷大雅。不過這裏有兩個問題：一是這位給年輕人所戴的恐怕不是普通的帽子，而可能是武俠片中的血滴子。血滴子一拋到頭上，便會人頭落地。二是反共的方法問題。毛澤東說一切為人民……難道我們便要一切反人民，才算反共嗎？這類的做法，只會增加外省人與本省人的界線，增加年長的與年輕人的隔閡，其後果是不堪設想的。

徐復觀說得比胡秋原更尖銳，也更形象，充分體現了這位新儒家對年輕一代的關懷和保護精神。後面提及「反共」方法問題，這說明徐復觀跟胡秋原一樣，在政治上是與共產黨對立的。如果說這些反共的人既然會為共產黨的「鄉土文學」保駕護航，有誰會相信？所以，由胡秋原、徐復觀還有鄭學稼等這些國民黨營壘中的開明人士出面說話，恐怖的陰霾由此漸開，原先驚魂未定的鄉土派作家才清醒過來，先後寫了反駁彭歌等人圍剿鄉土文學的文章。

《詩潮》提倡「工農兵文藝」？

你這樣蒼白的容顏，
你這樣瘦削的身材，
啊，誰知道你滿腔熱血，
誰瞭解你堅貞的愛戀？(12)

高準這首〈白燭詠〉，有點像夫子自道。他身材高瘦，因一直生活在寂寞和失業中，因而容顏也不夠紅潤；他的政治理想、文學見解與官方不合拍，因而常常受到右翼文人的猜疑、排斥乃至誣陷和打擊。他生活上有些不拘小節，有詩人的浪漫——漫無條理，因而一些關心他的左翼文友，對他有點敬而遠之。

高準既是詩人，也是評論家，出版有《文學與社會》(13)。陳映真為此書寫序時，高度評價他的詩：

是臺灣極少數優秀的秉承了並發揚了中國抒情新詩傳統的詩人之一。他的語言清晰，充滿了濃郁的情感。他的漢語準確、豐美，並且表現出中國新詩在韻律和音樂上的遼闊的可能性。比楊喚、覃子豪、鄭愁予和瘂弦遠遠年輕的高準，在抒情詩創作上的成績，不論怎麼說，是極為獨特的。(14)

余光中

高準和余光中均反對臺獨，但一個是左統，一個是右統。由於政治觀念再加上文學思想的重大差異，高準對余光中的詩評價不高。他認為，余光中從一九五〇年起到一九五六年，一直寫著新月派式的格律詩，作品「幾乎無一可觀」。對於被許多人認為有民族詩風和新古典精神的《蓮的聯想》，高準認為實際上所表現的是「一種悽楚的『東方式』的秀美，但卻並沒有民族精神與民族愛的表達，與古典主義也不相干。」高準的文章判斷多於分析，顯得粗糙。如他認為長期以來余光中「並無民族精神，而與《在冷戰的年代》的同時寫的〈敲打樂〉中，卻無可掩飾地深刻地表露出了他那一講到美國就崇拜到五體投地，一想到自己是中國人就引以為無限羞恥的令人震驚的心態。所以他雖然一度以『回歸民族的』來標榜，其實不過是參加了一次『化妝舞會』而已。」(15)這裏對〈敲打樂〉的看法，有斷章取義的嫌疑，就不完全符合作品的原意。

高準和余光中相識於一九六一年，在鄉土文學論戰發生時已有十六年的歷史。余光中比高準年長十歲，高準一向把余光中當長輩看待，可高準失望地說：「想不到他對於比他年輕的朋友，竟是以這樣一種陰謀暗算的態度來對待！他的為人，也實在使我太失望了。」(16)

事情係由高準一九七七年五月編的《詩潮》第一集所引發。彭品光曾指責該刊第一集封面封底設計，有遙遠的大陸，有海洋，有海島，天空和大陸是一片通紅，海洋和海島是一片黑暗：「所指為何？相信大家都很清楚。」(17)高準辯解道：事實上，無論封面與封底，均無大陸，也無海島。唯一的罪狀大概是用了紅顏色。「紅顏色是不能用的嗎？我們的國旗不也是有大塊紅地嗎？」彭氏指控的另一理由是《詩潮》第一集為「倡導工農兵文學的專輯」：一是《詩潮》包含有〈工人之詩〉、〈稻穗之歌〉與〈號角的召喚〉三組作品，這正是「工、農、兵」，是「狼來了！」高準反駁說：《詩潮》在詩創作方面，一共分了九組，計為〈歌頌祖國〉、〈新民歌〉、〈工人之詩〉、〈稻穗之歌〉、〈號角的召喚〉、〈燃燒的爝火〉、〈釋放的吶喊〉、〈純情的詠唱〉和〈鄉土的旋律〉。《詩潮》是以促進發揚真正三民革命精神的文學為總旨趣，所以這些詩的分組、編排上也照著民族、民權、民生的次序。〈歌頌祖國〉是發揚民族主義精神，〈新民歌〉是表現一種平易近人的民主風格，是發揚民權主義精神，〈工人之詩〉、〈稻穗之歌〉是發揚民生主義精神。關於工人與農人的詩篇，臺灣一向極缺，所以特別標示出給予園地。但〈號角的召喚〉卻不是以軍人為主題的。這說明彭品光連依標題望文生義也沒有望對！(18)

《詩潮》第一集出版後不久，余光中從香港回來，高準去看他，並帶了一本送他。據高準說，余光中看到裏面沒有他的詩，就不高興。「接著他翻到其中的一篇〈李白詩中的戰鬥性與入世精神〉中有一句說：『李白對國家的強大統一是非常關懷的』。他說：『這就該罵！這還不是有問題嗎？』我說：『怎麼呢？李白關懷國家強大統一是客觀的歷史事實。而即使引伸到現實意義來講，我們豈可不關心國家的統一強大呢？哪有什麼不妥呢？』不料余光中竟說：『李白也有問題，他曾經追隨永王璘……』真想不到余先生竟連對李太白也要展開起政治清算來了。」(19)

這裏所說的余光中指責「李白也有問題」，是因為在戒嚴體制下，一般不允許人們自由討論中國統一問題；還因為余光中不認同中共政權，他只認同文化中國。正因為高、余兩人政治觀點南轅北轍，故余光中看到該刊後幾天，就寫出〈狼來了〉一文，洛夫立刻在一個座談會上引用，作為指控某些人「提倡工農兵文藝」的佐證。過了幾天，余光中又從香港回來打電話給高準，高問他「狼」是不是指唐文標，因為唐曾經罵你又給你戴帽子，余說：「人家戴我多少帽子，我就不可以戴他一頂嗎？」高說：「人家對你是道德意義上的指責，而你造的這頂帽子卻是要把人送進監牢去的，這可不一樣也。」余光中就說：「這也不是戴帽子，是抓頭！」高準說：「有一句古話說『羅織成罪』，就是這個意思吧？但你既說不是指《詩潮》第一集而言，請你在另文中澄清一下，因為已引起誤會。」但余光中立即拒絕了，他忽然變了一種粗嘎的聲調說：「老實說，對《詩潮》也沾到一點邊！」余光中在電話裏一開始否認「狼」文是指《詩潮》，後來又說是指到一點，「狼」文內容則又在某一、二句子的氣氛上，弄成可能引起人家對《詩潮》誤會的樣子。高準認為余光中如此前言不對後語，實在使人失望。(20)

高準從此和余光中「交惡」，積怨頗深。儘管如此，他介紹的上述情況，還是對我們瞭解〈狼來了〉的寫作背景，有一定的參考價值。

陳鼓應三評余光中

陳鼓應原先任教於臺灣大學哲學系。一九七二年十二月四日，他和王曉波及一些學生效仿李白關懷國家的強大統一問題，在臺大舉行「民族主義座談會」，宣傳中國統一等主張，後被捕。釋放後無法教書和工作，曾出版過《存在主義》、《莊子哲學》、《悲劇哲學家尼采》、《古代呼聲》。他給人「一個激烈的自由主義者」印象，沉寂多年後因發表評余光中的系列文章聲名大震。

陳鼓應與余光中不存在個人恩怨。十年前，他們同是《文星》的作者。余光中給人的印象似乎也是自由民主人士，可〈狼來了〉發表後，陳鼓應改變了看法，並把他的作品全部找來細看，發現問題頗多頗大，其中最重要的是沉緬於資本主義病態生活的頹廢意識和虛無情緒、買辦意識和自我膨脹。他的作品裏絲毫見不到他對別人的關心，也見不到他對社會人群有任何的關懷。他到了美國以後，看到高聳入雲的帝國大廈，以及千里公路，萬里草原，他立刻就被那裏的物質文明所震懾，回頭想到中國的貧窮，由此產生了民族的自卑情緒；又由於向美國的認同發生了阻礙，就越發對自己的民族國家產生了羞辱感，因而有一連串羞辱祖國的文字出現。(21)

有了這些看法後，陳鼓應便以一個讀者的身份連續寫了「三評」：〈評余光中的頹廢意識與色情主義〉(22)、〈評余光中的流亡心態〉(23)、〈三評余光中的詩〉(24)，並結集為《這樣的「詩人」余光中》(25)出版。

對〈狼來了〉這篇文章，陳鼓應同意徐復觀的說法：這是拋給作家的血滴子。這不能單純從反共來解釋：「實際上他寫〈狼來了〉的真正動機，只是因為有一群新起的作家影響了他的作品市場，吸引走了他們的讀者；只是為了維護自己的利益，他便不惜使出迫害新作家的手段。說穿了，如此而已。」(26)但在對余光中詩的總體評價上，他做了徐復觀沒有做的工作：「余光中的詩，不僅污染了我們民族語言，更嚴重污染了青年的心靈。」文中舉了大量的例子，指出余光中洋化的語言，像「聳一個拉丁式的肩」；「我是很拉丁的。『難為您了，真是，Signorina。』向她，鞠了一個躬，非常義大利式的。這樣洋化語言乃是作者過分崇洋心態所導致。」(27)這樣的例子在余光中詩中舉不勝舉。陳鼓應在〈語言污染的病例〉的標題下，分〈星空非常希臘〉、〈美麗的分屍〉給予分析批判，並指出他的語言夾生的部分深一層的根源就是如同余氏自己的告白：「我是一隻風中的病蜘蛛」；「我變成一個精神的殘廢」；「自虐狂的靈魂」。這種「自虐症狀」如不及時治療，要變成什麼樣是可想而知的。陳鼓應還說：他的作品，大量地散播著極不健康的灰色思想和頹廢情緒。至於他的崇洋媚外，靈魂要「嫁給三藩市」，並死時以葬在英國的西敏寺為榮……他固然常說懷念中國，但當他把中國和美國相比時，卻以我們的貧困為可恥，並以此而這樣地嫌棄：「中國中國你是一場慚愧的病」，你是「不名譽」的「患了梅毒」的母親。

在批余光中的詩時，陳鼓應還用了諧謔的手法：

余光中成天在做夢，據他自己說：「醒時常做夢」（《蓮的聯想》），「闔眼夢，睜眼夢」（〈敲打樂〉）。當然他最愛做的是「金色的夢」（《鐘乳石》世紀的夢）。「枕一段天鵝絨的往事，我睡著」，於是他「夢見一個王」——「天上的王」，一個「藍眼睛的王」。他所夢的「王」是「藍眼睛的」，於此，其心之所向，可想而知。(28)

經過陳鼓應這種摘句法，余光中變成得了「夢遊症」的「精神病患者」，因而陳鼓應診斷余光中「本是『亡命貴族』詩人失常心理的必然反射」，(29)也就順理成章了。

關於余光中的「流亡心態」，陳鼓應說：

時代苦痛摧擊下的臺灣知識界，近年來產生兩種主流的心態：一種是中興心態，一種是流亡心態。中興心態是面對現實，對不合理的現象希求改革；流亡心態是逃避現實（包括逃避到色情玩樂裏面），演成牙刷主義之風。(30)

陳鼓應認為余光中沉醉於虛名久矣，如果不著力點他一下，他是不會猛醒過來的。他評余光中的用意之一，是希望透過對余氏作品的檢討，使他反省自己以往寫作內容之非，而能及時回頭探索新步為是。(31)因而陳鼓應在寫二評時火力加足，對余光中的詩做總體的檢視，看詩人如何頹廢無聊及怎樣羞辱祖國。他寫道：

他說在臺北「這座城裏一泡真泡了十幾個春天／不算春天的春天，泡了又泡／這件事想起就覺得好冤／或者所謂春天／最後也不過就是這樣子：一些受傷的記憶／一些慾望和灰塵。」「泡了又泡」是自述他的生活態度，「一些受傷的記憶／一些慾望和灰塵」是陳述他的生活內容。「泡了十幾個春天」，就是說十多年來他只是在「泡」著虛度時日；「泡」日子，便是他的失根性與失落感所產生的浮游心態。他在臺灣這十幾年的日子，「一些受傷的記憶」「一些慾望和灰塵」；甚至哀歎生活是「分期的自縊」，這恰是「亡命貴族」的生活寫真。至於他的冤屈感，顯然是不實的……(32)

陳鼓應又寫道：余光中忽兒想起臺灣「到冬天，更無一片雪落下／但我們在島上並不溫暖」，和美國「比起來臺北是嬰孩」、「臺北淒淒切切，完全是黑白片的味道」。他還認為中國文化是「蠹魚食餘的文化」，他要「焚厚厚的二十四史取一點暖」，他說「中國中國你是不治的胃病」、「中國中國你令我早衰」。在這裏陳鼓應用的仍然是摘句法，而不管全文的主旨和上下文的聯繫，這樣就輕而易舉得出余光中既不愛臺灣本土也不愛中國的結論。其實，正如顏元叔所說：對某些官式的愛國主義者而言，余光中「不治的胃病」這些話是「失敗主義者」的洩氣話。但是，余光中敢於把這些話寫在紙上，為自己以及許多其他的人作心靈的見證，這是夠勇敢夠愛國的了。余光中是一位真正的愛國的人（至少這首詩的表達是這樣的），他愛中國深，感觸深，深得簡直接近絕望：「中國啊中國你逼我發狂。」他又說：「中國中國你令我早衰」。無疑的，〈敲打樂〉的前半部充滿著國恥感、羞恥感。但是，這首詩後面有個轉變：「我的血管是黃河的支流／中國是我我是中國」，這顯示余光中的民族心不僅沒有死，而且像火山一樣憤怒與激烈。(33) 顏元叔說余詩後面的轉變，很重要，可陳鼓應「摘句」時有意忽略，這在一定程度上愚弄了讀者。

當然，陳鼓應的文章並非一無是處，他認為包括余光中在內的現代詩語言「流入怪誕費解的地步」，還獨具慧眼指出《蓮的聯想》的偽浪漫主義，均有發人之未發之處。但陳鼓應文學功底不足，對詩歌的藝術規律尤其瞭解不多，因而常常誤讀余光中的作品。他的「余光中論」，在演繹推理過程中，經常斷章取義，以偏概全，甚至為了自己論證的需要把余光中的詩句進行拼接，這樣就難免曲解余氏作品的原意，這樣得出來的評價當然不會公允。對余光中，陳鼓應還有亂扣帽子的嫌疑。比如「靈魂嫁給三藩市」，原文是這樣的：

蕩蕩的麵包籃，餵飽大半個美國
這裏行吟過惠特曼，桑德堡，馬克吐溫
行吟過我，在不安的年代

在艾略特垂死的荒原，呼吸著旱災
老鼬死後
草重新青著青年的青青，從此地青到落磯山下
於是年輕的耳朵酩酊的耳朵都側向西岸
敲打樂巴布・狄倫的旋律中側向金斯堡和費靈格蒂
從威奇塔到柏克麗
降下艾略特
升起費特曼，九繆斯，嫁給三藩市！(34)

正如黃維樑所說：六〇年代，金斯堡於美國西岸的三藩市崛興。新一代的詩人頗有把美國詩壇的風騷領過來之概。九繆斯是希臘掌管詩歌的女神。「九繆斯，嫁給三藩市！」指的就是這美國詩壇的事。余光中並沒有嫁給三藩市，因為他對中國的感情太深厚太濃烈。他與中國連在一起，中國使他不快樂，也使他快樂。〈當我死時〉（一九六六）一詩也說：

當我死時，葬我，在長江與黃河
之間，枕我的頭顱，白髮蓋著黑土

在中國，最美最母親的國度[35]

在這裏，不是陳鼓應戴著有色眼鏡看到的余光中以葬在英國的西敏寺為榮，而是以葬在長江與黃河之間為榮。中國是「最美最母親的國度」，這那裏有半點崇洋媚外的影子！至於「患了梅毒依舊是母親」，陳鼓應只見「梅毒」而不見「母親」。余光中寫的「梅毒」，是指「文革」。患了重病的母親仍然是母親，這是一種愛之深也恨得深的情感，不能單拿「梅毒」二字做文章。

陳鼓應的文章發表後，引來一片喝彩聲。孔無忌〈一個歷史的對照〉[36]，用百年前留學生的心情和余光中崇洋媚外的心態作對比，感慨「今天的臺灣」有人「把自己降在所有外人的腳下」。田滇的〈我也談談余光中〉[37]，從另一角度批評余光中的動機與心態。寒爵的〈床上詩人頌〉[38]，用余光中的「警句」寫了兩首打油詩。但也有反對的聲音，如吳望堯攻擊陳鼓應批評余光中所用的不外是「一套共產黨的專用名詞」[39]。他認為對付不同意見，「木棍不夠，就用鐵棍」[40]。這種木棍加鐵棍式的批評，重複了余光中〈狼來了〉的錯誤，同樣是對鄉土派作家的一種恐嚇。

陳鼓應在香港也有知音。香港左派除再版陳鼓應的書外，還有這樣一些喝采文字：

> 細讀一下陳氏書中所摘引的余氏詩作，我想任何人都不能替後者的買辦頹廢意識作出任何的辯白，它們充分表現了中國傳統的幫閒文人（身兼文化打手之職）惡劣可鄙的嘴臉和陋習。

一口氣讀畢之後，使我對陳氏頓然改觀，他讓我們看到一個處於逆境中的知識份子充滿虎虎生風的戰鬥精神及獨立不阿、不諂媚權貴，敢為廣大人民說話的氣概。一句話，是值得我們鼓掌、歡呼的。(41)

這種評價顯然屬情緒性反應。刊登此文的刊物深受大陸「文革」極左思潮的影響，這從該文的末尾也可看出這類文章粗鄙化的傾向：「補記：在此向設計《這樣的「詩人」余光中》一書封面的楊國臺先生致敬。你『操』得好！你也夠薑！」

如果說，余光中〈狼來了〉是從意識形態出發，那陳鼓應是以其人之道還治其人之身，離開文學主旨對余光中進行道德審判，以證明余光中的「頭」就有問題，你有什麼資格去檢查別人的「頭」？陳鼓應和余光中這一正一反遠離鄉土文學的極端筆戰的例子，充分證明這場論戰「是一場文學見解上沒有交叉點的戰爭，只是兩種相對立意識形態的對決。」(42)

來自香港的排炮

余光中去香港正值「文革」後期，林彪已經自我爆炸，但「四人幫」的活動還十分猖獗，利用評法批儒塞進自己「批林批孔批周公」的私貨，和鄧小平展開了一場爭奪戰。

在七〇年代，相對於臺北的禁閉，香港是兩岸之間地理最逼近、資訊最方便、政治最敏感、言論卻最自由的地區；作為中國統戰後門的香港，也是觀察家、統戰家、記者、間諜最理想的看臺。由於靠近大陸，不論政治觀念還是學術研究，香港都會受內地階級鬥爭意識形態的影響。那裏不僅英語和粵語並行，西方和東方交彙，而且左派和右派對立。

余光中去香港以前，旅美的夏志清在信裏就向余光中提出警告，說那裏的左報左刊不歡迎他，精神不會愉快起來。余光中回信說，自己對被罵一事早有訓練，耳皮早磨厚了。果然來香港不久，一陣排炮自左面轟來。其原因在於余光中的直言一直不悅左耳：對「文革」的做法作了一些力所能及的抵制和批判，這充分反映在他的一些詩文中，如〈夢魇〉、〈北望〉、〈故鄉的來信〉、〈小紅書〉等。針對大陸的陰暗面進行批判難免遭受誤解，認為余光中在臺灣反共，到香港仍不改其本性。一些自稱左派的人便把火藥的目標指向他們心目中的這位「右派」，其文字至少有十萬字之多。

香港有一個以政論性著稱的刊物叫《盤古》，創刊於「文革」正烈的一九六七年。它的許多文章表現了對中國政治的關心和強烈的民族主義意識。進入七〇年代，《盤古》受保衛釣魚島運動的衝擊，編輯路線急劇地左傾。如一九七二年一月二十五日出版的《盤古》，在相當於社論的〈盤古之聲〉中，發表了〈向本港牛鬼蛇神宣戰〉，用大陸紅衛兵的做法橫掃一切不同觀點的文化人。余光中早已列入他們的「牛鬼蛇神」的名冊，因而該刊組織了數次〈余光中是愛國詩人嗎？〉的討論。他們除刊登本地作者文章外，還轉載海外及本港的文章。譬如一九七五年十月二十五日出版的八六—八七期合刊號，共轉載了來自不同地區代表三種觀點和立場的文章：

第一篇是華盛頓大學哲學博士出身程石泉的〈論臺灣的某些新詩〉，其立場是反共的：

> 當我們讀到余光中的〈鄉愁四韻〉，但見一行行美麗的辭藻，在字裏行間中國民族意識一點都沒有，為解救在大陸上同胞苦難的意願絲毫不存在，但聽到他在歌唱：「路長腿短／條條大路是死巷／每次坐在世界的盡頭」(〈盲丐〉)。他在他的〈鄉愁〉裏曾經說到：「我在這頭／大陸在那頭」，但是這位大詩人竟是如此的含蓄，不肯透露半點消息，為什麼「我在這頭／大陸在那頭」。而他的鄉愁不過是「一枚小小的郵票」、「一張窄窄的船票」、「一方矮矮的墳墓」、「一彎淺淺的海峽」。詩人真是一位超越主義者。他超越乎政治，他超越乎民族，他超越乎地球，超越乎太陽系統，他超越乎宇宙……

《盤古》認為「這篇文章對臺灣現代派詩和現代詩的批判比較搔到癢處」。其實，這是從政治出發的評論。作者嫌余光中不夠反共，要余在鄉愁詩中加進所謂「解救大陸同胞苦難」的內容，還嫌余光中在詩中沒有說清為什麼會「大陸在那頭」。看來，批判者對詩一竅不通，他用政論的寫法要求詩，對「郵票」、「船票」、「墳墓」、「海峽」這四種絕妙的意象，如此貼切地表達了離鄉、漂泊、訣別和望歸而不能歸的離愁別恨，將抽象的「鄉愁」真切、生動地呈現出來的妙處不能理解，更不會欣賞。由此可見，不是余光中「超越乎政治」，而是批判者太熱衷於政治；不是余光中超越民族，而是這位洋博士錯誤地認為大陸同胞還生活在水深火熱之中，這樣他認為余光中不愛國，也就不奇怪了。

第二篇為來自紐約、署名谷若虛的〈創造海外華文的新文藝〉，屬中間派觀點——其實，就批判火力來說，一點也不「中間」，如該文要求海外作家起來批判不健康的資產階級文化如商業主義、享樂主義、科學主義等，就有紅衛兵的味道。作者以余光中為靶子，指責「像余光中這種極度崇美崇洋的文化人，當他所崇拜的文化走向沒落死亡而對祖國社會主義的新文化卻又一無所知，甚至採取敵視態度時，心理自然而然就會產生一種無可奈何的失落感和無根感。因此，這種無根感和失落感，基本上是由於中國小資階級寄生於沒落的西方資產階級文化而產生的。如果能擺脫這種寄生關係，我們將立即可以發現一片廣闊無垠的文藝創作領域。」這裏說的「社會主義的新文化」，是指「文革」期間的鬥批改、上山下鄉之類，余光中不願意瞭解並不讚美而採取「敵視態度」，有何不可？作者批余光中用的是大陸流行的大批判辭彙，因而此文所期望的以大陸樣板戲為榜樣的「海外華人新文藝」，歷史已證明不可取。

第三篇為香港有名的左派作家絲韋即羅孚所寫的〈關於「認真的遊戲」〉[43]，由四篇短文組成：〈看詩人教授的「遊戲」〉、〈詩人教授充分亮相〉、〈詩人教授「大捧」些什麼？〉、〈「回歸」和十人難「回歸」〉。此文沒有點余光中的名，卻極盡諷刺挖苦之能事。

《盤古》編者認為：「無論是左、中或右，他們對余光中作品中所反映的意識，都是否定的。直到目前為止，我們還沒有收到為余光中辯護的文章。余光中是不是『愛國詩人』，答案似乎愈來愈清楚了。」[44]其實，上述三篇文章都是經過編者精心挑選的。在臺港或海外，還有許多肯定余光中的文章，他們就沒有選。如臺灣顏元叔所寫的長文〈余光中的現代中國意識〉[45]，香港黃國彬的〈「在時間裏自焚」——細讀余光中的《白玉苦瓜》〉[46]、美國夏志清的〈余光中：懷國與鄉愁的延續〉[47]，都不認為余光中是賣國詩人，相反還認為余氏具有強烈的現代中國意識，「是一位真正的愛國詩人」[48]。

應該承認，《盤古》發表的批余文章，有些也確實抓到了余氏作品的某些敗筆和與普羅文藝強烈相抵觸的觀點，但不贊同共產主義不等於是賣國，否則臺灣眾多詩人均要變成賣國詩人了。況且這些文章批余時常常粗暴地切斷別人文章的文脈然後借題發揮，與文學本意相去甚遠，如絲韋從〈敲打樂〉中只摘對自己有利的詩句做文章就是片面的。絲韋後來認識到這一點，在一九九三年香港召開的一次研討會上，曾當面向余光中道歉。

在香港，左報左刊對余光中的圍攻，文章或長或短，體裁有文有詩還有畫，其罪名不外是「反華」、「反人民」、「反革命」。有一首長詩把批判矛頭同時指向夏志清和余光中，裏面還有這樣義正詞嚴的警句：你精緻的白玉苦瓜，怎禁得起工人的鐵錘一揮？時間到了，終難逃人民的審判！另一激進派辦的《文化新潮》，還使用了惡毒的人身攻擊手段：

「我以右腳寫散文自瀆，以左腳寫詩瀆眾。」這是七〇年代省港澳的唯一詩人余黑西的豪語……對詩人的最重要經驗，為他鋪好成功階梯，涉足象牙塔，主要還是他在「愛他媽」大學文藝工作室的學位。

在文藝創作方面，余教授曾與友好同創「黑星」詩社，辦黑星詩刊……余教授的詩作已出版的，包括《藕的聯想》、《腳下雨》、《白玉矮瓜》和《大家樂》。前兩集是他早期的作品，雖然象徵了他的文藝青春期，但是，最具時代代表性的，卻是後兩集。《白玉矮瓜》是詩人的自我寫照，譬喻他自己形似矮瓜、周身白肉，白心而塗上紫紅皮膚。(49)

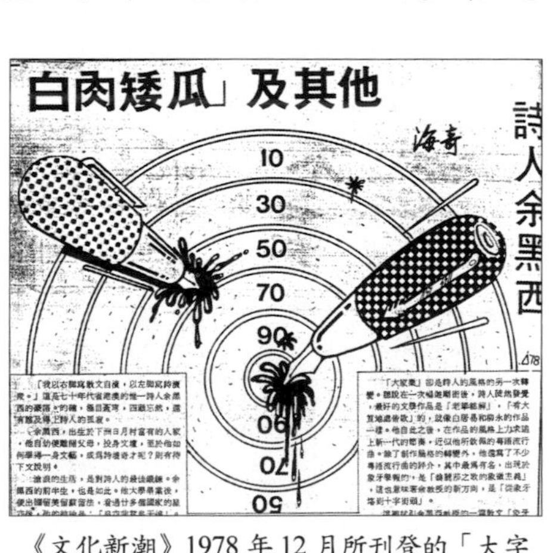

《文化新潮》1978 年 12 月所刊登的「大字報」式文章

為了批倒批臭余光中，作者把余光中說的「右手寫詩，左手寫散文」篡改為「以右腳寫散文，以左腳寫詩」，這還不過癮，又擅自給其加上「自瀆」、「瀆眾」的罪名。還把余光中誣為「余黑西」，把其具有強烈的中國意識和民族意識的代表作《白玉苦瓜》辱罵為「白玉矮瓜」，把個子不高的余光中醜化為「形似矮瓜」，至於把其作品《蓮的聯想》篡改成《藕的聯想》，把「愛荷華」大學寫成「愛他媽」

大學，把「藍星」寫成「黑星」，就更多了。文章標題處還備上大幅的以筆當槍打靶圖，使人感到這極像大陸紅衛兵寫的大字報。相對這種人身攻擊的「大字報」來，《盤古》的批判還是斯文的。但比起《明報月刊》所開展的關於《白玉苦瓜》一詩的討論來(50)，《明報月刊》的討論是純學術性的，而《盤古》則明顯地帶有政治批判色彩。

除《盤古》等刊物外，還有王敬義主辦的《南北極》也發表了姚立民、阿修伯批判余光中的文章，稱余為「詩妖」、「色情狂」，還有什麼「流亡心態」，後受到茅倫、郭亦洞的反駁。他們認為如果不用「摘句法」而是從整體上看余光中創作傾向的話，那余氏「並非作賤祖國」，他對祖國落後面的批評是愛之深則責之切，是為了不忘記民族恥辱和國家苦難。對不同觀點的作家，不應採取「文革」式的「鬥垮鬥臭」的方式。

對這些炮轟文章，余光中都沒有作出回應。他曾寫過一首風趣的〈蟋蟀與機關槍〉，表達了無心與衛道者正面交鋒的心態：

你說蟋蟀與機關槍辯論誰輸誰贏？
當然是機關槍贏
它那高速而激烈的雄辯
火舌犀利，齒光耀得人目眩

向來辯論是冠軍
一開口轟動眾山都回應
撻撻撻，一遍一遍又一遍
回聲空洞不斷如掌聲
我想蟋蟀是沒有發言權的
除非煙硝散盡，槍管子冷卻
準星怔怔地對著空虛
除非回聲一下子停止
廢彈殼，松果，落滿一地
威武的雄辯住口後
英雄墳上悠悠才揚起
狗尾草間清吟正細細
說給凝神的夜聽
也許歌手比槍手更耐聽
機關槍證明自己的存在，用呼嘯
蟋蟀，僅僅用寂靜。

陳芳明公佈余光中「密信」片斷

陳芳明，輔仁大學歷史系畢業，美國華盛頓大學歷史系博士班候選人，現為臺灣政治大學中文系教授。少年時期的陳芳明在海外有一段左傾歲月。那時，他讀了一些馬克思主義著作，並旁及毛澤東思想。一九七六年「文革」結束後，他對中國的幻想急速冷卻，由此走向反面：由以龍的傳人自居走向反中國的分離主義。他先是從文學走向政治，一度擔任過民進黨文宣部主任，後又從政治回歸學術。引起極大爭議的是他正在寫作中的《臺灣新文學史》。

陳芳明在大學時代就迷上余光中的作品，從《蓮的聯想》等作品初識余氏的文學靈魂。他不是余光中的學生，在大學讀的是歷史系，但他透過書信與余光中對談，余氏給了他文學啟蒙教育。在七〇年代中期，他寫有《冷戰年代的歌手》(51)、《回頭的浪子》(52)等一系列研究余光中的論文。當余光中的「患了梅毒依舊是母親」和「中國啊中國你逼我發狂」被人肢解誤讀時，陳芳明挺身而出為余光中辯護，認為「余光中的詩之所以能顯露出力量，便是由反而正的顛倒寫法」。對陳芳明獨排眾議的做法，余光中深受感動，後來兩人成了忘年交。在鄉土文學論戰中，因余光中發表〈狼來了〉(53)，陳芳明認為這傷害了自由主義精神，無法同意他的看法而與這位心中的偶像毅然決裂。

自稱是左翼青年的陳芳明，成為獨派後，為了表示自己和統派的余光中不是同一條道路上的人，因而在一篇題為〈死滅的，以及從未誕生的〉文章中，私自公佈了余光中在七〇年代後期給他寫的一封密信片斷：

> 隔於苦悶與納悶的深處之際，我收到余光中寄自香港的一封長信，並附寄了幾份影印文件。其中有一份陳映真的文章，也有一份馬克思文字的英譯。余光中特別以紅筆加上眉批，並用中英對照的考據方法，指出陳映真引述馬克思之處……(54)

事隔多年，而且因為陳芳明先披露了，陳映真才在二〇〇〇年九月首次與陳芳明的一場論爭中，提及余光中這封「精心羅織」的長信，當時直接寄給了大權在握、人人聞之變色的王昇將軍。寄給陳芳明的，應是這告密信的副本。「余光中控訴我有『新馬克思主義』的危害思想，以文學評論傳播『新馬』思想，在當時是必死之罪。據說王昇將軍不很明白『新馬』為何物，就把余光中寄達的告密材料送到王昇將軍對之執師禮甚恭的鄭學稼先生，請鄭先生鑒別。鄭先生看過資料，以為大謬，力勸王將軍千萬不能以鄉土文學興獄，甚至鼓勵王公開褒獎鄉土文學上有成就的作家。不久，對鄉土文學霍霍磨刀之聲，戛然而止，一場一觸即發的政治逮捕與我擦肩而過。這是鄭學稼先生親口告訴我的。在那戒嚴的時代，余光中此舉，確實是處心積慮，專心致志地不惜要將我置於死地的。」(55)

陳芳明事後可能後悔公佈這封密信的部分內容，因而與陳映真論戰時，表示不贊同陳映真對其文章的分析：

（陳映真）又重提余光中的舊事，那樣好的歷史記憶是值得討論的。陳映真引述我的〈死滅的，以及從未誕生的〉，那篇文章是可以公開閱讀的文字，無需說得那樣神秘。在那篇長文中，我對余光中的反共立場表示不能苟同；並且，由於他的反共，使我對文學感到幻滅。我的批判態度，說明得很清楚。至於說，那篇文章是對陳映真「調查、入罪和指控」，讀者可以自行覆按。(56)

又說：

陳映真在文中提及余光中寫信向警總告密一事，這是我不知道的。這段恩怨情仇，可以直接找余光中討論，無需刻意對我做無謂的渲染與聯想。(57)

〈死滅的，以及從未誕生的〉確是可以公開閱讀的文字，但文中提到余光中的長信和附寄給他的影印文件，卻是不能公開閱讀的文字。此外，陳芳明先是允許讀者可自行覆按，後又不同意陳映真對那封密信覆按得出的結論。從這前言不搭後語的文字中，可看出陳芳明內心深處的「苦悶與納悶」。

陳芳明未和盤托出密信的內容，的確增加了此信的神秘性。陳映真由此猜測這封信是寄給王昇的副本，應該說是有道理的。

陳芳明是一位反反覆覆難以捉摸的人。他之所以不願把問題說清楚，是因為他公佈時未曾料到這一爆炸性的材料會被自己的論敵所利用，而自己這時又與原先決裂的余光中重歸於好。他在余氏七十壽辰時寫的回憶文章中說：回憶與余光中密切往來到決裂的過程，「我自然是掩飾不了感傷。我的時代，我的思想，終於為這樣的情誼造成了疏離。如果我在政治意識上沒有開發過，也許仍然會與他保持密切的音信往返。等到發覺自己捲入政治運動的漩渦之後，我才領悟到往昔的友情已漸呈荒廢。在政治場域裏，交心表態是常常發生的事。尤其在接觸社會主義思想之際，對於自己的情感竟還淪落到以階級立場來分析的地步。現在我當然知道這是庸俗的幼稚的左派思考。然而，當年在海外我竟認真其事。我斤斤計較著政治立場與信仰，而不惜切斷從前的許多記憶。」[58]為了將功補過，陳芳明這時又寫有研究余光中的長篇論文[59]，並得到余氏的肯定，收入他主編的《中華現代文學大系・評論卷》[60]中。

有人寫文章稱余光中當年寫的告密信為「余光中事件」，而陳芳明在這個事件前後扮演了一個曖昧乃至不光彩出賣朋友的角色。

趙稀方質疑「余光中神話」

二〇〇四年初夏，北京學者趙稀方發表了一篇長文，質問是誰將「余光中神話」推到了極端。(61)他說：大陸的「余光中熱」讓臺灣的左翼文壇感到很吃驚，更讓我們大陸稍有臺港文學知識的學者感到慚愧！他認為余光中應該與我們一道懺悔，余懺悔的是他隱瞞歷史，「過去反共，現在跑到中國大陸到處招搖」(62)，而我們應該懺悔的則是對臺港歷史及文學史的無知。

趙稀方這裏說得過於極端，大陸研究臺港文學的人並不像他說的那樣無知，拙著《臺灣當代文學理論批評史》(63)，就曾花了相當的篇幅批評余光中的〈狼來了〉。

不過，趙稀方所說的大陸的「余光中熱」，確實存在。二〇〇二年九月，福建省專門舉辦「海峽詩會」——余光中詩文系列活動；二〇〇二年十月，常州舉辦「余光中先生作品朗誦音樂會」，來自北京、上海、江蘇、臺灣的藝術家、演員，現場朗誦了余光中不同時期的作品，余光中在這裏幸福地渡過了他的七十五歲生日；二〇〇四年一月，百花文藝出版社出版了皇皇九大卷《余光中集》，受到廣泛注意；二〇〇四年四月，

古遠清著：臺灣當代文學理論批評史

備受海內外華語文學界矚目的第二屆「華語文學傳媒大獎」，余光中成為二〇〇三年度散文家獎得主。

接著，趙文詳盡地披露了余光中在鄉土文學論戰中的惡劣表現：先是用左傾的帽子栽害唐文標，後又寫了〈狼來了〉這樣的反共文章。在鄉土作家看來，最為可怕的並不是彭歌強調「反共」的官方言論，而是余光中關於鄉土文學「聯共」的誣告。

趙文認為：如果說余光中的「狼」文是公開告密的話，那麼余光中向臺灣軍方私下告密的行為，就不僅與政治立場有關，而只能歸之於他的人格問題了。文章最後說：還是李敖對於余光中的人品看得透，他徑直將余光中稱為「騙子」，他對余光中的詩歌水平也不買賬，甚至說：「現在余光中跑到中國大陸又開始招搖撞騙，如果還有一批人肯定他，我認為這批人的文化水平有問題。」趙文一再強調：現在大陸有一批人神話了余光中，是因為他們的歷史知識有問題，至少是對臺港這一塊還所知甚少！

趙稀方這篇文章發表後，在海峽兩岸引起不同的反應。臺灣清華大學呂正惠十分佩服「小趙」的勇氣，並對該文某些地方不夠準確之處作了糾正和補充：

七〇年代的鄉土派其實是非常混雜，因共同反對國民黨的專制及現代派的西化而結合，他們的旗手如陳映真、王拓（當年）、尉天驄確實有左的民族主義的立場，但他們的許多支持者雖有「泛左」的關懷（這主要也是反國民黨的「右」），但更具濃厚的地方色彩（這是反國民黨壓制臺人），因此在民進黨組黨前後，他們紛紛表態成為臺獨派。當年鄭學稼和徐復觀（還有胡秋原）也許已經看出臺獨思想的潛在威脅，所以力保左派民族主義的陳映真。回顧起來，鄉土派內部的左統派（我自己也算在內）恐怕很多人自覺不夠，因此對同樣反國民黨的潛在臺獨派長期存在著不願批判的心理（在李登輝未主政之前）。右派的現代派（其中外省文人占多數），既反共，又反黨外，反民進黨，反鄉土文學，這使他們對（中國）民族主義深具戒心（他們把這一塊招牌送給大陸了），又厭惡臺獨，他們以及其後的後現代主義者到現在還無法找到立足點。余光中也許是更「聰明」的人。在發表〈狼來了〉之後，連許多現代派都對他敬而遠之，在臺灣文壇很少人願意（或敢於）公開讚揚他。兩岸情勢一改變，他就往大陸發展，沒想到二十年之間，就造成「余光中熱」，真是令人感慨。余光中人品不佳是事實。但客觀地說，他在戰後臺灣文壇仍有其正面貢獻，他的創作仍然有可取之處。不過，既成為熱點，又是臺灣文人在大陸的「代表」這一點，恐怕臺灣不論哪種立場的人都難以接受。(64)

呂正惠對鄉土文學營壘和右派的現代派的分析以及臺灣文壇對余光中的評價，是他多年感同身受的結果，一般大陸學者很難瞭解到，因而極具參考價值。至於大陸「余光中熱」的出現，有特殊的原因，不是因對「歷史無知」一句話就可抹殺，這是臺灣學者較難瞭解到的。

從香港到臺灣任教的黃維樑，不同意趙稀方等人的看法。他在和趙商榷的文章中說：

> 某人說余光中是「騙子」，說余在中國大陸「招搖撞騙」；趙稀方說這人「對余光中的人品看得透」。我要提出問題：說余在大陸「招搖撞騙」，證據在哪裡？(65)

「我罵人人、人人罵我」的李敖說余光中是「騙子」，確有人身攻擊的意味。黃維樑接著說：趙稀方說在七○年代後期余光中變本加厲地攻擊鄉土文學，證據何在？余在什麼地方攻擊過鄉土文學呢？接著他舉了一些余光中讚揚鄉土文學的論述。不過，黃維樑還是認為〈狼來了〉一些說法不妥，但余不是官方人士。至於向王昇將軍告密一事：「余先生親口對我說：絕無其事。王先生健在，最近親自以書面聲明：絕無『告密』一事。」

趙稀方對此回應道：黃維樑所引余光中一九六九年說的「由於日據和方言的背景，本省作家在文壇上露面較晚，但成就不容低估」的話，「顯然不是對於鄉土文學的肯定，而《中華現代文學大系》總序的評價卻又已經是二十年以後的事情，並不代表余光中在鄉土文學論戰中作為歷史當事人的態度。我相信，當年鄉土文學的所有敵人，今天都不會再去愚蠢地否定鄉土文學。」趙稀方還說，王昇的聲明是黃文最關鍵所在，但遺憾的是這一段是全文最為簡要的部分。這個聲明無論是大陸還是在臺灣，都沒有人見到過。(66)

上海學者陳子善對此事評論道：「余光中過去曾經對一些問題發表過較為激烈的言論，可能他現在也已經改正了自己的看法。如果從嚴肅的學術角度對余光中的一生作研究，那麼他那段歷史和那些觀點是不可回避的……趙稀方的批評可能是針對一些媒體把一些人的優點或缺點無限地放大，因為領導人吟詠了詩人的詩句就成為焦點，一味追捧，這有點不正常。」(67) 臺灣青年學者楊若萍卻覺得余光中在大陸的走紅，並非浪得虛名。臺灣政治的複雜迂迴，使得很多問題不能簡單下結論。在臺灣，過去反共很激烈，現在因為憎惡臺獨，把希望寄託在祖國，因而態度一變而為親近大陸，這樣的人不在少數。這種弔詭的現象，粗看頗難理解，細想卻很自然。對於臺灣文壇過去的恩恩怨怨，不必看得過分嚴重：「過去反共，現在不反共，而且嚮往統一，對於這樣的人，何必多翻老賬呢？」(68) 魯迅研究專家陳漱渝也參加了討論，提到余光中本人後來已經表示懺悔，今天不應再揪住不放。(69)

余光中向歷史自首？

余光中年輕時喜歡參加論戰，可一過中年，便無心戀戰。鄉土文學論戰二十年後，有人勸余光中為文澄清別人對他的誤解，他苦笑地說：「可是我覺得會是徒然。真理未必愈辯愈明。論戰事件，最方便粗糙的文學史家貼標籤，分楚漢。但是哪一個真有分量的作家是靠論戰，甚至混戰來傳後的呢？」(70) 他覺得自己沒有「九條命」，只能把最寶貴的「一條命」用來創作：「與其鞏固國防，擴充軍備，不如提高品質，增加生產。」[71]他還自負地認為：「我與世無爭，因為沒有人值得我爭吵。」[72]這未免有點太理想化和不食人間煙火了。生活在紛爭的文壇上卻要完全躲開論爭，是不可能的。因而當趙稀方的〈視線之外的余光中〉[73]發表後，余光中只好接招，寫了〈向歷史自首？——溽署答客四問〉[74]：

客說：「聽說你最近在大陸出《余光中集》，把早年某些引起爭議的文章，例如一九七七年那篇〈狼來了〉通通抽掉了，有隱瞞讀者之嫌，是嗎？」

我說：任何作家出文集，都不免有些刪除。如果凡發表的都收進去，恐怕就會變垃圾箱了。〈狼來了〉是一篇壞文章。所以如此，要把它放回歷史的背景上去，才能明白。一九七七年，大陸剛經歷「文革」，喘息未完。在那場浩劫中受害的知識份子難計其數。我於一九七四年去香港教書，對「文革」的餘悸並不陌生。當時我班上的學生，家在廣東，常向我親述「文革」真相。……去港不久，因為我在詩中批評「文革」，招來「左報」、「左刊」的圍剿，攻擊我的文字當在十萬字以上，致我的心情相當「孤憤」。……在「文革」震駭的壓力下，心情沉重，對一般左傾言論都很敏感。對茫然九州鄉思愈深，而對現實的恐懼愈強，其間的矛盾可見於我的詩句「患了梅毒依舊是母親。」……這就是當年我在香港寫〈狼〉文的心情，但是不能因此就說，那篇文章應該那樣寫。當時情緒失控，不但措辭粗糙，而且語氣凌厲，不像一個自由主義作家應有的修養。政治上的比附影射也引申過當，令人反感，也難怪授人以柄，懷疑是呼應國民黨的什麼整肅運動。……〈狼〉寫得不對，但都是我自己的意氣，自己發的神經病，不是任何政黨所能支使。……〈狼〉文發表以後，引起許多爭議，大多是負面的。許多朋友，例如齊邦媛、張曉風都曾婉言向我諷諫。晚輩如陳芳明，反應就比較強烈。……有這麼多愛護我的人都不以為然，我當年被心魔所魅是顯而易見的。(75)

余光中在這裏交待〈狼來了〉的寫作背景和心態，有參考價值。他還承認〈狼來了〉是篇壞文章，這說明余光中有自我批評精神。有人認為，余光中和大陸的余秋雨，對自己的歷史問題均死不認賬，都不願意懺悔。其實，余光中比堅絕不認錯的余秋雨要好一些。但陳映真並不這樣認為：

余先生在這篇對自己做結論的〈向歷史自首？〉中，關於〈狼來了〉的反省，只有一句是有所反省意識的話：「政治上的比附影射」「引申過當」。相形之下，「情緒失控」、「措辭粗糙」云云就顯得避重就輕，蒙混過關的味道。其實，在余先生對鍾玲教授，在給我的私信中，都說過要為〈狼〉文「道歉」，明白說〈狼來了〉一文「對您造成很大的傷害，他要對您說對不起。」（鍾教授轉述）在第二封私信的末尾也說「請接受我最大的歉意、善意、誠意……」我接讀之後，真心為他高興，回信鼓勵他勇敢面對、表態，解除自己的枷鎖，則我一定寫文章表示讚賞和支持。不料這麼好的話，在〈向歷史自首？〉中全不見了，實在令人很為他惋惜、扼腕。(76)

在私人通信中余一再表示道歉，可進入論爭時，這樣好的話不見了，真是此一時也，彼一時也。關於是否向王昇告發陳映真是共產主義信徒問題，余光中大概感到此問題的嚴重性，因而一口咬定絕無此事：即使當時的細節已經模糊，但只是從香港把材料寄給彭歌，「純屬朋友通信，並未想到會有什麼後果。在信上我對他說：『問題要以論爭而不以政治手段解決。』我的用意十分明確，但這句話陳在公開的文章中卻略去不提」(77)至於那份中英對照材料，也不是自己「精心羅織」的結果，而是當時一位傑出的學者——是陳映真也是余光中的共同朋友提供的。

陳映真認為余光中對這一問題的回答不像談「狼」文那樣令人激賞，而是使人感到遺憾與悵然，因為余光中的確把告密信直接寄給王昇，其根據是：

九〇年代中期一位朋友（平時皆以「老師」稱胡秋原先生和徐復觀先生）在一次閒談中，說起余先生把材料給了王昇，王昇不知「信」中考證陳映真有的「新馬」思想為何物，就教於鄭先

生，鄭先生不以余先生的說法為然，勸王昇不可與筆禍，並公開獎勵有成就的鄉土作家。結果是沒有筆禍，但也沒有獎勵。(78)

所謂「密信」不僅告發陳映真，而且還牽連到一位姓顏的教授和一位現在成為臺獨派的姓謝的藝術家。其實，陳映真只是聽鄭學稼（後又說是鄭的學生）的轉述，並沒有直接的證據。即使這樣，陳映真對余光中文章的標題也有意見：

我從別人引述陳漱渝先生、從鍾玲教授和余先生的來信中，知道余先生是有悔意的，我因此為余先生高興。沒有料到的是，余先生最終以略帶嘲諷的標題〈向歷史自首？〉的問號中，拒絕了自己為自己過去的不是、錯誤憂傷「道歉」的，內心美善的呼喚，緊抓著有沒有直接向王昇「告密」的細節「反撥」。這使我讀〈向歷史自首？〉後感到寂寞、悵然和惋惜，久久不能釋懷，反省是否我堵塞了余先生自我反省的動念？(79)

余光中和陳映真在反對臺獨方面，沒有根本的分歧，但兩人的歷史積怨太深，故余光中給自己向歷史自首打了個問號，陳映真由此覺得對方缺乏「自首」的勇氣和誠意，因而這場論爭無論是稱「陳映真事件」還是「余光中事件」，均留下一些遺憾和懸念讓人猜想。

不管結果怎麼樣，這次余光中、陳映真的對話畢竟有了一個良好的開端。這對坦誠面對歷史，逐步達到諒解，「彌合傷痕，增進當下臺灣民族文壇的團結，當是很有積極意義的事。」(80)

使人惋惜的是，這場「余光中向歷史自首」的風波在臺灣幾乎未激起任何反應。一來是時代變化了，人們的關注點在統獨問題而不是「算歷史舊賬」，二是正因爲時代變化了，不少在臺灣出生、接受國民黨教育成長起來的外省作家下一代，不管他們如何反對民進黨或厭惡台獨，也不樂於承認自己是中國人，更多的是公開聲稱自己是臺灣人，這就是陳映真說的「二度皇民化」，三來也是更重要的是昔日余光中的論敵、一起聲援鄉土文學的左傾知識份子，現在有的在向「泛綠」靠攏，如尉天驄；有的則往台獨政壇發展，如王拓。歷史的弔詭之處在於：過去的同志陳映真已成了王拓們在文化界推行臺獨路線的主要「敵人」，而昔日的論敵余光中已成了陳芳明與其「和解」後的新友，故這些人自然冷眼旁觀，甚至還有點暗自慶幸受到「藍」「綠」勢力兩邊夾擊的陳映真派人數越來越少。

【附注】

(1) 紀弦：〈現代派六大信條〉，臺北，《現代詩》第十三期（一九五六年六月），第七頁。

(2) 唐文標：〈什麼時代什麼地方什麼人〉，臺北，《龍族評論專號》一九七三年七月七日，第八—一〇頁；唐文標：〈詩的沒落〉，臺北，《文季》第一期（一九七三年八月），第一五—一八頁；唐文標：〈僵斃的現代詩〉，臺北，《中外文學》第二卷第三期（一九七三年八月），第一九—二一頁。

(3) 余光中：〈詩人何罪〉，臺北，《中外文學》第二卷第六期（一九七三年十一月），第三五—三七頁。

(4) 臺北，《聯合報》一九七七年七月十五—八月六日。

(5) 臺北，《聯合報》一九七七年八月二十日。

(6) 陳映真：〈向內戰·冷戰意識形態挑戰〉（一九九七年，打印稿），第五頁。

(7) 臺北，《中國時報》一九七七年八月十八日。

(8) 臺北，《聯合報》一九七七年九月十—十二日。

(9) 臺北，《中華雜誌》一九七七年十月，總一七一期，第一三—一八頁。

(10) 臺北，《中華雜誌》一九七七年九月，總一七〇期，第二〇—二四頁。

(11) 臺北，《中華雜誌》一九七七年十月，總一七一期，第三一—三三頁。

(12) 高準：《高準詩集全編》，一九九頁，臺北，詩藝文出版社二〇〇一年版。

(13) 臺北，文史哲出版社一九八六年版。

(14) 高準：《文學與社會》，文史哲出版社一九八六年版，二頁。

(15) 高準：《文學與社會》，文史哲出版社一九八六年版，八〇頁。

(16) 高準：《文學與社會》，文史哲出版社一九八六年版，二七一頁。

(17) 彭品光：〈文學不容劃分階級——我們反對所謂工農兵文學的觀點〉，臺北，《中華日報》副刊一九七八年一月三十、三十一日。
(18) 高準：〈為《詩潮》答辯流言〉，臺北，《中華雜誌》一九七八年二月，第七頁。
(19) 高準：《文學與社會》，臺北，文史哲出版社一九八六年版，二六九、二七〇頁。
(20) 高準：《文學與社會》，臺北，文史哲出版社一九八六年版，二七〇——二七一頁。
(21) 陳鼓應等著：《這樣的詩人余光中》，臺北，臺笠出版社一九八九年版，一三七頁。
(22) 臺北，《中華雜誌》總一七二期（一九七七年十一月），第一五——二二頁。
(23) 臺北，《中華雜誌》總一七三期（一九七七年十二月），第一八——二四頁。
(24) 陳鼓應等著：《這樣的詩人余光中》，臺北，臺笠出版社一九八九年版，六一——一三三頁。
(25) 臺北，大漢出版社一九七七年版。
(26) 陳鼓應等著：《這樣的詩人余光中》，臺北，臺笠出版社一九八九年版，一四〇頁。
(27) 陳鼓應等著：《這樣的詩人余光中》，臺北，臺笠出版社一九八九年版，一四九頁。
(28) 陳鼓應等著：《這樣的詩人余光中》，臺北，臺笠出版社一九八九年版，二四頁。
(29) 陳鼓應等著：《這樣的詩人余光中》，臺北，臺笠出版社一九八九年版，二五頁。
(30) 陳鼓應等著：《這樣的詩人余光中》，臺北，臺笠出版社一九八九年版，四〇頁。
(31) 陳鼓應等著：《這樣的詩人余光中》，臺北，臺笠出版社一九八九年版，二頁。
(32) 陳鼓應等著：《這樣的詩人余光中》，臺北，臺笠出版社一九八九年版，四〇——四一頁。
(33) 黃維樑編著：《火浴的鳳凰》，臺北，純文學出版社一九八六年版，七一頁。
(34) 余光中：《余光中集》第二卷，天津，百花文藝出版社二〇〇四年版，一三〇頁。

(35)黃維樑編著：《火浴的鳳凰》，臺北，純文學出版社一九八六年版，一九六頁。
(36)臺北，《夏潮》，一九七七年八月，二二期，一一—一二頁。
(37)臺北，《中華雜誌》，一九七七年九月，一七五期，二二—二三頁。
(38)臺北，《文壇》一九七八年二月號，三〇頁。
(39)臺北，《中華日報》副刊一九七七年十一月二十九日。
(40)臺北，《臺灣新生報》副刊一九七八年一月七日。
(41)葉積奇：〈陳鼓應，你夠薑〉，香港，《文化新潮》第九期（一九七九年六月二十日），四〇頁。
(42)彭瑞金：《臺灣新文學運動四十年》，臺北，自立晚報出版部一九九一年版，一六三頁。
(43)香港，《新晚報》一九七五年五月七日、九月八—十日。
(44)香港，《盤古》編者按（一九七五年十月二十五日），八四頁。
(45)臺北，《純文學》第四一期，一九七〇年五月，一八—二三頁。
(46)香港，《詩風》第四二、四三期（一九七四年十一、十二月），二五—二九頁。
(47)黃維樑編著：《火浴的鳳凰》，臺北，純文學出版社一九八六年版，三八三—三九〇頁。
(48)顏元叔：〈余光中的現代中國意識〉，臺北，《純文學》第四一期（一九七〇年五月），七一頁。
(49)海奇：〈「白玉矮瓜」及其他——詩人余黑西〉，香港，《文化新潮》第三期（一九七八年十二月十五日），四〇頁。
(50)參看黃維樑：〈詩：不朽之盛事——析余光中《白玉苦瓜》並試論詩人之成就〉，香港，《明報月刊》第一一九期（一九七五年十一月），三五—三八頁。
(51)臺北，《龍族》第六期（一九七二年五月五日），三二—三五頁。
(52)臺北，《龍族》第一一期（一九七四年一月），二三—二七頁。

(53) 臺北，《聯合報》，一九七七年八月二十日。

(54) 陳芳明：《鞭島之傷》，臺北，自立報系文化出版部一九九〇年版，一八頁。

(55) 陳映真：〈爭鳴：我對余光中事件的認識和立場〉，香港，《世紀中國》二〇〇四年十月八日，四四頁。

(56) 陳芳明：《後殖民臺灣》，臺北，麥田出版公司二〇〇二年版，二八四頁。

(57) 陳芳明：《後殖民臺灣》，臺北，麥田出版公司二〇〇二年版，二八五頁。

(58) 陳芳明：《詩的光澤》，臺北，《聯合文學》一九九八年第十期，七三頁。

(59) 陳芳明：〈余光中的現代主義精神〉，載林明德編：《臺灣現代詩經緯》，臺北，聯合文學出版社二〇〇一年版，一〇一——一〇七頁。

(60) 余光中總編輯：《中華現代文學大系•評論卷》，臺北，九歌出版社二〇〇三年版，二六一——二八〇頁。

(61) 趙稀方：〈視線之外的余光中〉，北京，《中國圖書商報》二〇〇四年五月二十一日。

(62) 李敖：〈騙子詩人和他的詩〉，北京，《中國圖書商報》二〇〇四年五月二十一日。

(63) 武漢，武漢出版社，一九九四年版。

(64) 呂正惠：〈光環之外的余光中〉，北京，《中國圖書商報》，二〇〇四年五月二十一日。

(65) 黃維樑：〈抑揚余光中〉，廣州，《羊城晚報》二〇〇四年八月。

(66) 趙稀方：〈就「抑揚余光中」一文答黃維樑諸先生〉，廣州，《羊城晚報》二〇〇四年九月二十一日。

(67) 羅四鴒：〈大陸有學者質疑「余光中神話」〉，上海，《文學報》二〇〇四年七月二十九日。

(68) 羅四鴒：〈大陸有學者質疑「余光中神話」〉，上海，《文學報》二〇〇四年七月二十九日。

(69) 陳漱渝：〈追問並非求全〉，北京，《中國圖書商報》二〇〇四年六月十八日。

(70) 傅孟麗：《茱萸的孩子——余光中傳》，臺北，天下遠見出版公司一九九九年版，一七頁。

(71) 傅孟麗：《茱萸的孩子——余光中傳》，臺北，天下遠見出版公司一九九九年版，一七五頁。
(72) 傅孟麗：《茱萸的孩子——余光中傳》，臺北，天下遠見出版公司一九九九年版，二五二頁。
(73) 北京，《中國圖書商報》，二〇〇四年五月二十一日。
(74) 廣州，《羊城晚報》二〇〇四年九月二十一日。
(75) 廣州，《羊城晚報》二〇〇四年九月二十一日。
(76) 陳映真：〈爭鳴：我對余光中事件的認識和立場〉，香港，《世紀中國》二〇〇四年十月八日，二〇頁。
(77) 陳映真：〈爭鳴：我對余光中事件的認識和立場〉，香港，《世紀中國》二〇〇四年十月八日，二一頁。
(78) 陳映真：〈爭鳴：我對余光中事件的認識和立場〉，香港，《世紀中國》二〇〇四年十月八日，二三頁。
(79) 陳映真：〈爭鳴：我對余光中事件的認識和立場〉，香港，《世紀中國》二〇〇四年十月八日，二四頁。
(80) 陳映真：〈爭鳴：我對余光中事件的認識和立場〉，香港，《世紀中國》二〇〇四年十月八日，二五頁。

第四節　小評謝輝煌對《臺灣當代新詩史》的「反攻」

謝輝煌先生在〈詩人・詩事・詩史〉中說拙著《臺灣當代新詩史》「不到一公斤」，就是送給廢品回收站也還不夠分量，這真夠幽默的。這種離惡評只有一步之遙的酷評，不知是出於吃味心理，還是真的站在「戰敗的團體」即國軍立場上「反攻」？筆者勸他「反攻」時不要用雙重標準。你看，他聲稱反對用「粗俗的字眼」評詩，可他自己用的是比「粗俗」還要「粗俗」的論斤賣廢品的比喻一筆抹殺拙著，這是否也在「降低（自己）『史筆』的格調」？

謝輝煌先生反對用「政治正確」作為評價詩的標準，可他自己詮釋「當代」、「現代」的含義時，一會兒「中華民國的『當今』」，一會兒「中華人民共和國的『當代』」，並以前者為「政治正確」，還「強迫」我遵循前者的定義寫作，這到底是談學

古遠清（左）與謝輝煌，1995年於臺北

術，還是談政治？關於大陸「現代文學」與「當代文學」的分水嶺，一九四九年是無可置疑的界限，但鑒於臺灣文學的特殊性，它不能按大陸的標準一九四九年七月為界，而必須以日本投降後的一九四五年八月作為分水嶺。拙著之所以認為臺灣當代新詩史應從光復後開始，不完全是從政治事件著眼，而是因為在文學的表現形式上，光復後的詩人不再用日文而改用中文創作，並不再「斷奶」，重新和祖國大陸文壇取得了聯繫。

目前，兩岸關於臺灣當代新詩史應從何算起，至少有三種看法：一是謝輝煌認為「應該把《臺灣當代新詩史》的起跑時間，再向早推進到一九二〇年」。這是混淆了「臺灣現代詩史」與「臺灣當代新詩史」的界限，因而應和者寥寥。二是拙著所講的從光復後算起。三是把一九四九年作為起跑線。拙著《臺灣當代新詩史》「上編」用少量文字交代日據時期詩歌概況後，便從一九五〇年代正式寫起。這不是自相矛盾或受了大陸文學史寫法的影響，而是「光復後的一九四五年至一九四九年，除「銀鈴會」《岸邊草》詩刊改為《潮流》於一九四八年復刊外，大多數作家由於存在日文轉換成中文等問題，詩壇顯得極不景氣。它雖然不是空白期，但給人處處破瓦斷垣的感覺，因而也可看作是中文書寫的荒蕪期。」

謝輝煌引用游喚的說法，表示自己也反對大陸學者將「臺灣文學（包括詩）當作『當代中國』」文學的一部分，這牽涉到兩岸學者的國族認同問題，這裏只就「反共詩歌」的評價問題展開討論。

「反共詩歌」是一種逝去的文學，離讀者遠去的文學。它之所以經不起時間的沉澱，一個重要原因是虛幻性。如「反共詩歌」寫到最後差不多都有一個光明的尾巴：「反攻」勝利了，共產黨「滅亡」

了。對這種預言，歷史早已證明它的荒謬。正因為如此，當年領取巨額稿酬的「反共詩歌」的作者及其作品，當今讀者有誰還記得起它的篇名和詞句？反共文學之所以不得人心，還在於當局對不參與反共文學製作的作家不勸說和懲處，可寫反共文學的人卻因揭露了陰暗面不合規範而遭約談、調查甚至查禁其作品，這便嚇跑了不少作家和讀者。對這種聲嘶力竭的「反共文學」，用之即棄的文藝產品，如果說還有什麼值得肯定之處，一是它反映動亂年代的歷史文獻價值，二是作者們常常把「反共」與「懷鄉」聯繫在一起，在思念故土故鄉時散發著泥土的芬芳，三是在內容上堅持「一個中國」原則，比起現在的獨派人士視大陸為「外國」而非墨人心中的「祖國」來說，要好得多。

謝輝煌認為筆者否定「反共詩歌」，是因為在體制內寫作的緣故，或曰與「統戰」有關。可否定「反共文學」的人，並不僅僅是大陸學者，連批評我的落蒂也認為：「那段時間的戰鬥詩，除了史的意義外，談不上什麼藝術價值。當時許多很紅的戰鬥詩人，現在都沒人提了。」還有臺灣本土作家葉石濤亦認為：「反共文學」是一種附庸政策的「墮落」，是一種歌功頌德的「夢囈作品」，「令人生厭的、劃一思想的口號八股文學。」這一文學潮流「不僅被廣大的臺灣同胞所厭惡，而且被他們自己的第二代所唾棄」。葉石濤如此認為，該不是他也在中共體制內寫作，或是為了呼應對岸的「統戰」才這樣評價吧？

評論他人的書要仔細弄清別人的論述對象和範圍。如拙著第二章標題為〈戒嚴寒流，詩花顫抖〉，可謝輝煌先生卻「命令」我在這一章中，應寫高準在一九八九年天安門事件中「親往現場聲援侯德健」，這已明顯超出拙著的時間範圍。他又要我寫高準所起草的〈《兩岸和平協定》的第三案〉，這更不屬詩作和詩論，恕不能從命。

第五節　落蒂不如大陸學者熟悉臺灣詩壇

落蒂先生對拙著的批評有值得我參考和反思的地方，如他校勘出《乾坤》創刊時間不該被手民誤植為一九五七年，沙穗崛起的時間也不確。不過，我讀了他的文章後，有這樣的印象：他對臺灣詩壇一些重大事件的瞭解程度，遠不如我這個「旁觀者」。如他說鄭愁予因為偷看「附匪文人」的作品遭人檢舉，和余光中入臺大轉學時，廈門大學寫的證明文件用西元而不是民國，後經求情才入學，這兩件事純屬「茶餘飯後的道聽塗說」，這說明他完全不知情。關於鄭愁予一事，見《文訊》刊登的鄭愁予在一次會議上的發言，我因手中缺乏這本雜誌，暫時未能提供期數和頁碼，待補。這裏不妨補充一個旁證：詩人辛鬱參與創辦的十月出版社，因一九五九年出了一本所謂「附匪作家」《沈從文自傳》，差點被捕入獄，後靠有背景的朋友幫

落蒂（右）與涂靜怡

忙才免於「軍法侍候」(1)而余光中入臺大一事，見傅孟麗《茱萸的孩子——余光中傳》(2)：

……在香港失學一年，差點連廈門大學的證件都拿不到。好不容易取得的學歷證明，卻已改了年號——「西元」取代了「民國」。這份學歷證明險些害余光中被拒於臺大門外。當時法學院院長薩孟武在招生審查會中，還勸他把這份「偽證件」收起來，幸好有文學院院長沈剛伯及時解危，才讓余光中順利考進了臺大。否則他可能要改讀省立臺灣師範學院了。

又如落蒂對林海音丟掉「聯副」飯碗這一政治事件（不是簡單的文學事件）看作「報刊主編來來去去，沒有那麼嚴重」，這說明他未瞭解真相。因為這一「船長事件」由於有總統府、內政部、中央黨部、警總的聯合介入，導致臺灣新詩發展受阻，使各報不敢刊登新詩長達十三年之久(3)。落蒂還認為「鄉土」的定義在臺灣只能是指「小鄉土」，可他不知道《創世紀》聲稱「永遠擁抱大鄉土」，這裏的「鄉土」便是指整個中國(4)。

我這裏再斗膽說一句：落蒂批評他人時還缺乏起碼的文學常識，如他認為只有歷史作了定論的事才能寫進詩史，可如果等歷史作了定論才寫史，那寫詩史只好人云亦云了，這樣一來，新詩史家又如何去體現自己的學術個性？先不說現代文學史，僅古代文學史中的《紅樓夢》來說，是曹雪芹的個人創作，還是與他人合作？或是在他人舊稿的基礎上裁剪改寫，中間插入他人早年著的《金瓶梅》

式的小說《風月寶鑒》，還是根據他人口述提供的素材概括熔鑄的？《紅樓夢》中哪些內容與曹家史事有關，其自傳性程度到底有多大？與此有聯繫的，脂硯齋、畸笏叟到底是誰？他們在《紅樓夢》成書過程中起了哪些實際作用？這些統統沒有定論，可這並未影響曹雪芹及其《紅樓夢》入史。再如李商隱的不少無題詩，到底應如何詮釋，文學史家也是各說各話。如果有定論再寫，那怎麼能夠體現文學史家的主體性和獨特性？

落帝又認為讀者不能「引導或影響詩的創作」，落蒂顯然不明白任何作家創作的最終完成，均離不開讀者的再創造。讀者的審美趣味有時可左右創作者的走向。這是文學創作的ＡＢＣ，不用再饒舌。

落蒂批評拙著的標題為〈介入與抽離〉，可他的「抽離」法，未免以偏概全。如他說拙著「幾乎都是論爭史的記載」，顯然看走了眼。拙著總計十八章，只有第三、十四這兩章專寫論爭。他還根據我寫紀弦歷史問題的某一細節，便妄下斷語：《臺灣當代新詩史》屬「詩壇雜記、雜憶」，他這種「雜記」式的批評與拙著的實際內容顯然相差十萬八千里。

【附注】

(1) 辛鬱：〈帶我到舊書攤挖寶〉，臺北《文訊》，二〇〇九年一月，第四九頁。

(2) 臺北，天下遠見公司一九九九年版，第二九頁。

(3) 麥穗：《詩空的雲煙》，詩藝文出版社一九九八年，第一一〇頁。

(4) 張默：〈餐風飲露五十年〉，《創世紀》二〇〇四年十月插頁「編者小語①」。

附：古遠清與落蒂關於「不打不相識」的通信

臺客主編轉落蒂先生：

非常感謝你再次寫批評我的文章《就是因為重視所以表示意見》，但我不再回應了。其實我並不是對所有意見都不聽取，有些地方各人理解不同，可以求同存異。我對你的詩論還是很注意的，如《香港當代新詩史》就寫進你對黎活仁的精彩批評。

古遠清　二〇〇九年三月十二日

落蒂先生：

你接連寫了三篇評拙著的文章，而且你是第一個通讀《臺灣當代新詩史》的人，許多人只看自己有關部分，不像你這麼用心，我一直銘感在心。論戰起來六親不認，諒你能理解。廣東《華文文學》去年五期轉載了你批評我的文章，是我推薦的，如未收到我寄你。盼能讀到你主編的《文學人》。

古遠清　二〇〇九年三月十六日

古遠清先生：

不打不相識。討論學問沒有甚麼六親不六親。更有人說吾愛吾師，吾更愛真理，連老師都不讓呢。《文學人》即刻寄給您一至三冊革新本，早期已無存書。另寄上拙作詩集二冊，請指教。

落蒂　二〇〇九年三月二十四日

落蒂兄：

大作和資料均收到，非常感謝。你的短詩〈鷺鷥〉我尤其喜歡。希望以後能繼續讀到《文學人》。

古遠清　二〇〇九年三月三十日

古遠清先生：

謝謝您喜歡我的短詩〈鷺鷥〉。有人喜歡此首，也有人喜歡〈木棉花〉，如羊令野。還有人喜歡〈淒涼〉，如張默選入《小詩選讀》，更被選作二〇〇二年大學指考試題。總之，寫下作品留給讀者評論家去討論，不論喜不喜歡都過去了，只能努力再捕捉下一首詩。

看來我們因討論詩史——我不說論戰，那用字太強烈了，不打不相識。我還是請臺客兄不必再登那篇短文，只供您個人參考就是了。臺灣詩壇派別眾多，誰也不服誰，可能無法有自己新詩史的原因。

您也繼續努力，再為臺灣新詩史續一章。

祝好

落蒂　二〇〇九年四月四日

落蒂兄：

你的文章我建議還是發表，登在別的刊物也可以(如葡萄園不登的話)。我太忙，有空再仔細讀你的詩寫點讀後感之類。希望能讀到你的詩論著作。

古遠清　二〇〇九年四月十九日

臺客主編轉落蒂先生：

我把與落蒂的通信編輯成文，擬將這些通信收入拙著《古遠清文藝爭鳴集》，希望落蒂兄同意。請儘快回復！

古遠清　二〇〇九年四月二十五日

古遠清先生：

您擬將我們的通信收入大作《古遠清文藝爭鳴集》，十分妥當。如此可以見證我們真正對臺灣新詩史的用心，絕非一般人只在意自己是否入選。文章千古事，得失寸心知，杜甫直到宋朝才入選詩選，卻成為詩聖。爭千秋不要爭一時，您同意否？第四期《文學人》已出刊，我將同第五期一起寄贈，並呈上我已出版的兩本詩論，一併請指教。

前不久洛夫新詩發表會，遇到一位我曾批評過的教授，我上前打招呼，他冷冷的沒回應，此事讓我倍感您的寬容大度，是可敬的文友。盼能多賜教、交流。

祝文安！

落蒂　二〇〇九年四月二十九日

第六節　文學史家的評判不需作家本人來認可

高準兄：

你刊在二〇〇八年十二月二日《世界論壇報》上的〈讀古著《臺灣當代新詩史》——致古遠清函〉收到，謝謝你對拙著所提的寶貴意見。除你列舉的一些史料錯誤外，我又發現將洛夫的原名莫運端誤為莫洛夫。如有機會再版，定將一一改正。

你的來信，不僅對修訂拙著有幫助，而且你談及有關《詩潮》出版經過及遭壓制打擊的詳細情況，亦有助於大陸讀者進一步瞭解臺灣詩壇在解除戒嚴前生存環境的惡劣。其中余光中寫〈狼來了〉的背景，屬第一手資料，很有參考價值，但我希望你和余光中之間的恩恩怨怨不要看得太重，不應再糾纏歷史舊賬，應向前看。在反獨促統的鬥爭中，你們兩人的目標是一致的。

你不同意拙著說你「思想左傾」的判斷，你完全可以表示異議，但文學史家有自己的主體性，其評判不一定要得到評者的認可。你的思想傾向，並非我一人有此看法，連臺灣不少人也贊同我的觀點。歷史是你自己寫的，不必掩飾。你是中國統一聯盟成員，屬左統作家，我對你反臺獨、支持祖國統一的行為十分敬仰。現在是馬英九執政，相信當局雖不會鼓勵和資助左統作家，但打壓現象將會減少。

關於林海音該不該上新詩史問題，我的看法與你完全相反。林海音雖然不是詩人、詩評家，但某種意義上說來她是與詩歌有關的編輯家。她編的〈故事〉一詩導致自己下臺，並引發臺灣報紙副刊長達十三年之久不敢刊登新詩。將這一事件在詩歌運動中單列一節寫入新詩史，正可以看出臺灣詩壇是如何受政治的干預。所謂「純詩」的道路，在戒嚴時期乃至當今統獨鬥爭激烈的年代是走不通的。

有關「武俠詩人」溫瑞安是否一度被判死刑，以及高信疆、余光中等人曾為其力保一事，分別見二〇〇四年九月溫瑞安在廣州接受《南方日報》著名編輯丁冠景的問答實錄、「文學視界」宇慧撰寫《方娥真作家簡介》。

你認為我寫你的篇幅少了，還要在生平中把你所有的詩集羅列出來，這辦不到，因為對每位詩人的生平尤其是著作部分所有詩人幾乎都是擇其要者刊出。你還要我把《詩潮》每期詳加介紹並補上《詩潮》編輯何郡的詩作評論，這也超出

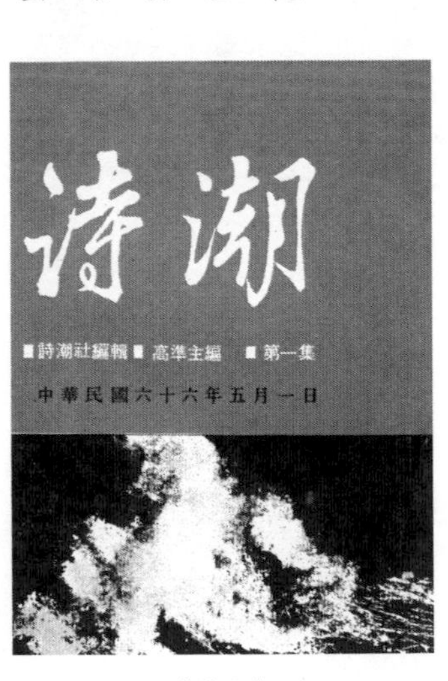

《詩潮》

了拙著的寫作範圍。拙著不是人人有份的文學史，《詩潮》有你做代表已足矣！你又要我評價你的詩作時，以你的修改稿為準，可你不知道，文學史家評價作品均用初版本。至於版本不同的對照，那是論文的題目。你還要我加進你的〈神木〉、〈玫瑰〉、〈謁孔子墓〉等詩的分析，恕不能從命。你一人已在拙著中占了兩節，算是夠多的了。我覺得，你和不少臺灣詩人一樣，均過分關心自己在詩史上的地位和占的篇幅多少，這使我感到遺憾。由此我進一步體會到臺灣當代新詩史的寫作難度：沒有寫進去的人意見很大，進史的人又嫌寫得不充分，評價不夠高。當然，我自有主見，不可能對這些意見照單全收。另方面要說明的是，拙著不是臺灣左翼詩史，故對你介紹的幾種左派詩刊我也不能全部寫上。

希望你下次來信時，能從整體上對拙著進一步提出批評，我熱烈地期待著。

祝筆健！

古遠清　二〇〇八年十二月二十日

附：高準的簡要回應

遠清兄：

你是接受不了任何一句批評意見的，那我也就無意再寫。關於大陸有些編輯家包括你在內的「唯初稿主義」，我是極不以為然的。試問如果把王安石的「春風又綠江南岸」也據其初稿而印成「春風又到江南岸」，那還像話嗎？你編的《余光中評說五十年》請一定寄我。

高準　二○○九年二月十九日

附：殊途不必同歸

——與古遠清談臺灣新詩史的書寫問題

楊宗翰

楊宗翰（以下簡稱「楊」）：二〇〇八年一月您的《臺灣當代新詩史》（文津版）順利面世，總字數達三十五萬，厚度超過五百頁。我認為這本書的出版，和二〇〇六年政治大學張雙英教授的《二十世紀臺灣新詩史》（五南版）一樣，都是臺灣詩學界的「大事件」。不過很可惜，作為首部由臺灣學者撰寫的新詩史，張教授這本書並沒有激起評論界或詩壇太多回應（那怕是批評！）。我從前一直認為寫詩人真是夠寂寞了，沒想到搞詩史更慘，寫了幾十萬字竟只換來二三篇短評。衷心希望你這本書不用踏入相同的冷酷異境。

楊宗翰

古遠清（以下簡稱「古」）：拙著是海峽兩岸首次出現寫至二〇〇七年的《臺灣當代新詩史》。這是以「隔岸觀火」、「旁觀者清」自居的大陸學人寫的《臺灣當代新詩史》。這是力求客觀公正，讓西化／中化、外省／本省、強勢／弱勢詩人均不缺席的《臺灣當代新詩史》。這是既寫詩人，又寫詩評家的《臺灣當代新詩史》。這既是一部詩歌創作史，又是一部詩壇論爭史。這是富有挑戰精神的文學史——挑戰主義頻繁的文壇，挑戰割據稱雄的詩壇，挑戰總是把文學史詮釋權拱手讓給大陸學人的學界。不過，像這種既不能帶來財富，又只能帶來「罵名」的文學史，有誰願意寫，寫了又有誰會為其鼓掌啊。

楊：我跟孟樊教授也在從事《臺灣新詩史》的寫作，其中前半部份第一到四章已經在刊物上公開發表過。我們固然有了一部由臺灣學者撰寫的新詩史，但是「一部」仍嫌不足。我們更希望看得到由臺灣「學院詩人」自己書寫的新詩史。慚愧的是，去年我們兩人都忙，居然沒有什麼新進度可言。寫史畢竟是一項浩大的工程，非短期內可以完成，但這不應該是藉口。我今年三、四月左右就得赴菲律賓服務，只盼望人雖在異鄉，還是可以和孟樊快快努力寫完這部《臺灣新詩史》。我對兩個新詩史寫作計畫間的差異很感興趣。應該可以這麼說，（一）以時間而論：您的《臺灣當代新詩史》強調「當代」，故以一九五〇年代為起點，止於二〇〇七年；我們的《臺灣新詩史》則以日據時期開篇，迄於近年來風起雲湧、新意不斷的數位文學或網路詩潮。（二）以架構而論，《臺灣當代新詩史》除了討論詩人、詩作、詩論三者，還特別強化了詩社和論戰部分；而後兩者，正是我們的《臺灣新詩史》最想遠離的夢魘。

古：「夢魔」一詞很有意思，這也許就是「當局者迷，旁觀者清」吧。我一直認為：詩社及論戰應該是詩史架構中的必需品。臺灣是個很特別的地方，文壇「幫派」很多，誰都想當老大，詩人還為了這個打「群架」——這不是我講的，是臺灣新文學史家周錦，這個人現在已經過世了。另外一點是重要詩人都「官司」纏身，陷入筆戰。余光中不久前跟北京的趙稀方就不用說了，之前還有跟陳鼓應。余光中的論敵不少，兩岸三地都有。又譬如洛夫跟郭楓、葡萄園與笠詩刊之間都有論爭，關係一度十分緊張。詩人的地位主要是靠作品，可是我們不能忽略詩人、詩社與論戰之間的關係，這也是詩史中重要的部分。我覺得張雙英就欠缺這個，《二十世紀臺灣新詩史》在這方面比較不足。

楊：他的架構恐怕不是以這個為出發點。我看過您之前發表的文章，其中就批評孟樊與我合撰的《臺灣新詩史》，對於詩社與部分論戰刻意不加處理或只是備而不提。

古：這與我個人寫過陸、港、臺三種當代文論史有關。我這本書只是大陸觀點、大陸立場。「一個中國」就更不用講了。

楊：如果我沒有記錯，這本書是以「結語：在『藍天綠地』籠罩下的臺灣詩壇」作結。哈哈，還蠻勇敢的！我讀過你去年底發表的散文〈當下臺北文化風景線——第五次入臺記〉，全篇第一句就是：「臺

台灣當代新詩史書衣

灣政黨輪替後，形成所謂『藍天綠地』的政治板塊。南部是民進黨的『綠地』，而北部尤其是臺北由國民黨掌控，是為『藍天』。」我在想，題目不是「文化風景線」嗎？

古：我後面的幾個小標題如「向出版社討『債』」均是在談文化。不過，身份和立場還是很重要的。像笠詩刊把我的文章放在「國際交流」專欄，把我歸類到「外國」。在會議場合，很多笠詩刊的人知道我是從大陸來的，但他不說我是大陸來的，而說我是從中國來。我這次到臺灣訪問，時時注意或警惕某些人的「藍」或「綠」傾向。這是一個實際問題，評論家就是要找出詩人與政治有染的文化身份。

楊：這點我跟你很不相同。我覺得每個人都有他的政治選擇與文化認同，詩史撰寫者沒必要拿這些來解剖化驗。就像你會把余秋雨文革歷史問題那樣「挖」出來費力拆解，換做我就會做些更好玩的事。

古：這是評論家和文學史家的工作，不一定要得到評論對象本人的認同。

楊：我承認這當然是評論家一部份的工作。這部《臺灣當代新詩史》的特殊之處，除了滿到溢出來的政治色彩，還包括你不厭其煩地為每個詩人做「立場定位」。到目前為止，我還沒看到哪個臺灣詩評家敢這樣做。你之前的著作《分裂的臺灣文學》也是採取這個作法，對於「南」、「北」之別十分在意（陳信元就曾撰文批評你這本書「極盡分化之能事」）。

古：《臺灣當代新詩史》前面部分沒有，是在「下編」（特別是「結語」部分）才放進這個元素。我只是將隱性的現象講成顯性而已，我是客觀的。臺灣就有人說「你們臺北文學怎樣怎樣……」

楊：是啊，我就很懷念以前《臺灣日報》副刊上的專欄「非臺北觀點」。雖然我三十年來都生在臺北，活在臺北，將來應該也會葬在臺北。可是我不太喜歡這裡，一心一意只想遠離。

古：這種南北不同觀點的論述根本不需要迴避。這牽涉到我這本書的研究方法論，第一個是審美的研究方法，第二個是政治文藝型態學。對於政治文藝型態學很多人都認為過時了，但我可不認為。政治文藝型態學剛好可以討論臺灣統獨文學，或像是一九八〇年代就有的「臺灣結」與「中國結」問題。現在民進黨執政之後，很多臺灣詩人就不敢承認自己是中國作家。臺灣文學本土派會講他的主體性，而我這本書是突顯大陸學者的主體性。這主體性是從書名到內容到研究方法一以貫之的。

楊：或者該這麼說，「立場是學術的，但不迴避政治」。這點我覺得很有趣，因為包括張雙英、孟樊或者是我，對於詩史中的政治面向顯然是採迴避策略的。

古：你生活在臺灣，且又是臺灣詩壇一分子，你大概怕踩到地雷吧。這種臺灣立場，跟「隔岸觀火」的大陸立場不一樣是很自然的。

楊：地雷我不怕，只怕無雷可踩，那就太寂寞了。《臺灣當代新詩史》這本書在取章節名稱時特別用心，也衍生出不少爭議。譬如結語題為「在『藍天綠地』籠罩下的臺灣詩壇」，刊出後在對岸的《華文文學》上就引起批評（新書出版時已把討論意見收錄進去）。類似有爭議性的標題還真不少，而且大多與政治有關。譬如第三章第五節「紀弦是『文化漢奸』？」，不去討論他作品方面的成績（古插話：

在第四章第二節有專門討論），卻把他的政治傾向或選擇給突顯出來，這種作法讓我開了眼界。還有像是「下編」部分，你強調「摻有毒（獨）素的政治詩」、「『語』多『詩』少的『臺語詩』」，這些我都不太認同。此外，最後一章（第十八章）以乾坤詩社／詩刊為主，其中四節分別是「不薄新詩愛舊詩」、「懇切感人的藍雲」、「追尋存在意義的一信」、「關懷現實、富於童趣的林煥彰」，我個人對一、四節沒有什麼疑問，但無法認同藍雲及一信在詩史中佔這麼大的份量——恕我直言，應該有更好的選擇吧？我甚至覺得《乾坤》所佔的比例稍嫌過多，畢竟在整個下編部分（一九八〇年代中期至二〇〇七年）總共出舉出《臺灣詩學》和《乾坤》，其他詩刊或詩社真有這麼「輕」嗎？我認為這些絕對會是本書最大的漏洞。還有，書中關於「作品解讀」的篇幅還是少了點，不知道是因為字數設定上的限制，還是因為每個詩人就只有這麼多頁，故無法多談。

古：仔細看，解讀還是不少。章節名稱的選取是為了增加可讀性，這是我一直很注重的。《臺灣當代新詩史》這本書有一個特點：標題亮麗、整潔生動。標題就是重點。

楊：我最後還是要稱讚一下，不能盡是批評。否則我真的變成你說的「人不兇，筆很兇」了！你對本地資訊的掌握還是很有一套。《臺灣當代新詩史》中連這兩、三年間新興的「林家詩社」都提到了，可見作者的敏感度不因隔海遠觀而有太大差距。至於「兩岸新詩關係解讀」的部分也很珍貴，這些是我們在臺灣不能夠理解也不太可能知道的資訊。

古：我花了不少精力與金錢在買臺灣書上。史料很少是別人送的，很多是我自己購買的。呂正惠和他的孩子到我家，他的小孩說：「爸爸，古先生的家裡都是臺灣書，怎麼我們家裡都是大陸書？」

楊：研究臺灣文學的大陸學者之中，「雙古」稱號由來已久。既然完成了《臺灣當代新詩史》，不知你怎麼看古繼堂那本《臺灣新詩發展史》？你在這本書「自序」中還提到我曾經批評他是「擁抱教條馬列主義美學殘骸的學者」。

古：我認為開創之功不可沒，有古繼堂的框架，才刺激出後續的研究。當然臺灣有很多人對他的批評很嚴厲。還有人看我們都姓古，亂猜說我跟古繼堂是不是兄弟關係乃至父子關係？其實，他是河南人，我是廣東人，只不過在同一所大學（武漢大學）同一年畢業。

楊：張雙英的詩史出版後，你是否有再修改過《臺灣當代新詩史》？

古：參考過。不過，他那本還是教材型的，我這本比較接近新詩博物館。我的書寫到二〇〇六年乃至二〇〇七年上半年，寫到「紅衫軍」興起時不同派別詩人的不同反應。

楊：這大概是臺灣研究者不太會去談的「文學研究」，不過我還是表示尊重。我看你的書裡面，幾乎把全部作家的政治傾向都做了定位（古插話：並非如此），叫人眼界大開。雖然我的〈與余光中拔河〉也曾作過類似的討論，不過還是差多了。

古：我剛編了一本《余光中評說五十年》，給北京的文化藝術出版社出版，也收了你那篇文章。臺灣的出版環境很不錯，文津出版社這次對《臺灣當代新詩史》的內容完全沒有做調整或刪除。由於研究臺灣文學，我和許多作家打交道，也因此認識了不少出版社的老闆。這十年來，我幾乎平均每年就在臺灣出一本繁體字的書。「文津」這次不是以書抵酬或只有象徵性的報酬，而是給了我不錯的版稅。

楊：這就是臺灣民主自由之可貴。不過臺灣的出版界也有其結構性問題，對詩集、詩刊、詩論的出版及行銷都不算友善。詩人要戰鬥的對象可多呢。

附：如何展示詩藝演化的三維空間？

——讀古遠清的《臺灣當代新詩史》

章亞昕

在我看來，新詩史理應屬於一種文體史。近來在閱讀古遠清的《臺灣當代新詩史》時，經常感受到會心的喜悅。(1)這是因為作者通過把握時間的跨度、美學的高度、體驗的精度打造出臺灣當代新詩的詩藝演化的三維空間，從而簡捷地勾勒出臺灣新詩發展的階段性軌跡。這當然是可喜可賀的！

一

從一九五〇年到二〇〇七年，《臺灣當代新詩史》屬於短時段研究。如何把握短時段研究的時間跨度問題，最是考驗作者的歷史感。古遠清以一九八〇年代中期為

《心靈的故鄉》

界，把臺灣當代新詩史分為上編和下編，用三十多萬字處理五十多年的新詩史，寫得脈絡清晰，簡潔明快。我有一本《二十世紀臺灣詩歌史》在人民文學出版社即將出書，而且在分期的方式上與古遠清有所不同，卻不能不向他說一聲「佩服！」

從大處看，古遠清讓「當代」同日據時期保持了相似的時間長度，從而保持了時間分期的均衡性——由於「現代」是以兩次世界大戰為創作的歷史背景，而「當代」則以冷戰為創作的歷史背景，這就有利於把握好中時段詩歌研究的共同話題：不僅僅是文化的轉型，也不僅僅是文體的變遷，而是在全人類歷史命運的轉捩點上重新展示詩藝與人生之間血肉相連的深刻聯繫。從細處看，一九八〇年代作為上編與下編之間的分水嶺，也確實體現了臺灣政壇與詩壇的深刻變化。唯其如此，古遠清的詩歌史敘事總是兼顧「詩內」與「詩外」。他非但不回避與詩壇有關的社會學話題，而且通過有關話題的發揮深刻揭示了詩人命運的複雜性，及其創作動機的深刻性。豐富而且生動的大量細節成就了詩歌藝術殿堂中最富有魅力的人格雕塑，乃是《臺灣當代新詩史》中最精彩的景觀之一。

體驗決定感悟，閱讀決定寫作。是兩次慘烈的世界大戰和長期的冷戰，塑造了二十世紀人文精神。詩人比軍火商更加高尚，因為地球村最需要的就是交流與溝通。歷史證明，有限的資源根本就滿足不了無限的貪婪，人本主義要比科學主義或者說唯科學主義更能夠解決人類的危機。臺灣現代詩最吸引我的地方，其實就在於此。《臺灣當代新詩史》最吸引我的地方，同樣也在於此。

譬如，古遠清指出文曉村的〈一盞小燈〉，「可視為作者寫人生理想追求的代表作。這首抒情詩，用各種不同的比喻寄託詩人的高潔情懷和對理想境界的追求。」(2)這首詩先後提到「荒漠的曠野」、「深夜的海上」、「濃霧的島上」，甚至是光天化日之下，「都市和鄉村歡笑般的／炫耀著春花秋月的風景」，抒情主人公的心頭卻始終是點燃著「那一盞小小的燈」。在這裏，並列著不同場景的詩節其實隱含了詩人被俘離鄉的身世，一個歷時性的敘事過程；而在這個艱辛的心路歷程中，詩人家中點燃的一盞小油燈，卻始終寄託了心中不變的嚮往……讀者只有對照文曉村在臺灣異常無奈的困境(3)才會理解詩人的情思之所在。這種思鄉情懷，在臺灣的軍旅詩人中，應該說頗具普遍性。倘若回避冷戰的歷史背景，我們就難以理解許多詩歌作品中經常流露的漂泊感！

又如，發生於二〇〇五年的「杜十三事件」看似與詩歌創作沒有什麼直接關係，古遠清卻從中發現了新世紀政壇風雲對於詩人創作心態的深刻影響。(4)這樣一些段落，應該是《臺灣當代新詩史》中最為引人注目之處。

不過這類細節在史書中似乎不宜過多，過多會讓讀者產生饒舌之感。像古遠清評述余光中為人大度之際，拉出余秋雨進行對比，(5)便顯得有些牽強——雖然說兩位都姓余，但是余秋雨畢竟不屬於《臺灣當代新詩史》的論述範圍。

二

《臺灣當代新詩史》的美學高度，表現為作者對於詩歌文體歷史走向的敏銳的方向感。中國古代的詩歌美學強調從歌到詩，而現代詩的詩歌美學則往往主張詩不是歌。古遠清不僅重視詩歌創作的大背景，而且很注意新詩發展的大話題：古人一寫詩就作對聯，今人一寫詩就打比方——當昔日的「擔架」變成了今日的「扁擔」，新詩是否可以承擔更為豐富繁複的意涵？解決問題的關鍵，就在於詩人的「編碼」能力和讀者的「解碼」能力是否可以同步前進。

從徐志摩到余光中，新詩走了一條借鑒英文詩歌的道路——可惜英文詩歌雖然好，卻沒有華夏民歌代為鋪墊；另一條道路則是從民間謠曲出發，新民歌倒是喜聞樂見了，奈何歌不是詩。中國新文學運動將近百年，詩歌遠遠落在散文後面——若說十年散文、百年詩歌，恐怕亦不為過。

古遠清的大局觀，在評論余光中的文字中表現得相當明晰：「從一九四九到一九五五年，余光中師承的是新月派諸君子的唯美浪漫風格。一九五五年開始鍾情現代主義。《白玉苦瓜》後，他悼屈原，歌李白，詠杜甫，讀東坡的詠史題材在增加。多次赴美他親眼看到現代詩朗誦聽眾寥寥，與搖滾樂的上萬聽眾形成鮮明的反差。余光中由此得到深刻的啟示：二十幾年來臺灣詩壇流行的『詩非歌，歌非詩，兩者必須分離』的觀念必須重新認識。『詩經，樂府，唐絕，宋詞，元曲，無一不在指證：許許多多好詩，都產生在詩和音樂結婚的蜜月，不，蜜朝蜜代。今日英美搖滾樂的盛況，令我益堅此信。』這就難怪他受美國搖滾樂啟發後寫的〈民歌〉、〈鄉愁四韻〉中增加詩的音樂性和可誦性，語言也力求簡潔自然。」(6)立足於從歌到詩的中國詩歌藝術發展規律，古遠清自然與余光中詩歌作品的「音樂性」和「可誦性」深有會心。

僅僅舉出余光中，說服力顯得不足。洛夫的詩學可以作為旁證，證明古遠清從大處著眼的評價方式：「洛夫在《天狼星》論爭中提出詩與散文如何區別的觀點，就很值得重視。他在稍後寫的《洛夫詩論選集・自序》中答余光中說：『詩語言與散文語言之不同，還不僅在文字的簡練上，否則中國以文言寫的論說豈不都是詩了。這兩者的區別主要乃在散文語言的含義作單線的傳達，而詩語言的含義乃作複線的投射。也可以這麼說：散文乃基於實用，是一種限於本身含義的知性語言，詩乃出於想像，是一種超越本身含義的感性語言。』這說得扼要、精闢。由此也可見，洛夫的詩論雖比不上學院派理論家所寫的那樣嚴謹而有系統，但其深刻性並不遜色。」(7)在這裏，洛夫涉及到應該在散文語言意象化的前提下，獲得詩意縱橫交錯的美學效果。如果說余光中強調從音樂美出發，那麼洛夫就是堅持靠意象美取勝——古遠清對於洛夫的評價自然是令人信服。

美中不足處在於，這個方面的討論只要再往前推進一步，亦即進入讀者想像力如何承受，也就是詩歌語言的意象密度問題，那便大功告成。遺憾的是，古遠清畢竟欠缺了一點細緻的功夫。《臺灣當代新詩史》已經提及蘇紹連的散文詩名篇〈七尺布〉，(8)可惜未能細究。其實這首散文詩第一節是寫實的，影射詩壇的代溝，說「我」明明「長高」了，「母親」還要用「七尺布」給孩子做衣服；第二節則是超現實的，好像是模仿洛夫的手法，「把我剪破，把我剪開，再用針線縫我，補我……」當時蘇紹連或許是惡搞，卻不料效果出奇地好；後來就有了二〇〇七年九月《創世紀詩雜誌》上「武俠詩特輯」中的「隱形賦比興」的〈七尺布白〉——形成了詩藝中令人「驚心」的虛實之道！事實上，從余光中到洛夫都在為如何把握隱喻暗示的分寸感而煞費苦心。詩人無奈地徘徊在深度寫作與明快表達之間，正好顯示了當代詩壇的結構性困境。

三

在體驗的精度上，古遠清也有其所長。上編第二章第五節〈被鎮壓的「神州詩社」〉就非常精彩。溫瑞安的創作與遭遇雖然長期被忽視，卻在《臺灣當代新詩史》中寫得淋漓盡致。(9)作為同時受過彼岸「炮轟」的詩評家，我對古遠清的賞析能力是肯定的；(10)但是對於具體作品的看法，也難免見仁見智——如商禽〈逃亡的天空〉如果直讀，可見抒情主人公是說：沼澤象徵死亡，死亡是活力的匱乏；玫瑰象徵活力，來自下雪的故鄉；眼淚是懷鄉的表現，它化作充滿詩意的琴聲；琴聲流露了心聲，而心死或者死心同樣是一種死亡。這些想法，就作為我向古遠清先生的請教吧！

更加值得佩服的，則是他耐心整理史料的過人功力——就此而論，余秋雨單挑古遠清顯然很不明智。話說回來，古遠清關於來自香港的李英豪、葉維廉等學院派批評家對於創世紀詩學發展的論述，(11)以及發現楊牧沒有加入藍星詩社的史料，(12)都令我深受啟發。

真正的美中不足，是印刷中的錯誤實在太多。金筑在正文中始終多了一個木字，唯有照片說明上，才少了十字再加外插花，簡直慘不忍睹。(13)希望今後再版時作者可以有機會加以補救。

【附注】

(1) 古遠清：《臺灣當代新詩史》，臺北，文津出版社，二〇〇八年。
(2) 同注(1)，二〇五頁。
(3) 同注(1)，四五—四六頁。
(4) 同注(1)，四七七—四七八頁。
(5) 同注(1)，一三一頁。
(6) 同注(1)，一二八頁。
(7) 同注(1)，三二四頁。
(8) 同注(1)，二五頁。
(9) 同注(1)，四九—五三頁。
(10) 同注(1)，三七七頁。
(11) 同注(1)，二九一頁。
(12) 同注(1)，一一九頁。
(13) 同注(1)，二〇六頁。

附：一座動態的「新詩博物館」

——評古遠清《臺灣當代新詩史》

曹竹青

臺灣新詩史的寫作和出版，已有近二十年的歷史。《臺灣新詩發展史》的作者古繼堂得風氣之先，可視為這門學科的開創者。《二十世紀臺灣新詩史》、《臺灣當代新詩史》的作者張雙英、古遠清，為這門學科的接捧人。接捧者的特點，在於繼往開來。張雙英、古遠清寫作的時代，正值臺灣政黨輪替，詩壇混聲合唱，亂象叢生，尤其是詩人受政治的干預，有贊成「中國坐標」，有鍾情「臺灣坐標」，結社辦刊也不再像過去那樣成為詩人追求的頭等目標。在詩壇變得詭異而難以捉摸的年代，他們寫臺灣新詩史，必須重新探索新路，不能按「三大詩社」或「四強分治」的模式下筆。這對文學史家來說，是一種挑戰，也是一種機遇。

曹竹青（右）在湖南鳳凰

大陸「南北雙古」之一的古遠清抓住這種機遇，最近完成了首部以「當代」命名的《臺灣當代新詩史》。

在此之前，古遠清在海峽兩岸出版過《臺灣當代文學理論批評史》、《世紀末的臺灣文學地圖》、《分裂的臺灣文學》等專著。最能體現其治學特點的是其近作《臺灣當代新詩史》。從古遠清早期的《臺港朦朧詩賞析》到臺灣文論史的編撰，從「地圖」的描繪到新詩史問世，顯現了古遠清在學術道路上不斷開拓，不斷前進的心路歷程。古遠清懷著突破已有臺灣新詩史寫作格局和超越自我的心願寫成的新著，立論新穎，評價客觀，有理論氣勢。他不贊成臺灣新詩史是一部現代詩史的觀點，也不認同臺灣新詩史是一部創作史，更不主張臺灣新詩史是一部詩社詩刊史。在他看來，現代詩誠然是臺灣當代新詩的主流，但有主流必然有支流，對寫實、浪漫、唯美等流派不能忽視其存在。一部臺灣新詩史是詩人和詩評家共同創造的，不能只寫詩人不寫詩評家。詩社詩刊固然重要，不參加詩社或參加過又退出的詩人，或作品主要不在紙質詩刊發表的作家，同樣不能讓其缺席。單純寫創作史而不寫詩壇論爭，只從純文學角度出發而不適當考量政治與文藝的關係，必然會把當代臺灣新詩的豐富性、複雜性簡單化。古遠清奉行新詩史既是創作史，又是評論史外加論爭史；既是詩社史，又是流派史；既是現代詩史，又是現實主義與之抗衡的觀念，力求突出「當代性」尤其是當下新詩發展現狀；不滿足於作家作品論，注意到「詩論新貌，五彩異呈」的局面；不採取名篇分析的教材型寫法，而盡可能做到教材型與學術型結合，以學術探討為主；力圖營造一座動態的「當代詩史」博物館，記錄各種詩歌現象和詩歌事件，評述在這座動態的博物館各種代表人物的種種表現；既不輕意放棄被某些人視之為雞肋的「政治文藝形態學」的研究方法，同時更注意從詩歌美學角度審視；不忽視詩歌發展複雜的歷史情境，把戒嚴體制及「藍天綠地」的政治板塊給詩歌生態帶來的嚴重影響，以及思想史和知識份子的靈魂史加入到新詩史的內容中；不為賢者諱，在充分肯定大牌詩人藝術成就的同時，如實地寫出他們的人生敗筆或藝術的缺陷。

寫文學史，離不開對既有研究成果的歸納、總結和系統化，這就是所謂共性。但如果只有共性沒有個性，即沒有自己的獨特發現，沒有文學史寫作的陌生化效果，那就會成為「把破帽，年年拈出」。《臺灣當代新詩史》之所以不是「破帽」而是「新帽」——

首先是內容新。該書在不少地方突破已有的臺灣新詩史寫作陳規，把一些過去由於受歷史條件限制沒有寫，或寫了只是一語帶過的詩社詩刊及其作家作品寫上去了，如第二編把《臺灣詩學季刊》當作「最亮的詩刊」論述，這說明著者眼光獨到，他是把該詩刊以及像胡品清這樣的詩壇獨行俠納入文學史視野的第一人。文學事件部分也寫得非常充分，像〈戒嚴寒流，詩花顫抖〉，注意歷史情境的再現，有很強的現場感。至於〈余光中向歷史自首？〉、〈紀弦是文化漢奸？〉，還有「結語」〈在「藍天綠地」籠罩下的臺灣詩壇〉，敢碰最敏感的話題，正如青年詩評家楊宗翰所說「真夠勇敢的」，這不僅為兩岸讀者傳遞了最新資訊，而且體現了該書的主體性及「旁觀者清」的獨特評價。

其次是構架新。第一章按十年一期作新詩發展輪廓的描述，然後把臺灣當代詩史一切為二：一九五〇年代至一九八〇年代中期；一九八〇年代中期至二〇〇六年（其實是二〇〇七年），敘述時大體上以時間為經，以詩社為緯，兼及詩潮更替、文體變遷，另對楊牧、彭邦楨等重要詩人列專節，並用較多篇幅總結臺灣當代詩論的成就和局限，突破約定俗成的新詩史為詩人詩作彙編的體例。作者既不追求寫一部全面覆蓋、人人有份的詩史，同時又讓西化／中化、外省／本省、強勢／弱勢詩社詩人盡可能不缺席。這樣的體例和章節設計，使臺灣新詩的認識視野和研究空間超越了同輩，並使臺灣當代新詩史的寫作更具包容性和彈性。

再次是論述新。作者用「結黨營詩」來區隔臺灣新詩與大陸新詩的一個重大差別，可謂一語中的。對一些有爭議的問題，作者的看法也與眾不同，如余光中到底是「愛國詩人」還是「賣國詩人」，該書在〈排炮射向余光中〉中云：「弔詭的是：余光中被陳鼓應等人定性為不熱愛中國甚至污蔑為中國的『賣國詩人』，而到了本土化高漲的世紀末，余光中卻被從鄉土派中分化出的本土派批評為只認同中國而不擁抱臺灣的詩人。由此可見，所謂『政治正確』的評價是如何經不起時間的沉澱和歷史的檢驗。」這種論述均發人之未發。再如〈兩岸新詩關係解讀〉不僅提供了一些詩壇「秘聞」，而且有真知灼見，體現了文學史寫作求真、求實、求新的精神。論述新還表現在章節的標題設計方面力求準確生動乃至亮麗耀眼，像婉轉迷人的鄭愁予、冷肅寧靜的方思、賞花醉月的羊令野、純真矜持的林泠、悲辛愁郁的辛鬱、溫婉淡雅的張香華、情采兼美的張錯、浪漫而纏綿的席慕蓉、「畫雲的女人」胡品清……這類標題是對詩人詩風的極好概括。

文學史不僅屬文藝學科，而且屬歷史學科。然而，人們對後者一直未引起重視。古遠清寫的《臺灣當代新詩史》，總的說來注重背景資料尤其是史料的疏理和考證，但畢竟是「隔海評文」，仍存在一些人名弄錯和其他史料差錯，希望再版時加以訂正。

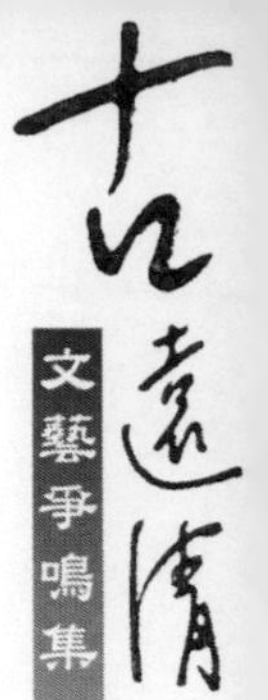
文藝爭鳴集

第七節 對《臺灣當代新詩史》種種批評的回應

筆者披閱過眾多的臺灣詩刊詩集，並數次前往寶島考察，和各個派別的詩人座談，讓我感受到臺灣詩壇的變幻多姿和波譎雲詭。流派紛呈的亮點和各大詩社明爭暗鬥，促使我琢磨應如何描繪這座島嶼的新詩地圖。然而當充滿求新求變的地圖描繪完畢，有幾位臺北詩人大聲向我說「不」。弔詭的是這樣一來，倒是去古未遠。君不見，自從大陸學者首次為臺灣新詩寫史以來，隆隆炮聲一直響徹不停。「客」見我勢單力薄，便在一片撻伐聲中給我鼓氣；「主」乘他採訪之機，對批評者的意見擇要作答。

誰最有資格寫臺灣新詩史

客：臺灣新詩史的撰寫，不僅是如何為作家定位和如何詮釋詩歌現象，還涉及到誰來定位誰來詮釋，甚至誰最有資格定位、誰最有權力來詮釋的問題。

主：最有資格者不一定是臺灣學者或圈內詩人，最有權力者也不一定是掌握學術權力與資源的人。

客：你的話儘管有一點狂，但我還是認為你是有資格和權力書寫臺灣新詩史的。你二〇〇八年由臺北文津出版社出版的新著能引發不少人的欽羨、不安、不滿或焦慮，說明你的書有一定的討論價值。對《臺灣當代新詩史》不論是讚揚還是貶低，是愛不釋手還是罵不絕口，均無法否定你在兩岸詩學交流中所扮演的重要角色。

主：你不要忙著定調子，以免幫倒忙。

客：我說的是事實。你以別人難以企及的對臺灣新詩關注的熱情，與臺灣詩壇保持著既緊密又疏離的關係，以及站在局外人的鳥瞰觀點來評說臺灣詩壇，一直評到「中國坐標」與「臺灣坐標」的對峙。這樣的詩史可以一直寫下去，只要你耐心跟蹤，文章總做不完，這比起北京古繼堂的《臺灣新詩發展史》、臺北張雙英的《二十世紀臺灣新詩史》內容自然更為豐富，信息量更大，由此更具學術價值和史料價值。

主：《臺灣當代新詩史》仍屬「初寫」、「試寫」而非「重寫」，它不具經典形態，也談不上什麼「純粹性」。你這三個「更」，係溢美之詞。

客：不要追求什麼「純粹性」和「純詩」。你誘人的地方，是詩史中系著臺灣政治風雲與文化動態。事實上，你引起人們評說與關注的並不僅僅是對詩人的定位和文本的評價。如第二章〈戒嚴寒流，詩花顫抖〉，在新詩史書寫中加入文化政治，做到「詩」與「史」互證，有助於喚起歷史的遺忘。其中寫林海音捲入「匪諜案」那一節，可視為「有文學故事的詩歌史」。至於〈余光中向歷史自首？〉〈兩岸新詩關係解讀〉所體現的文學史的政治性與政治性的文學史關係，是一個差不多被人遺忘但肯定是有價值的話題。你選擇了相當前衛的詩壇「藍」「綠」問題作終結，終結你描畫的臺灣新詩近六十年的歷史圖像。這個終結意味著新一輪論戰的開始，很有看點。

主：關於文學史中「系著臺灣政治風雲與文化動態」，更適用於我剛殺青的《海峽兩岸文學關係史》。

這是一部富有挑戰精神的文學史

客：作為奉行「私家治史」準則的當代文學史家，能否回顧你單槍匹馬寫作這「六史」——《中國大陸當代文學理論批評史》、《臺灣當代文學理論批評史》、《香港當代文學批評史》、《臺灣當代新詩史》、《香港當代新詩史》、《海峽兩岸文學關係史》的某些遭遇。

主：還是長話短說吧。這回寫臺灣新詩史挨「罵」，是意料中的事。古繼堂的書出版二十年，差不多被人罵了二十年。正如一位臺灣作家所說：「古繼堂的《臺灣新詩發展史》早已引發審美疲勞，怎麼又來了一個姓古的，你煩不煩呀，你這兩股（古）暗流！」故我有自知之明，在書末寫道：這是一部不能帶來財富，卻能帶來罵名的文學史。這是一部充滿爭議的新詩史，同時又是一部富有挑戰精神的文學史——挑戰主義頻繁的文壇，挑戰結黨營詩的詩壇，挑戰總是把文學史詮釋權拱手讓給大陸的學界。

客：寫文學史必須有智者的慧眼、仁者的胸懷和勇者的膽魄。在膽魄方面，你將新詩史的下限定為著作出版前的二〇〇七年，這確是你的過人之處。

主：拙著與同類書不同之處，正在於突出當代性尤其是當下性，為臺灣新詩發展作證，或曰提供「證詞」，證明某些詩人試圖讓文學獨立於政治之外，是一種迷思或迷失；尤其是新世紀的詩壇，一些臺灣民族主義者揚棄一九八〇年代早期或以前的中華民族情感，不再承認自己是中國詩人，並在詩作和詩論中重寫自己的國族認同、文學認同，這種現象就很值得記載和評價。當然，一九五〇年代以來臺灣詩壇到底出現過什麼著名詩人、詩評家和有影響的作品，詩壇發生過什麼重大事件和論爭，而著者又是如何「隔岸觀火」評價他們的，更是我的「證詞」主要內容。

客：與其用法律名詞解釋你的詩史，不如說你在〈結語〉中使用了政治學和社會學敘事理論詮釋臺灣詩壇的統獨問題，這使人佩服你「抽刀斷水」的勇敢精神，但你又必須面對「水更流」的尷尬局面，這就是為什麼你的著作一再引發爭論。

主：我和臺灣詩壇的幾次論爭，都是別人先挑起的。我從來都是靠自己的研究成果說話而不是靠論戰乃至混戰成名。

客：寫小說史、散文史不會碰到許多麻煩，唯獨寫新詩史引來的議論最多，這與詩壇圈子太多擺不平有關，這就難怪覃子豪研究專家劉正偉在二〇〇八年七月《乾坤》上發表〈評古遠清《臺灣當代新詩史》〉時稱，目前臺北有三篇批評《臺灣當代新詩史》的文章，均「貶多於褒」。

主：這有點意思，也有點值得本人喝一壺了。但請不要一鍋煮，像楊宗翰與我的對話發表在今年五月出版的《創世紀》，他比較客觀冷靜，認為「殊途不必同歸」，並未採取一棍子打死的粗暴做法，與同刊在二〇〇八年五月《葡萄園》上的謝輝煌〈詩人・詩事・詩史——古遠清《臺灣當代新詩史》讀後〉、落蒂〈介入與抽離——評古遠清著《臺灣當代新詩史》〉兩文不同。

新詩史書寫中的弔詭現象

客：劉還說你發在二〇〇八年五月《葡萄園》的兩篇回應〈落蒂對臺灣詩壇熟悉的程度不如大陸學者〉、〈小評謝輝煌對拙著的「反攻」〉有「避重就輕」之嫌。

主：這個批評有一定道理。有些重大問題我回避了，結果受到臺灣一位老詩人的批評，他在給我的信中說：「我覺得像謝輝煌引用游喚的說法，反對大陸學者將臺灣文學視為當代中國文學的一部分，這倒是應該提出反駁的。不應該『不展開討論』。海峽兩岸當然都是中國的一部分，文學都屬當代中國，為什麼在大事大非面前不表明立場，做老好人不討論、不辯駁？」不過游喚不主張「臺獨」，而主張「獨臺」。如果對此問題真要展開辯論，那就要開闢另一戰場。如要逐條作答，那就太浪費篇幅了。像落蒂批評我評價「關（傑明）唐（文標）事件」時加入了自己的社會主義意識形態。天哪！我剎那間噎住了，半天也打不出一個嗝兒來。只要細心讀拙文，就不難發現這社會主義意識形態係我對關、唐兩人左傾觀點的概括，他怎麼可以唐冠古戴？又如我把紀弦〈你的名字〉當成優秀詩作分析，落蒂說「令人讀後頗懷疑古氏對詩的評鑒、欣賞能力」，這也不用作答，因為各人評價標準不同嘛。這裏不妨再補充一例：我把余光中的〈鄉愁〉全文引錄並詳析，有一位臺灣詩人卻認為〈鄉愁〉「只是兒歌一類」，比他寫的同類詩的藝術成就「相差何止百倍！」

客：你的臺灣新詩史寫得率直而剛健，具有「血性批評」的風格，可落蒂不這樣看，他認為你鑒賞水平低，這到底應如何看？

主：那就聽聽一位資深臺灣詩人在今年五月二十八日給我信中說的一段話吧：「落蒂那文我也看了，水準不高。他還認為紀弦〈你的名字〉是普通中更普通之作。其實，紀弦這首詩是相當不錯的，是愛情詩中的佳構，落蒂的欣賞力甚低矣。」再說落蒂批評我把楊渡的〈一九八三年暮歌〉放在戒嚴時期論述不妥，可他自己也認為這首詩寫於一九八三年當時未解嚴。他如此前言不對後語，還用得著我接招嗎？再如謝輝煌對我引用陳千武所說日據時代「無詩」有不同看法，便羅列出一系列的詩人和詩事，以證明陳千武說法的荒謬。如此坐實理解「無詩」，未免過於皮相。因為「無詩」，不是指詩人沒有發表過一首詩，而是說光復時期缺乏有影響之作，無值得上史的典律之作。像謝輝煌所舉的林宗源用方言寫的處女作，以及「怒潮學校」校刊上發表的新詩，能上得了臺面嗎？

拙著指出光復後的臺灣中文新詩不足一觀，這與謝輝煌反駁我時所講「光復後語言文字的轉換問題，及『二二八事件』的影響，使中文新詩出現萎縮的現象」，是一致的。可見，謝氏關於日據時期是「有詩」

還是「無詩」，是個假命題。因為不管是哪位臺灣詩評家還是筆者，均沒有說過那個時期沒有人寫詩，更沒有說過當時的報刊只登小說不登詩，只不過在筆者看來，這詩「有」等於「無」，無法典律化上史罷了。

客：你是不是說在文學史如何書寫的討論中，出現弔詭情況：參與者在糾別人錯的同時，又成為被批評者糾錯的對象？

主：是的。先說謝輝煌給我糾錯時，說高準在一九八九年北京發生的那場政治風波中，「親往現場聲援侯德健」，其實，高準當時在臺灣，並未「親往現場」。他是在天安門事件後約兩個月才到大陸去為侯德健說項的。這在《高準詩全編》第一五五頁說得很清楚。再說落蒂，他給我糾錯時說「《乾坤》創辦於一九八七年，卻誤為一九五七年」，可他自己在《青溪論壇》二〇〇八年第三期發表的〈如何寫一本較完整的臺灣新詩史〉，承認自己也搞錯了，應為「一九九七年一月才對」。可見，誰都不能保證自己不出錯，我回應時也受了他的誤導。

客：落蒂諷刺你沒有雅量接受批評，認為自己的臺灣新詩史是「最完美的著作」。可見，你不能過於自信，總認為自己的書已到了無懈可擊的地步了吧？

主：我從未認為自己的著作是「最完美的」。以詩人歸屬而論，確有改進之處，有些重要的詩人的確遺漏了。再以編校而論，除劉正偉幫我糾正了一些諸如「林美山」誤為「美林山」、「新詩週刊社」誤為「新聞週刊社」、《一九四九以後》誤為《一九四九之後》地名、單位名、書名一類錯誤外，高準也幫我發現了一些，如四八頁把彭歌與彭品光誤為同一人了。相信這類錯誤還會有。校對就像掃地，掃得再乾淨也會殘留塵灰。

所謂「雜亂『蕪』章」、「『編』排失當」

客：一位喜歡讀臺灣新詩史著作的友人遺憾於大陸只出一個古繼堂，他瞪大眼睛希望大陸再出一個為臺灣新詩寫史的人。「古」家果然後繼有人，你不負眾望來了，可你來得太匆忙，難怪劉正偉說你的詩史「雜亂『蕪』章」啊。

主：我為了不重復古繼堂，想把創作史、論爭史、詩論史、詩刊出版史等均寫進去，的確不好安排，難怪給人雜亂之感。至於劉正偉說我把笠等詩刊詩人「濟濟之士」擠在一節，而創世紀等詩社人皆一節，其取捨標準何在？答曰：笠以「集團」彰顯，而不以個人成就著稱使然。這種話圈內人似乎不便說，我這個被《笠》視為「外國人」的旁觀者說說也就無所謂了。龍族等詩社也是詩社意義大於個人成就。不過，即使這樣，我還是盡可能給每位詩人充足的篇幅。當然，確有比例失調之處，值得檢討。

劉正偉

客：一些文學史家，常常用強勢文學團體的文學史觀來否定弱勢詩人的存在。你沒有這樣做，而是寫出了外省與本省詩人之間的恩怨與糾纏、強勢與弱勢詩人之間的壓迫與共謀，這是可貴的，但你的書畢竟如劉正偉說的「『編』排失當」啊。

主：他說我「『下編』幾乎不見『上編』出現的詩人與詩社安排，是否創世紀、藍星、笠、葡萄園等詩社與其詩人只出現在上世紀的『上編』，在『下編』的一九八〇—二〇〇七年間，從此銷聲匿跡，不再活動？」這是劉兄看走了眼。在第一一八、一一九、一四七、一八〇、二〇二頁均論述到藍星、創世紀、笠、葡萄園的後期以至當下的活動。如果把這一九八〇年代以後的活動再放到「下編」，豈不犯了他自己說的把詩人或詩社割裂過多的毛病？劉兄偏愛藍星詩社，肯定拙著有「洞見」的同時有「不見」，即嫌我寫了六節藍星詩人不過癮，還要我把夏菁、鄧禹平、吳望堯、黃用統統寫進去，無一例外用專節處理他也許才能滿意。如此一來，藍星詩人浩浩蕩蕩進軍「詩史」，豈不成了他說的「百貨公司」了？他又要我把「中國新詩」、「海鷗」、「南北笛」等詩社一一寫上，其實拙著第一六、二六一、一〇七頁等處已有提及，只不過寫得過於簡略。如要巨細無遺寫出，那又成了劉兄自己說的「老雜貨店」啦。

客：你說自己是站在局外人的立場書寫臺灣詩史，書寫時是客觀的，態度也是超然的。其實，正如單德興所說「任何文學史都註定是選擇性的、不完整的、有偏見的。」比如劉正偉和文曉村等人認為你沒把向明放在藍星詩社論述，便體現了你的「偏見」。

主：在開始時我也是把向明放在藍星論述的。二〇〇七年我在珠海當面徵求向明的意見，他堅持要將自己放在《臺灣詩學季刊》。我後來一想也有道理。「向晚愈明」的他，對臺灣詩壇真正形成影響是在不再主編《藍星》詩刊以後。為此，四四五頁我專門作了說明。

臺灣詩壇與香港詩壇的「親戚關係」

客：你這個「『劊』（快）子手」，聽說又在香港出版《香港當代新詩史》了。

主：筆者告別杏壇後，在賦閒中居然讓《臺灣當代新詩史》「下蛋」，生「第二胎」《香港當代新詩史》，我為自己沒有辜負二十多次訪港取得的資料感到慶倖。

客：這麼說來，你的《香港當代新詩史》是「揀」來的？

主：不是我故作謙虛，《香港當代新詩史》對我來說確是「揀」的，「揀」了個金元寶。畢竟寫完了《臺灣當代新詩史》，寫《香港當代新詩史》就順理成章，下筆也順暢多了。說「揀」或說下筆「順暢」，絕不是說香港新詩史容易寫或暗含渺視香港詩人的意思在內。相反，香港新詩界有不少璀璨的名字，他們的光環逼使我總是睜大眼睛去審視他們。我既慶倖自己和這些相識或不相識的詩人心靈是如此貼近，但我又擔心自己的拙筆不能將他們的文學成就一一道出。應說明的是，《香港當代新詩史》並不是《臺灣當代新詩史》的附庸或驥尾，兩者有各自的獨立性，但臺港新詩確有「親戚」關係。

客：能否進一步說明臺灣詩壇與香港詩壇的「親戚關係」？

主：這是個複雜問題，我只能籠統回答：臺灣、香港本來就有被「割讓」的相似歷史遭遇。在地理位置上，兩地均屬大陸的離島。在意識形態方面，兩地均不存在什麼「社會主義主旋律」。他們的新詩比起內地新詩來，有太多的同質性。何況作為跨文化城市的香港，那裏有不同背景的文化經驗共存和交匯，比如在臺灣詩壇頗為活躍的葉維廉、余光中等人，便是香港詩壇的要角。臺灣詩人也參加香港詩壇的論爭，如落蒂對香港大學黎活仁形式主義點評臺灣詩刊的精彩批評，我已寫到書裏去了。關於這一些，均見《香港當代新詩史》第二章第六節。

客：你先後寫作了六種當代文學分類史，這在兩岸均是鮮見的，因而有人稱之為「古遠清現象」。不過，你不能蘿蔔求快不洗泥，應多花時間去修改、潤色、打磨，否則就會像謝詩人說你的《臺灣當代新詩史》送到廢品收購站還不到一公斤哩。

主：謝詩人之所以有這種與「惡評」相差不遠的「酷評」，並不像有人說的拙著沒有寫他而引起其不滿，而是他以國民黨老兵身份說我站在中共立場上否定「反共文學」。這「反共文學」儘是「乒乒劈拍噠噠轟隆隆地打回來」以及「像毛匪江妖那一小撮的逆豎，真是何其不自量力啊」（紀弦）一類的標語口號加詛咒，與左派寫的「打倒蔣匪幫，解放全中國」的呼喊具有同質性，難道有什麼藝術價值可言？

還未能找到讓我折服的「論敵」

客：臺灣對大陸學者寫的臺灣文學史，一直認為是統戰的產物，多採取拒排的態度。謝輝煌的酷評是否體現了這一點？

主：大陸學者寫的臺灣文學史及分類史，不能說完全沒有政治因素，但並非每本書的作者均肩負著「統戰」的重任。像拙著《臺灣當代新詩史》，完全是從個人興趣出發編撰的，並無接受官方的任何資助。至於否定反共文學，不僅有大陸學者，也有本土評論家葉石濤，你總不能說葉石濤也在搞統戰吧？

客：臺灣學界在臺灣文學史編寫問題上，幾乎交了白卷，而大陸學者卻出版了眾多的臺灣文學史及其文體史。面對這種情況，具有小島心態的學者發出了「抗拒中國霸權論述」的怒吼。

主：你要小心使用「小島心態」這個詞。像批評我的幾位臺北詩人，並沒有這種心態，而是想幫我把詩史修改得更完美。但謝輝煌揚言要「反攻」，卻蘊含有兩岸爭奪臺灣文學詮釋權的意味，可惜他未展開論述。

客：在兩岸三地，你早已不止一次成為某些人的火藥目標。

主：不論在臺港文壇還是上海法庭，我均領教過某些人對我的攻訐。所謂「賣廢品」云云，自然不會泯滅我研究臺港新詩的興趣。不過，陳克華一類的臺灣詩人不喜歡論爭，他用不加置評的方式表示對拙著不屑一顧。更多的是餐桌上的耳語，這些我不一定都能聽到，但只要有價值的我就會反思和檢討自己。

客：除落蒂你未謀面外，謝輝煌、劉正偉都是你訪臺時拜見過的詩友，你能否和他們作進一步比如私下的溝通，以避免不必要的誤會？

主：我跟他們均沒有恩怨和過節。像謝輝煌，我賞析過他的詩。劉正偉則是「不打不成交」的摯友。他們的文章均就事論事，沒有人身攻擊的地方。只要不像余秋雨那樣因學術論爭將我告上法庭，隨他們說什麼都行。對落蒂、謝輝煌、劉正偉三位先生一再為文指教，我心存感激。有不同意見，如劉兄說「引火燒身」係「引火自焚」之意，這是他的發揮，並不符合我的原意，屬他的「再創造」。像這類情況，還是為文切磋、討論吧。

客：有無使你佩服的對《臺灣當代新詩史》的批評？

主：坦率地說，我目前還未找到一位能和我一邊爭論，一邊讓我欣賞論敵智慧的對手哩。

附：世界華文文學研究領域的「獨行俠」

——評古遠清的臺灣文學研究

陳建華

在出版了具有鋪墊性的《臺港朦朧詩賞析》、《臺港現代詩賞析》等「描紅」之作後，九十年代，古遠清一發不可收拾，先後出版了具有拓荒意義的「三部曲」：《臺灣當代文學理論批評史》(1)、《中國大陸當代文學理論批評史》(2)、《香港當代文學批評史》(3)，由此奠定了其在世界華文文學研究領域的地位。迄今為止，古遠清以驚人的速度在海內外推出了多部學術專著。而他的學術興奮點，又在臺港澳文學研究尤其是臺灣文學研究上。

從某種意義上說，正是由於古遠清這位「獨行俠」的個人著述，才使武漢成為繼福建、廣東、北京、上海等地之外的又一臺灣文學研究重鎮。

開闊的學術視野

自八〇年代末進入臺港文學研究領域以來，古遠清就呈現出鮮明的治學特色：整合分流的兩岸四地文學，跨越新中國文學與臺港澳文學的界線，再延伸到海外華文文學，立足於世界華文文學的比較研究，力求將中國的傳統文論創造性地運用於海外華文文學研究中，最終達到建立世界華文文學學科的目的。這一特色在〈大陸、臺灣、香港當代文學理論批評連環比較〉(4)一文中表現尤為明顯，作者超越了傳統的思維模式，將研究的視角創造性地運用於大陸、臺港澳文學的四度空間之中，對兩岸四地文學作整體觀照和全景描述，既注重臺港澳與內地文學批評史進行四度空間的整合性研究，強調臺港澳與內地同根同源，又挖掘他們與內地相異之處。

皇皇巨著《臺灣當代文學理論批評史》也貫穿著作者「連環比較」的思想。該書除了對臺灣文學的理論批評的成就和局限作了總體的評價外，還特別注意和大陸、香港的當代文論進行比較。在書中，作者將臺灣當代文學理論批評史當作一個整體，進行全方位的考察，筆觸所及，本土評論家、外省評論家、海外評論家，都無例外地被納入他的研究範圍之內。作者既給外省評論家設專章或專節，再同時又將被臺灣「行政院」編印的《中華民國作家作品目錄》(5)排除在外的胡秋原、李敖請進文論史中，又另闢「高揚鄉土文學旗幟的評論家」、「新生代本土評論家」專章給本土評論家應有的地位。就是對大陸遷臺的詩評家，既肯定「現代派」、「藍星」、「創世紀」的歷史地位及其影響，同時又給長期遭排斥的「萄萄園」詩論家以應有的歷史評價。這顯示出作者開放的姿態與客觀公正的學術眼光，真正做到了「旁觀者清」。更為重要的是，古遠清沒有將臺灣文論孤立起來，而是將臺灣文論納入了海峽兩岸這一寬廣視野，對其文論的同異作了系統的考察，既歸納了二者之間的共同點，又指出其差異之處。該書的成功與學術價值很大程度應歸功於作者善於縱橫捭闔、駕馭全盤。作者既對臺灣文學有宏觀把握，又有微觀透視；既有縱的探索，又有橫的剖析；既有褒揚、肯定，又有批判、否定，做到了公允、中肯和客觀。《臺灣當代文學理論批評史》出版後，臺灣大學張健教授稱其為臺灣「半世紀以來文學理論批評的一個總整理和客觀觀照」，當代臺灣評論家顏元叔稱此書的寫作是一種「壯舉」。

開闊的學術視野不僅要求作者熟諳兩岸四地文學狀況，同時也與作者佔有豐富的第一手資料分不開。就《臺灣當代文學理論批評史》而言，該書所達到的學術高度，不僅表現在對文學思潮、文學活動、文學論爭的論述上，還表現在史料的整理和挖掘上，對史料的梳理體現了史家「信」的原則。古遠清從事港臺文學研究始於八〇年代末，他戲稱自己是「半路出家」。雖是半路出家，古遠清卻較好地利用了後發優勢：因為從整個大環境來說，八〇年代開始大陸所作的臺灣文學研究，由於資料的匱乏和缺少對臺灣文學的全面瞭解，研究者常常是「瞎子摸象」式地拿到什麼資料就做什麼研究，其選擇的自由度極其有限，但八〇年代研究最重要的收穫是對臺灣文學的發展進行了基本的材料積累和脈絡梳理，對重要作家和作品進行了初步的分析和定位，這為九〇年代的臺灣文學研究提供了一個良好的背景和基礎；從個人來說，古遠清傾向於用資料說話，他為獲得資料甚至力圖超越種種人為設限，不吝人力物力，不懼艱辛苦難。他常常為自己在大陸擁有對岸的全套《文訊》而自豪，在寫作《臺灣當代文學理論批評史》時，他所搜羅的有關書刊已經盈箱疊架了，但尚有遺珠之歎。透過這些細節可知其對資料佔有的充分。讓資料說話的求實精神和靈活機動，使得他在史料考證和使用上都超越了前人。他以論觀史，以自己的學術眼光去審視史料，又史中立論，從史料的研究中得出自己的學術結論，立論建立在豐富的資料上，自然便有說服力。

貫以始終的私家治史

臺灣著名作家陳映真先生曾不止一次稱古遠清為世界華文文學研究領域的「獨行俠」，這是因為古氏治學的一大特點是走私家治史的道路。就研究而言，集體合作固然能集思廣益，知識互補，但也常常難免像一件百納之衣，出現前後觀點矛盾、文風不一等問題。私家治史最大的好處在於一人觀點貫穿始終，作品具有獨立的學術品格，不必為貫徹他人意圖而將學術個性與學術見解消融掉，更能見出著者之文心與個性，學術思路與文字風格也可以一以貫之。縱觀古遠清的幾部巨著，均是由其一人完成而不是什麼「集體智慧的結晶」，因而給人的感覺是渾然一體而不是自相矛盾、前後抵牾。另外，其著作還帶有論者一貫的謹嚴作風——幾部分類史後面均附有長長的參考書目及大事記。因為古遠清認為，文學史寫作不能成為作家作品評論彙編的大雜燴，寫史一定要建立在豐富的史料基礎上，沒有書目和大事年表墊底便匆匆忙忙寫文學史，難免會以論帶史，而不是論從史出。

「獨行俠」治史雖然難以產生百科全書式的集大成之作，但不時會迸發出一些有創見的亮點。比如，古遠清在《臺灣當代文學理論批評史》中給每個臺灣評論家作了定位，有許多是未「蓋棺」便「定論」。儘管人們可以對這種違反「蓋棺定論」原則的做法提出不同意見，而且古遠清的定位也不是完全沒有商榷的餘地，但你不能不承認這是他的一家之言，不得不承認古遠清對臺灣當代文學理論批評這門新學科的建設作了拓荒性的貢獻。在該書的體例上，古遠清也別具一格。過去臺灣出版的新文學史著作，多用「點將錄」乃至「編目式」的寫法。這種寫法雖然盡到了介紹的職責，但往往使全書支離破碎，缺乏一個完整的評價和論述。古遠清的《臺灣當代文學理論批評史》就擯棄了這種史料長編的寫法，即沒停留在作家生平的介紹上，而是由生平而深入到被評對象的評論道路、批評個性、成就與局限及其在臺灣當代文壇的地位的評價。如對夏志清《中國現代小說史》優劣處的分析、旅外評論家的自由與束縛及顏元叔在當代文論史上的地位論述，就屬一種穿透性的深層研究，研究主體將研究對象進行多角度、多層面的觀照、分析、透視，從而找出規律。

江西高校出版社出版的古遠清新著《當今臺灣文學風貌》，將私人治史的特色展露無遺。該書的一大特色是用大陸學者獨有的眼光去發現和建構歷史，對當代臺灣的文學制度、文學生態、文學事件、文學生產、文學人物，試圖做出新的審視與打量，在尋找臺灣文學發展的坐標及其運行軌跡，梳理新披露的當代臺灣文學史料後，走出單純評述作家作品的文學史敘述窠臼，嘗試新體例進行寫作，呈出開放靈動的文學史建構姿態，從而為臺灣當代文學史的寫作創造了一個富於啟發性的重要範例。全書的框架不是以時間為流程的線型敘述，而是以文學制度、文學生態、文學事件、文學生產、文學人物六個角度對臺灣文學進行多點透視，因而更具立體感與穿透力。這樣該書就對於理解世紀末乃至當下的臺灣文學，提供了一個基本的輪廓，給廣大讀者送上一份雖不夠完整但能舉一反三的「地圖」。

海峽學術出版社出版的《分裂的臺灣文學》一書中，作者又嘗試用辭條形式，將臺灣南北兩地的文學現狀作群像式的展覽，令人耳目一新。正如作者在該書〈後記〉中所言：「立意對臺灣文學史或類文學史的編寫另闢蹊徑，是我後中年時期經常思考的問題。我在《風貌》作的嘗試以及這本書所作的探索，說臺灣文學史不像，說臺灣文學概觀或臺灣文學辭典也不夠稱職，身份非常可疑。與其說我寫得像臺灣文學簡史或臺灣文學辭典，還不如說寫得像我自己。做一個有理論個性的臺灣文學研究工作者，是我一直追求的目標。」(6)作者首次把「余光中向歷史自首」、「陳映真與藤井省三的論戰」寫進類文學史中，陳映真先生認為過於簡略，這也許是作者受了文體的限制吧。

《分裂的臺灣文字》

前沿的學術視角

古遠清治臺灣文學的第三個特點是關注臺灣文學最尖端、最前沿的問題。九〇年代以來，臺灣文學生態發生了很大的變化。一方面是臺灣文學擺脫了自五〇年代以來被綁在「反共」戰車上的泛政治化傾向以後，又在黨外政治的浪潮中捲入了另一種形態的泛政治化，甚至推出了以「臺獨」為綱領的「國家主義」形態的文學，進一步加劇了自鄉土文學論爭以來臺灣文壇的分化。同時，政治和經濟的多元化存在，也推動了文化和文學的多元化走向。

古遠清敏銳地捕捉到這些變化。新作《當今臺灣文學風貌》、《分裂的臺灣文學》以敏銳的觸角、冷靜的思索、翔實的資料，闡述了二十世紀九〇年代以來臺灣文學的發展及其重要事件，從中可瞭解到當代臺灣文學的風貌，以及背後所包藏的深刻危機。兩書均用了很大篇幅來論述一個問題：臺灣文學何去何從？作者在介紹「雙陳」之爭時指出：「和七〇年代後期發生的鄉土文學大論戰一樣，這是一場以文學為名的意識形態前哨戰。『雙陳』爭論的主要不是臺灣文學史應如何編寫、如何分期這一類純學術問題，而是爭論臺灣到底屬何種社會性質、臺灣應朝統一方向還是走臺獨路線這類政治上的大是大非問題。」(7)同時作者也表達了自己的看法：「陳芳明寫作《臺灣新文學史》，主要不是從學科建設出發，而是從政治需要出發，或者說把他的文學史研究納入臺獨主張——否定中華民族、否定中華文化，苦心炮製臺灣文化體系，企圖從文化上尤其是文學上先『獨立』的重要一環。」(8)這種分析可謂一語中的，深刻地提示了獨派理論家借學術之名行去中國化，鼓吹文化臺獨的陰謀。

除了關注愈演愈烈的統獨之爭外，古遠清對醉翁之意不在酒的「臺語文學」倡導者進行了批判。「把『臺語』與漢民族語言並列，認為它是『臺灣民族語言』，而不認為是漢民族方言的一種，這就陷入了誤區。他們之所以這樣看，無非是認為『臺語文學』是『臺灣國文學』特有的品種。可事實上並不存在『臺灣民族』，更沒有什麼『臺灣國』，故『臺語文學』的倡導者的政治用意便落了空。」(9)接著作者又在純語言層面分析了「臺語」寫作之不可能。「因福佬話語言與文字之間斷層，許多方言有音無字。在無跡可尋的情況下，『臺語詩人』只好以同音字作為借代，或借用羅馬拼音、日文拼音、萬國音標。……這樣的『臺語詩』不要說外省人看不懂，就是省籍作家之間也難明瞭。」(10)又在學理上給予臺語詩倡導者潑涼水。

《當今臺灣文學風貌》

善於論爭的治學風格

治學風格上，古遠清認為「碰撞能產生真理的火花」，他不怕爭論、不怕批判，喜歡進行多元化的學術性探討。一方面他甘做「挖掘『文墓』的人」，注重從史料的原始性、真實性和豐富性方面發掘文學史中的原始資料，另一方面，他對臺港文學中許多具有爭議的地方提出獨到見解，尤其是文學史中的文藝論爭、文藝思潮和文藝運動，研究頗為深透，總是發出自己的聲音，而不是人云亦云。

古遠清對待學術，總是堅持自己的原則，他的論述富於激情，並帶有很強的論辯性。像〈兩岸是如何「爭奪」臺灣文學詮釋權的？〉、〈蕭蕭先生批評大陸學者的盲點〉、〈臺港澳文學學科尚未建立〉、〈「葉落歸根」與「落地生根」〉等，自始至終都流露出大陸學者的聲音、立場和參與兩岸文學對話的強烈願望。古遠清還曾數次到臺灣作實地考察，並多次對臺灣諸如「文學經典事件」等問題發表評論。

真理越辯越明。古遠清是一位以論辯著稱的評論家。除盡人皆知的余（余秋雨）古之爭外，他參與了大陸的余光中評價之爭，兩次捲入與臺灣作家的論戰，以〈誰最有資格寫《香港文學史》〉、〈要不要「重寫」《香港文學史》〉二文參與了編寫香港文學史之爭。在內地，他還以罕見的學術勇氣對由權威機構主持、由三代學者努力著成的《中華文學通史》提出尖銳批評，寫下〈破綻甚多的《中華文學通史》〉與〈請再多下一點「水磨功夫」〉二文。在波瀾不興的大陸學界，古遠清確屬異類。

在臺灣文壇，先後有兩次以古遠清為火藥目標的批判。先是老詩人向明對其《臺港朦朧詩賞析》的激烈抨擊，後來是《臺灣詩學季刊》所製作的以炮轟「南北雙古」（古繼堂、古遠清）為中心的《大陸臺灣詩學再檢驗》專輯。古遠清對此表現出坦然的態度：「不批不知道，一批做廣告。批判，尤其是從政治出發的批判，是一種免費廣告，是許多作家求之不得的事。本來，我寫得越多，局限性也就暴露得充分，對方有吃醋心理的人便越不服氣，或奉了誰的指令要把大陸學者的『威風』打下去，也是順理成章的事。可笑的是，有些批判者根本沒有讀過拙著（只看過封皮）或沒認真讀完拙著，就橫加指責，以致張冠李戴，牛頭不對馬嘴，這添加了意識形態佐料的大批判，不理會也罷。」(11)

余秋雨在眾多論敵中之所以選中古遠清作為第一被告，一個重要原因是因為古遠清屬「獨行俠」，容易擊敗。余秋雨曾多次說這位「獨行俠」是借批判名人出名。這句話有兩處漏洞：一是在古遠清批評余秋雨之前，早已在兩岸三地乃至東南亞華文文學界有廣泛影響，也就是說早已「出名」。他是以自己扎實的學術著述而非像余秋雨靠打官司的炒作賣名。二是古遠清不是先發制人，多次是別人主動雄糾糾地打上門來找他辯論。「余、古官司」就不用說了，僅以與臺灣文壇論爭而論，是向明、蕭蕭先批判他，他才起來應戰。不過，他與臺灣文壇的論戰，那怕是唇槍舌劍，非常火爆，均未演變為訴訟事件，有的論敵後來還成為「相逢一笑泯恩仇」的好友，這也是他近期仍樂此不疲研究臺灣文學的一個重要動力。

在「時間的富翁」和研究資源方面，古遠清已今非昔比。比起閩粵京滬地區研究的良好條件，武漢本來就處於劣勢。在這種情況下，古遠清近年仍以「獨行俠」的姿態活躍在海峽兩岸文壇，接連推出數部臺灣文學研究專著，令人欽佩。

【附注】

(1)武漢出版社，一九九四年版。

(2)臺北，文史哲出版社，一九九九年版。

(3)武漢，湖北教育出版社，一九九七年版。

(4)長春，《社會科學戰線》，一九九四年第五期。

(5)臺北，「文建會」，一九八四年版。

(6)古遠清：《分裂的臺灣文學》，臺北，海峽學術出版社，二〇〇五年版。

(7)古遠清：《當今臺灣文學風貌》，南昌，江西高校出版社，二〇〇四年版。

(8)同注(7)。

(9)同注(7)。

(10)同注(7)。

(11)洪英：〈成果豐碩，後來居上——古遠清剪影〉，南京，《世界華文文學論壇》，二〇〇〇年第二期。

第八節　重建文學史的政治維度

「為什麼會是這種『關係史』的書？」原希望我寫一本把陸、港、臺文論打通的《中華當代文學理論批評史》或在文論、詩論基礎上寫一部《臺灣文學史》的朋友，均發出這種疑問。

這事有一點曲折，也有一點僥倖。我原計劃把已出版的兩岸三地文論史重新整合為一部，然而被半路殺出的《臺灣當代新詩史》、《香港當代新詩史》的寫作計畫所打斷。後來我又想，與其寫一本有可能自費出版將三地文論貫通的文學史，不如弄點銀子寫一部有新意的書，於是便申報了二〇〇六年國家社會科學基金課題《海峽兩岸文學關係史》。這時我已告別杏壇，一位朋友勸我說：「退休的人幾乎無人再做科研更談不上報課題，就是報了也很難批」，何況我校中文系還未正式成立，無學術資源去「跑題」，但我還是未聽他的忠告，只不過是申報後就束之高閣，不向任何有可能當評委的人打招呼，更不向我認識的文學課題組總負責人打聽任何消息。大概是此課題係嘗試用整合的方法將兩岸文學融合到一起，而不是像眾多當代文學史那樣，把臺灣文學當作附庸或尾巴然後拼接上去，就這樣被評委看中了，僥倖被批准了。立項後，我毫無得意之感，卻發現這個課題完成起來有點棘手：臺灣文學與中華文化雖有延續與相似之處，但更有與大陸文學割裂和相異的一面。如何把握好這兩面，處理好兩岸文學交流與政治的關係，有相當的難度。後來我略作思考後，作出這樣的定位：

這不是一本兩岸文學創作史，也不是兩岸文學論爭史或思潮史，而是一部兩岸文學的關係史。

這不是兩岸文學發生的重大事件或運動的匯編，或兩岸文學關係的簡單相加，而是以臺灣文壇為主，把主要目光放在對岸，即作者明顯站在大陸立場、用大陸視角寫作，如余光中在書中用三節處理，是因為余氏是影響大陸文壇的一位重要作家；而張愛玲寫了四節，是因為張氏是影響臺灣最大的大陸作家，以至其作品被選入「臺灣文學經典」。這部書鮮明的主體性還表現在它以年鑒的方式，引領讀者從宏觀視野分析兩岸從軍事對抗到和平共處時期，臺灣政局與兩岸文學關係曾發生過的風雲大事和文學論爭，其中每章每節均可獨立成篇，但這是分為四個時期合成的整體。《海峽兩岸文學關係史》就好比一座大樓，每個章節只是構築這座學術大廈的一個部件。

對筆者來說，《海峽兩岸文學關係史》的寫作有小小的希冀：在為兩岸文學史寫作提供原始材料以補充、完善現有當代文學史不足的同時，還企圖用這部著作，引起當代文學史寫作是否應加入關係史的思考。

中共中央總書記胡耀邦接見陳若曦，1985 年於北京。

拙著是從文學關係史切入的另類歷史敘事，是一種非傳統型的文學史，正像劉禾《持燈的使者》那樣屬「一種散漫的、重視細節的、質感較強的、放棄樹立經典企圖的」(1)文學史。寫作的著力點不在為作家作品定位，不以作家作品分析評價為主，不以建構典律為目標，而是抱著回顧與解讀的態度，審視兩岸文學關係從對立到親和、從反叛到回歸的發展過程，用「大敘事」與小細節相結合的筆調描述，不追求體系的嚴謹和完整性。在這本書裏，無論是〈春江水暖鴨先知〉，還是〈誰先偷跑誰就贏〉，均將主流文學史遮蔽的某些史實或以為只需要「大而全」而不需要「零件」的材料展示出來，使兩岸文學史真正成為一部多視野、多角度的多元共生的文學史。

「兩岸文學關係史」可以說既豐饒又貧瘠，既單純又複雜。「豐饒」是指兩岸文學關係史所要面對的是兩地文學的對抗與隔絕、開啟與曲折、互動與衝突、封鎖與突圍。「貧瘠」是指無論在兩蔣時代，還是民進黨執政時期，作為同根同種同文的兩岸文學，由於政治干預等原因，均沒有產生大師級的作家和經典性的文本。說其「單純」，是指兩岸文學關係在任何時期都受政治制度的制約，交流必須在「一個中國」原則下進行。「複雜」是說兩岸認同的「一中各表」，有各種不同的詮釋，具體到「臺灣文學」的界說上，則有五花八門的表述。即使是本土派作家，表述起來也有「淺綠」、「深綠」、「濃綠」之分。「深綠」作家堅持用所謂「臺語」取代中文寫作，認為只有用母語寫的作品才是純正的「臺灣文學」。對這一點，不說「泛藍」作家光是許多「綠營」作家均提出質疑或抵制。

畢竟篇幅有限，《海峽兩岸文學關係史》要在三十萬字的篇幅中把近六十年的兩岸文學關係內容都寫進去，談何容易。為解決這一難題，也為了使讀者有較明晰的認識，本書在分期上受《海峽兩岸關係概論》(2)的啟發，將兩岸文學關係分為四段：軍事主宰時期兩岸文學關係的對抗與隔絕，和平對峙時期兩岸文學交流的開啟與曲折，民間交流時期兩岸文學的互動與衝突，「阿扁時代」兩岸文學關係的封鎖與突圍。在寫作方法上，力求有宏觀概括力和銳利的思想衝擊力，如〈民間主導與官方阻撓的二元格局〉、〈終止「戡亂」對兩岸文學關係的影響〉、〈兩岸對臺灣文學詮釋權的「爭奪」〉，均讓讀者不會因細節的敘述妨礙對全局的瞭解，不會因為有可讀性而影響論述的深度。尤其是在〈導論〉中，注意歷史意識與當代視野相融合；在〈兩岸文學的「互文」問題〉中，注意問題意識與比較方法的結合；在〈受制於政治價值觀的文學現象解讀〉中，努力讓理論闡釋與文學史實互為呼應。當然，一涉及到敏感問題的評價，就會引發爭議，比如張愛玲是否為兩岸忠義文學史家宣判的「文化漢奸」，張愛玲的著作權屬於臺北皇冠出版社還是屬於張愛玲在大陸的親人，以及兩岸文學誰的成就高、繁體

大陸的諶容向臺灣的柏楊挑戰，對他說：你敢和我跳舞嗎？柏楊從椅子上跳起大聲說：當然敢！（1984，美國聶華苓家中）

字與簡體字誰優誰劣，兩岸均有不同看法。對這些看法，完全可以求同存異。拙著的表述，只是一家之言，歡迎持異議的讀者、學者提出討論和爭鳴。

《海峽兩岸文學關係史》所敘述的史實和問題，幾乎均與政治緊密相連，這極容易觸動某些人敏感的神經。記得當筆者把〈兩岸文學的「互文」問題〉提交給一個學術研討會宣讀時，主持人看到〈「反共復國」政策與兩岸文學關係〉，還有什麼〈兩岸文學社團的同質性〉，連忙退避三舍，叫我換一篇與政治無關的論文。其實，「兩岸文學關係」本身就是與政治脫不了干係的題目，「純文學」在這個領域絕對行不通。一些論者之所以擔心文學史寫作政治化，與極左思潮肆虐的年代，現當代文學史的生產高度政治化所造成的歷史性災難這一境遇有關。由於有這一慘痛教訓，一些人認為文學史書寫的出路正在於非政治化或去政治化。這是一種很大的迷思。文學史寫作當然不能為政治服務，讓文學史家成為政治家的奴婢，但這不等於說，文學史寫作完全可以脫離政治，一旦與政治發生關係就會喪失文學史的自主性。把特定時期、特定語境的極左政治與不帶貶義的「政治」混同，把政治性與非自主性等同，顯然不科學(3)。基於這一看法，本書希望重建文學史的政治維度，對兩岸文學關係史上尖銳的政治問題不採取回避的態度，如〈大批判聲中的兩岸文壇〉，讓書中繫著兩岸的政治風雲與文化動態。再如〈蔣氏父子反「文學臺獨」的立場和措施〉，在關係史中加入文化政治，做到「文」與「史」互證，有助於喚起歷史的遺忘。另有〈臺灣現代詩畫與大陸共產黨有關？〉，彌補因「大敘事」的共性而忽略個別的偶然性與神秘性的不足，可視為「有故事的文學史」。其中所體現的文學史的政治性與政治性的文學史關係，是一個差不多被人遺忘但肯定是有價值的話題。

這部文學關係史完成之際，正值有火爐之稱的武漢熱浪滾滾襲來之時。每逢赤日炎炎的夏季，正是我筆耕最繁忙的時刻。前兩個月才送走《余光中：詩書人生》、《香港當代新詩史》，現在又忙著為這部《海峽兩岸文學關係史》殺青。我不敢奢言，這部書稿是如同火爐中熔煉成的鋼錠，但它至少是一塊小鐵片。它不沉甸，但也決非輕若鴻毛。這當然不能歸功於自然界的高溫，而只能歸之於筆者寫當代文學專題史有火一般的熱情。憑著這股熱情，我數次前往寶島及港澳等地採購資料。二〇〇七年秋天，我還一擲萬金買了幾箱臺版書回來。正是這些書，給了我眾多的寫作靈感，和獲得諸多啟示，使我能把這一課題寫得較有新意，能講述已經或即將被遺忘的歷史事實和經驗。我雖然不是這一歷史事實的全部經歷者，但憑著豐富的史料我可以對歷史發言，奢望這部兩岸文學關係史能填補當代文學研究的空白，推動中國當代文學史及其分支學科臺灣文學深入的研究。

我曾在《香港當代新詩史》「前言」中云：近二十年來，我奉行「私家治史」原則，先後寫了六種當代文學專題史：《中國大陸當代文學理論批評史》、《臺灣當代文學理論批評史》、《香港當代文學批評史》、《臺灣當代新詩史》、《香港當代新詩史》及這本《海峽兩岸文學關係史》。寫這多以「史」命名的書，不是以創作豐富自樂，而是為了更好地證明「當代事，不成『史』」(4)說法的荒謬。我感到欣慰的是，兩岸三地文壇對筆者專題史的探索已有所關注，包括研討會和學報上的文章時有對拙著的評價乃至「炮轟」。現在這本書的出版，又給我提供了一個向海峽兩岸文學界同行討教的機會。這對我本人，對兩岸文學交流，對兩岸文學關係在「無扁」時代的良性發展，都具有一定的意義。

最後，要感謝出書前發表部分章節的媒體：美國《中外論壇》、《紅衫林》，馬來西亞《人文雜誌》，新加坡《雅》，臺灣《傳記文字》、香港《文匯報》，澳門《澳華日報》，北京《光明日報》、《中華讀書報》、《兩岸關係》、《文藝報》、《新文學史料》、《魯迅研究月刊》、《炎黃春秋》、《臺灣週刊》、《臺灣研究》、《臺聲》，上海《文匯讀書週報》、《文學報》、《上海魯迅研究》，以及《當代文壇》、《理論與創作》、《學習與實踐》、《華文文學》、《天津師大學報》、《中國海洋大學學報》、《珠海特區報》，等等。

中國大陸當代文學理論批評史

【附注】

(1) 霍俊明：〈港臺新詩史寫作問題探論〉，北京大學中國新詩研究所編《新世紀中國新詩國際學術研討會論文集》，自印，二〇〇六年十月。

(2) 余克禮主編：《海峽兩岸關係概論》，武漢出版社，一九九八年。

(3) 陶東風：〈重建文學理論的政治維度〉，長春，《文藝爭鳴》，二〇〇八年第一期。

(4) 施蟄存：〈當代事，不成「史」〉，上海，《文匯報》，一九八五年十二月二日。

第三章 重構「香港文學史」

第一節　《香港當代新詩史》寫作答客問

客：為什麼總看不到港人寫的《香港文學史》？

主：據香港文學研究專家黃維樑透露：香港藝術發展局曾懸賞三百萬元請港人編寫香港文學史，然而重賞之下沒有勇夫，至今連寫史的一點蹤影都沒有：「十年、二十年已過去了，香港人編寫的香港文學史，我們仍然癡癡地等……」之所以等不到，不妨回顧二〇〇二年香港藝術發展局文學藝術組組織本地學者編撰香港文學史時，香港學者黃子程在〈「香港文學史」的射殺者〉中說的「會議終於沒有好好地著手尋找『誰來編文學史』，而演成『大家怎麼看編文學史』了。」形成這種局面的原因，是難以選到最具

左起：王偉明、古遠清，1997 年澳門大學

資格的人「當上這部香港文學史的總編輯、總主筆」。黃子程還說：「香港文學界門派甚多，目前還未有幾多人能做到相容並包及具備了文學歷史的縱觀水平……再說，要等一位能溝通各派作者文友，而個人文學思想又能兼收並蓄的編寫者，誰也不知道將會在什麼時候降臨大地、光臨香港。」

既然香港難覓「能溝通各派作者文友」的學者，既然他們把香港文學史的詮釋權拱手讓給別人，外地學者便「空降」香江文壇，當仁不讓地寫了起來，以至出版了數種頗受爭議的香港文學史。

客：你為什麼要寫《香港當代新詩史》？

主：作為生活在高度商業化社會的香港文化人，和臺灣文化人一樣從來都寂寞，作家獲得的掌聲稀罕，詩人的讀者更少，希望我這本小書的出版，能給詩集問世後如泥牛入海無消息的香港詩人一絲安慰。我這本書可以告訴他們：「別害怕詩集出版後杳如黃鶴，至少在黃鶴樓畔有古遠清這樣的有心人在仔細讀你的作品，有時還挑你的毛病」。更希望那些至今仍抱「香港是文化沙漠」偏見的人，讀了拙著後能驚喜地發現，這裏還有一小批詩人在香港這個水泥島上種植新詩之樹，有的樹開的花還似紫荊那樣散發出醉人的芬芳。

客：碰到你不喜歡的香港詩人或作品，你會寫他嗎？

主：作為評論家，必須堅守嚴肅的學術立場。不管自己相識或不相識的詩人，相識是親近還是疏遠的作家，也

香港當代新詩史封面

不管自己喜歡的作品還是不符合自己審美要求的作品，都要去讀，都要去評。不看刊物編輯的眼光行事，不看被評對象的臉色，寫自己想寫的東西，說自己想說的話，這需要氣量，需要胸懷，需要學識，需要勇氣，更需要睿智。那怕是挖苦諷刺批判過我的人，只要他的文本優秀，還有舉足輕重的影響，我照樣欣賞他，照樣將其寫進文學史，而且給的篇幅還不會少。又如某位詩人，甚多人對他的人品嗤之以鼻，我對他也有微辭，但考慮到他在香港有一定代表性，其詩作也有水準，故我還是不聽友人勸告毫不猶豫寫了他。

客：你已告別後中年時期，有無江郎才盡之感？

主：「才盡」應與年齡無關，而與對研究現狀、研究題材和研究對象失卻敏感相聯繫。「才盡」的人往往找不到新的學術生長點。我為了將自己和「江郎」區隔開來，近幾年在兩岸三地出書時均盡可能出新，不至於「一把破帽，年年拈出」。不過，在香港新詩研究領域出新比較難。不可否認，詩的氣氛香港既不比上內地，也比不上臺灣。如也斯這樣重量級詩人感歎自己發表詩作非常困難，只好把它寄生在《電影》雙週刊、婦女雜誌《妍》這類非文學刊物上。在這種氣壓下，難造就大師級的人物，也難找到經典著作，可供寫史的內容遠不如臺灣詩壇豐富複雜，但這裏仍有不少優秀作品和著名詩人，因而我把自己發現的學術生長點盡可能寫進去。

客：你寫完《香港當代新詩史》後，還會研究臺港文學嗎？

主：在「竹苑」居住七年間，我在臺港和吉隆玻出版了六本以臺港文學為主的世界華文文學研究的新書。我真想開闢新疆土，向與我纏綿整整二十年的臺港文學研究說聲再見，回頭去寫我構思過多時的《〈文藝報〉史》、《「文革」魯迅研究史》。但我現在還不能，不僅是因為二〇〇六年批准的國家社科基金專案《海峽兩岸文學關係史》還未殺青，還因為我對上世紀末的香港新詩的評述是否符合實際沒有把握，亦無法確定我對香港新詩的研究是否大功告成，至少我現在還十分懷疑這些入史的作品是否能傳後。

客：你一人寫了六種當代文學分類史，可不能光追求數量不顧質量，像你的《臺灣當代新詩史》，在臺北一出版就挨批。你這本《香港當代新詩史》問世後就不怕別人提出嚴苛抨擊嗎？

主：《香港當代新詩史》出版後是否會遭到同樣的待遇，我已有思想準備。不過，香港詩壇不像臺灣詩壇那樣喜歡論戰，平時的議論，我不一定都能聽到，但只要像戴天、秀實、蔡炎培那樣有價值的批評我就會吸取。

附：探尋「南來」與「本土」融合的道路

——評古遠清《香港當代新詩史》

曹天歌

在當代中國華文文學研究界，古遠清先生無疑是最具影響力的學者之一。他在臺北出版的《臺灣當代新詩史》，曾在臺灣學術界掀起層層波瀾。最近，古遠清另出版的《香港當代新詩史》，讀之再三，益加敬佩其學術生命的常青與填補空白的貢獻。這樣一部能啟動人們對香港文學深入認識的著作，無疑具有指標性的意義。

二〇〇八年，香港藝術發展局資助的《詩版圖》在發刊詞中云：「香港詩壇以小圈子的形式存在，流派紛呈，山頭林立，要之是『本土』與『外來』的壁壘。《詩版圖》的出版，有融合『本土』與『外來』的意義。」的確，如何讓「本土」詩人與含「南來」的「外來」詩人融合，是書寫香港當代新詩史必須面對的問題。古遠清在這方面

古遠清（左）與劉以鬯，1993 年於香港中文大學

作出自己的嘗試，選取「本土」、「南來」、「外來」詩人三大板塊分而論之，這為廣大讀者展示了一個啟迪性的研究理念，改變了「本土」與「南來」詩人的對立關係，並提出了如何把過客式的余光中一類的「外來」詩人也包含在內的問題。

眾所周知，香港新詩界長期存在著「本土」與「外來」（主要是「南來」）的對峙，但不似臺灣「外省」與「本省」詩人的對立那樣呈顯性。形成這種現象的一個重要原因，是某些本土詩人無論是研究文學史還是編選集，一個重要尺規是「從本土出發」。在他們看來，只有土生土長或雖不土生但土長的詩人，才是地道的香港詩人，而文革以後赴港的南來詩人，在內地接受的是社會主義教育，去港後一直視英國殖民者為罪惡的根源，而未能看到英人用現代化手段管理香港並將其變為「東方明珠」的一面，創作手法則一直秉承批判現實主義立場。他們人在香江心在長江——「原不相信香江水，會泡出江南春」（張詩劍詩句），所寫的作品是遠離香港土地和人民的失根、漂泊的文學，既缺乏香港意識，又無香港地域色彩，因而這些人只能算是「在香港的中國詩人」，而非真正的「香港詩人」。古遠清這本《香港當代新詩史》，把這種偏見矯正過來。他認為，香港新詩不僅是指用本土意識或香港意識寫的作品，也包括在中國大視野下或中國語境下的創作。用「從本土出發」的尺規去詮釋香港當代新詩史，是一種見樹不見林的偏狹思考。這不是因為古氏沒生長在香江邊，或與某派關係密切，而是因為香港文化來源於它的多元競爭價值，來源於它超越政治、超越黨派、超越山頭以及地域囿限的寬容態度，故寫史一定要講究包容性，要像古遠清那樣用寬廣的胸懷來處理「本土」與「南來」的關係。

古遠清這種讓「南來」與「本土」兩大詩群犁然貫通，渙然冰釋的新詩史觀，為認識和重寫一部多元共生的真正豐富多彩的香港新詩史鋪平了道路。但古遠清並不因此重「南來」輕「本土」，或像有人那樣認為南來作家在香港文學史上起了主導作用。相反，他認為香港當代新詩史的主力軍仍是本土詩人，因而該書本土詩人共寫了三章二十二節，而南來詩人只有兩章十六節。

評價一項研究課題是否有價值，主要看其能否推動該學科的深入發展，或者說它提出有什麼學術價值的命題，而《香港當代新詩史》的問世，讓人有理由相信香港新詩史研究領域還有不少值得開墾的處女地，如第一章所述回歸後香港新詩的主體性還存不存在，如存在表現在哪裡；第二章所論香港新詩有無主流和需不需要主流，以及港臺新詩的交迭和衝突關係；第八章所論述林幸謙等外來詩人的「香港經驗」，均是很值得探討的話題。古氏先開了個頭，還有待於有關專家進一步展開論證。

古著在〈內容提要〉中云：「這是向香港詩壇挑戰的文學史——《香港當代新詩史》為什麼本地學者自己不寫，要把新詩史詮釋權拱手讓給所謂『清遠古韻』的外人？像這種毫無經濟效益的文學史，有誰願意寫，寫了又有誰肯為其鼓掌啊。」「這又是一部充滿爭議的文學史：什麼『旁觀者清』，什麼『清遠古韻』，沒有經典文本和大師級作家的香港詩歌，值得寫『史』嗎？現在寫『史』的條件成熟了嗎？其中一些詩人值得入『史』嗎？對他們的定位準確和科學嗎？南來詩人是『在香港的中國詩人』，還是『香港詩人』？」這裏所說的「挑戰」和「爭議」，不僅是指評者與批評者需要展開對話，而且是指內地學者與香港本土學者由於觀點分歧而引發的碰撞。可以預期，這部能帶來爭議的新詩史，會在交流、論爭中使古著進一步完善和科學化。已有人認為，南來詩人的概念不科學，像不少南來作家到香港已住滿整整三十年乃至四十年，還不能算本地詩人嗎？可古遠清認為，判斷一位詩人的身份不是看他住了多長時間，而是看他寫的作品是否具有本土意識和鄉土色彩，而在這方面，許多南來詩人與也斯們明顯不同。經歷複雜，很難以「本土」、「南來」、「外來」加以區分的戴天則屬另類。他在廣東、毛里求斯、臺灣和美國受教育，後又到香港定居。這種複雜經歷，使戴天不可能是力匡式的「難民」詩人，也不可能是踏浪歸來、對新中國認同的犁青式南來詩人或華僑詩人。戴天九七前夕移民加拿大後，與香港仍有密切聯繫，故他又不同於從國外歸來的旅港詩人，亦不同於從臺灣來又回臺灣去的余光中。有的文學史把戴天放在外來詩人中論述，而古氏認為：戴天是具有香港意識的作家，和富有香港性的本土詩人。戴天的創作，並不以詩著稱，而以長期在《信報》寫「港式專欄」為人所知。這裏說的「港式」，是指以港人視角觀察、評價世界的風雲變幻以及香港人和事。他的詩作也呈現了這種特點，故古遠清把戴天當作本土詩人論述，令人耳目一新。

評論家和作家一樣，最怕重複自己。複製自我，寫作沒有變化，就意味著理論生命的枯萎。原地踏步的評論家，也可能是好評論家，也會有自己的讀者群，但畢竟容易引發他人的審美疲勞。有個性的評論家，均追求突破自己。《香港當代新詩史》的一個重要特點，是比著者不久前出版的《臺灣當代新詩史》寫得更精緻，更有可讀性。不管人們如何評價它，均無法否認《香港當代新詩史》比《臺灣當代新詩史》有新的起色。如該書沒有像臺灣青年詩評家楊宗翰批評《臺灣當代新詩史》那樣有「滿溢出來的政治色彩」，而是以審美評論為主；在編排上一目了然，不似《臺灣當代新詩史》那樣令人眼花瞭亂；在詩人歸屬上，也不存在太多的爭議。但這種變化並不是脫胎換骨式的，而是具有延續性，如著者沒有把香港當代新詩史處理成一部現代主義詩史，沒有忽視弱勢詩群的存在，仍讓詩評家參與詩史的建構。本來，沒有一位文學史家會輕易完成轉型的。古遠清至今還未成為先鋒型的文學史家，便是最好的說明。

詩歌史的寫法，通常有兩種：「全唐詩」式的或「唐詩三百首」式的。前一種是全方位覆蓋，是一種人人有份的文學史，後一種是選擇性的，所論的詩人詩作不是帶有典律性，就是富有代表性。古遠清採用的是後一種方式，其長處在於面向香港詩壇的實際，瓦解、弱化圈子傾向，使眾多山頭轉向成一種香港新詩歷史發展軌跡的描述，讓多聲道向單聲道轉化；不搞大包圍式，也不對某些小圈子負責。在壓縮搶佔文學史山頭的聲音而確立典律化論述方面，古遠清做了有益的探索，以讓不同派別的詩人、詩評家均有平等的權利進入文學史，從而為讀者呈現出香港新詩繽紛多姿的美學圖景。

為寫香港當代新詩史，古遠清利用二十餘次訪港機會，收集了大量資料，潛心閱讀了蔡炎培、鍾偉民等一些詩人的艱深詩作和相關的文學論爭史料。在厚實的理論和資料準備的基礎上，他爬羅剔抉，系統全面地論述了近六十年香港新詩發展歷程。這種竹節式的十年分期法雖然不是古氏發明，但其中勾勒一九九〇年代以來香港新詩發展面貌是前人所未做的工作。第九章對香港新詩評論發展概況的評介，也有獨到之處。古氏認為香港新詩評論缺乏經典文本和大師，這是從實際出發得出的結論，這為香港詩論今後發展提出發人深省和可資借鑒的角度。

人們均期望香港人自己寫香港文學史，可香港藝術發展局重賞之下竟沒有勇夫，至今連寫史的一點蹤影都沒有。既然香港學界把文學史的詮釋權拱手讓給別人，外地學者便當仁不讓寫了起來。內地人寫香港文學史，正在於以第三者立場看待香港文學的發展變化，能超越圈子局限對不同派別的作家作出較為中肯的評價。當然，任何文學史都是選擇性的，都會打上著者的烙印，都不可能完全做到超然中立，比如古遠清對某些南來詩人的評價就有拔高之處，好在從整體上不影響該書包容的廣度和研究的深度。

作為一部體例完整、內容翔實的著作，《香港當代新詩史》另一特點是注意學術性與普及性相結合，這是聯結精英意識與大眾文化的管道，又是希望瞭解香港文學尤其是香港新詩讀者必備的一部參考書。書中關於難民文學、美元文化、南來詩人、香港詩人文化身份等內容的論述，為學習、掌握香港文學常識邁入香港文學門檻的文學愛好者提供了方便。以往對美元文化一類香港文學關鍵詞的詮釋，多半是高頭講章，初學者只好望而卻步，而《香港當代新詩史》不同，它在探香港新詩歷史之幽微的同時，對這些問題作出深入淺出的解釋，便於鍾情香港文學的讀者學習和閱讀，能以最便捷的方式對香港文學的來龍去脈有一個宏觀的把握。

香港新詩是香港文學的一個重要組成部分。多年來，香港文學史及其分類史的撰寫，多局限於小說方面，很少人做新詩發展脈絡的梳理工作，專題論文也鮮見，專著則一直沒有出現。在這種情況下，重視香港新詩歷史文獻的整理，從文本中挖掘出「香港新詩版圖的焦慮」諸問題的《香港當代新詩史》，一定會推動香港文學研究的深入開展。

附：《香港當代新詩史》啟示菲華文壇

林炳輝（菲律賓）

筆者特此向讀者諸君，尤其是菲華作者作家、文學評論家、史學家，介紹二〇〇九年二月九日香港《大公報》菲律濱版上的一篇好評論〈探尋「南來」與「本土」融合的道路——評古遠清《香港當代新詩史》〉（《文學》版）。

好評論，好在值得菲華文藝界深思，好在作者們借鑑。菲華文壇，有些事與香港文壇何其相似乃爾！

寫「史」不易，因而許多人即使是著名學者、評家，都不敢「輕舉妄動」。寫好了，經濟首先是一個問題，怎麼出版？怎麼發行？寫得不全面，或說是「不公允」，更是一種災禍。寫史確是一種吃力不討好的苦差事。但《香港當代新詩史》，卻是得到好評的一部詩史；再加上曹天歌的一篇好評論，精闢的分析、畫龍點睛，更使我們豁然開朗，進一步認識香港當代詩歌的發展史。

寫史，最為講究的是包容性、全面客觀、不倚不偏、公正公允。香港曾有過「南來」詩人與「本土」詩人的派別之爭，互不服氣，互相貶低，致有「原不相信香江水，會泡出江南春」之詩句。《香港當代新詩史》一書，能以審美評論為主，從香港的實際出發，「瓦解、弱化圈子傾向，使眾多山頭轉向成一種香港新詩歷史發展軌蹟的描述，讓多聲道向單聲道轉化；不搞大包圍式，也不對某些小圈子負責。」

「圈子」、「山頭」……倘若菲華有文學史之類的，是否也應「瓦解」、「轉向」？才能避免「見樹不見林」的狹隘傾向。

香港文壇有過遠離本土，缺乏香港意識，又無地域色彩的現象。聽有些讀者不無惋惜地嘆道：「菲華報刊專欄雖活躍，但能結合菲華現實的、針砭時弊的又具有菲華特色的文章，似乎不多！」這該是專欄作者努力的吧？筆者想。

希望有菲華人自己寫自己的文學史，切莫如此評論所言：把「史」的詮釋權拱手讓給外人。

（原載菲律賓《世界日報》二〇〇九年二月二十五日）

附：嘉許其草創之功

——讀古遠清《香港當代新詩史》

戴　天

挑釁？挑戰？

也許有人以為，刊於古遠清所著《香港當代新詩史》封底的〈內容提要〉，頗有挑釁意味（又或書商為廣招徠，所作的黃婆賣瓜，自贊自誇式廣告詞），但不管如何，這本「向香港詩壇挑戰的文學史」，也不管是否有人接受挑戰，又是否對〈內容提要〉中那些問題都有答案，由於其於二〇〇八年九月由香港人民出版社出版了，且的確是首部有關的著作，其本身也就成為了歷史。即此一端，《香港當代新詩史》便開了風氣之先（而且看〈內容提要〉的勢頭，比如說本地學者，為什麼要把詮釋權拱手相讓，似乎並無但開風氣不為師的

戴天詩選

意思。然則平日裏素有「唔好執輸」精神的香港人——當然也包括動輒突出自我及本門本派的本地學者、詩人及評論家，只不知被人牽著鼻子走之後，有什麼感覺？）

或曰：人必自侮而後人侮之，即使〈內容提要〉亦只不過是市場經濟之下，吆喝叫賣的嘩眾取寵之詞。但殘酷的現實是，習於學術商品化，一切都以個人名利等效益掛帥的本地學者，恐怕也不會亦不屑去碰吃力難討好的文學史，卻都忙不迭去占據稱極有叫座力作者的光。當然，也不可一概而論，畢竟亦有黃繼持、盧瑋鑾、鄭樹森本乎學格，葉輝、關夢南基於喜好，雖限於各種主客觀條件，而也力所能及、切切實實做了不少相關的基礎工作。

不過天可憐見，據稱撰寫有關香港的文學史，亦曾有重賞，只是沒有所謂勇夫而已。既如此，那些平日裏開口閉口視香港文學為其禁果，且常常下指導棋的本地學者，為何不挺身而出？答案大概是耽於逸樂，不如賺些快錢與快名為尚，就不耐煩像古遠清那樣，做這種毀譽不計的事罷！

彰往矣，察來乎

儘管古遠清的《香港當代新詩史》，仍未能完全去除所謂「政治正確」的歷史唯物主義觀點之類，卻也沒有肆意就將古今人等，戴上先進或落伍的帽子；與此同時，古遠清雖在他力所能及的認識角度，作出他以為公正平和的詮釋，卻仍對某些史實的推考與作品的分析，不免主觀臆斷之。但考慮到各種主客觀的條件與限制，古遠清鍥而不捨、孜孜不倦，竟能彙集到相當豐盛的資料，且將其間的關係加以疏理與評估，撰成亦可稱為體例兼備的第一本有關香港新詩發展的著作，則也不妨以樂觀其成的態度，嘉許其草創之功，又或先且存為一說，以備後之來者，在其基礎上作出更完美的論斷。

或問「沒有經典文本和大師級的作家的香港詩歌，值得寫『史』嗎？現在寫『史』的條件成熟了嗎？其中一些詩人值得入史嗎？對他們的定位準確與科學嗎？」凡此種種，其實見仁見智。比如，何謂經典文本、大師級作家？考諸余光中曾對五四以來若干所謂經典文本與大師級作家的批評，亦可知名未必符實，不無可供商榷之處，即或其一些觀點有失於『昧時』，但余光中基於文學要素在例舉評比之後，所提的質問，則所謂經典與大師的地位和身份，均可存疑。是故那些受余光中質問的所謂經典文本和大師級作家，既然都載入史冊，而事實上亦不乏作品與之相等甚至優勝之的香港，又有何不可？

再者，諸如「現在寫『史』的條件成熟了嗎？其中一些詩人值得入史嗎？對他們的定位準確與科學嗎？」等題，則也許對所謂境外的學者是問題，對中國大陸卻不一定有問題。因為中國大陸似乎出於意識形態的偏嗜，修史成風，家史、廠史、鄉史、中華民國史等等，車載斗量，都莫不打上唯物主義及辯證唯物主義的烙印，並藉對歷史作出合乎所謂「科學真理」的解釋，而其他一切，都不在考慮之列。之所以，無所謂條件成熟與否，值與不值，亦無所謂定位準確與科學與否。總之，要寫便寫，而且可以寫得顛來倒去，卻據說始終都貫穿了「科學真理」。凡此也不必多言，只看孔子、胡適、梁漱溟、劉少奇、鄧小平等等，在中國大陸史家筆下，都曾幾番風雨的現象可知！

話說遠了！如前所述，此處並無意以此對古遠清相責。事實上，通讀《香港當代新詩史》，雖不無彰往或有策，而察來則有欠的感覺，卻也能理解，古遠清確有意「令將來之人，見己志也」。儘管由於其旁觀者地位，興起有人認為河水犯井水。只是「網羅天下放失舊聞，考之行事，稽其成敗興壞之理」，也應當是每一個關心人文發展者的志業。而中國史家的出史入道智慧，更是認識與分析包括文藝在內所有人類社會活動，兼且探索其法則與規律的必由之途，那就不必將歷史之用藏於密了！

未必無與未必有

儘管詩無達詁，不妨作各種解釋，但也要看欣賞與批評者的詁（即詮釋與瞭解），其主觀的立意與客觀的條件為何。

比如，像鮦陽居士對蘇東坡〈卜運算元〉別有意會，其實牽強附會的解釋，就不足取。……此處之所以搬出古人之言，皆因讀了古遠清《香港當代新詩史》有關個人作品的詮釋之後，覺得不無斷章取義之處，且有刻舟求劍之嫌。雖則詮釋是否切中，本言論自由之義，也可存為一說。但「作者未必無此意，而作者亦未必定有此意」部分，作者也應當有發言權。當然，某些作品，為古遠清作了某種可稱為善意的臆解，亦有許多主客觀的原因，也不是什麼了不起的事。只是《香港當代新詩史》既是首創之作，具有一定的影響，倘能精益求精，儘量減少並非出於惡意，而極可能是視角的誤差，庶幾方不負這本書的「時間深度」與「灰燼余溫」！

撇開將個人改姓為鄭、詩題〈風箏〉缺一字等校對問題不談，如將〈一匹奔跑的斑馬〉，解釋為「日子的顏色不是紅和綠，而是像斑馬呈灰色，這正是現代詩人對殖民地不滿的一種心理折射，『迷茫』之所以成為一切景物的主調，是因為殖民小島的人民看不到將來，看不到希望」等，便有點想當然了。其實，〈一匹奔跑的斑馬〉，寫的是時間與生命等終極關懷，〈石頭記〉則是反殖的，同時亦有對殖民地人民的批評與反思。

又如，〈京都十首〉之一的〈月下門〉，古遠清說「題目顯然係從賈島〈僧敲月下門〉的名句而來」，則顯然是聯想所及。事實上月下門是京都一景，即或其名也許與賈島有關。再如〈一九五九年殘稿‧命〉，說是對中國老百姓的苦難，有感同身受的同情不假。但更重要的是對形如魔怪，迄今數十年來，依舊戕害家國的專制獨裁政體，發出的無奈而沉痛的抗議！

（載香港《信報》二〇〇八年十二月十五至十七日）

第二節　香港新詩史版圖的焦慮

內地學者研究香港新詩的成果，本土詩人多半採取不看好乃至嘲諷、否定的態度。這也不難理解：一來內地學者收集的資料不全面，不時出現一些授人以柄的硬傷；二來內地學者對香港詩壇缺乏深入的瞭解，所取的評價標準也不被香港詩人認同；三是內地學者研究香港文學，不少屬友情演出，缺乏嚴肅的態度。對內地首次出版的以香港命名的新詩選本《香港新詩》(1)，其評價也大致在這個範圍之內，如認為開風氣之先的編選者周良沛焦距沒對準，不少地方屬「隔山打牛性質」，不該選的選了，該選的又選少了，以「南來詩人」而論，老一輩的徐訏、徐速、力匡缺席，就是七八十年代的「南來詩人」，也只有黃河浪等三位，代表性嚴重不足。至於本土詩人，遺漏的就更多。為了不讓香港詩選的工作被內地詩人所壟斷，香港詩人下決心自己編一本香港當代詩選。

1989 年古遠清在香港大學講大陸新詩

最先出現的是陳德錦和內地詩人姚學禮編的《香港當代詩選》(2)。名為合編，實為陳德錦初選和提供稿件，另一合作者只負責編務(3)，因而可以認定這是香港詩壇出現的首部由香港詩人編的當代新詩選集。此書共收詩人九十二家，每人選三至五首，總計三百多首。無論從數量上還是篇幅上看，均大大超過了周良沛本。此書第一個特點是老中青三代詩人均入選，但以選青壯年詩人為主。之所以不讓老一輩詩人獨佔鰲頭，是因為編者認為當下香港詩壇主要靠中青年詩人支撐，顫巍巍的老一輩已跟不上資訊時代的潮流，但在與歷史關聯問題上，編者不急於栽種新苗時把老樹連根挖掉，故仍選了舒巷城、何達這類的資深詩人聊備一格。第二個特點是突出藝術價值，兼顧一些曝光率較高的詩作。第三是有一定的包容性，如把在香港生活了十年的余光中算作香港詩人。第四是鑒於此書是為內地讀者介紹不同風格的香港新詩，因而不設主流與非主流的框架。此書出版後，秀實曾撰文肯定(4)，但也有人認為選得過寬過多，不夠精粹。

能否為讀者提供一個真實地反映香港新詩的歷史文本，會直接影響到讀者、詩人鑒往知來的歷史感知能力。一部只限於圈內文朋詩友的選本，會造成人們對新詩史的誤讀和遮蔽，甚至會對後人的新詩史觀產生嚴重的誤導。為了不產生這種誤導，曾在香港詩壇「凝聚了『同鄉會』般左右詩壇力量」(5)的一位南來詩人，用編選香港文學大系的眼光和氣魄，在九七回歸前夕編了一套《香港當代文學精品》叢書，共分六卷，其中「詩歌卷」(6)由本土詩人紅葉與南來詩人王心果合編。該書只用謝冕原有的一篇文章摘錄做前言，這兩位已先後作古的編選者並沒有正式發表他們對香港詩壇的評價和編選標準的說明，但他們將眾多不被本土詩人接納乃至名字陌生的南來詩人，在這部選本中均一一登場。他們透過幾乎將七八十年代南來詩人一網打盡的做法，去建立一個跟本土派完全不同的詩學譜系。正因為該書總主編是到港後長期與本土派交往甚少——「原不信香江水／會泡出江南春」的作家，再加上他們編《詩歌卷》一個重要企圖是建構南來詩人的權力板塊，故有些本土詩人拒絕與他們合作，不願把自己的詩授權給他們搞「雞兔同籠」式的展出。但仍有不少心胸比較開朗的詩人，願意跟他們聯合演出，故該書收了相當一部分本土詩人的作品，由此也可見：所謂本土詩人或南來詩人，其實都可以在「香港詩廚」中和平共處的。

南來詩人沒有自己的評論家，故此書後續的理論建設工作，主要依靠內地的香港文學研究者，尤其是劉登翰主編的《香港文學史》和潘亞暾、汪義生合著的《香港文學史》，均讓七、八十年代的主要南來詩人與本土詩人共同「出席」這次難得的文學史盛宴，這便印證了《香港當代文學精品·詩歌卷》不是「自家的演出」，而是「本土」與「南來」共舞的開放表演的「藝術正確性」。

文學史上有作家、評論家、出版家乃至編輯家的稱謂，可獨缺「選家」的位置。其實，「選家」也是百家中的一種。他們所依仗的「選學」，同樣是一門學問。選誰的作品，不選誰的作品，或突出哪一派的作家，冷落哪一派的作品，都有很大的學問，其中反映了「選家」的立場和視角，如《從本土出發——香港青年詩人十五家》(7)，可謂是旗幟鮮明：只選從本土出發的作家，「本土」又只選青年詩人；就是青年詩人，也只能局限在十五家。這是因為受了資源的限制，也可能他們壓根兒不想建構文學史而只想爭取發言位置，肯定自己，更重要的是出版該書系為未出書的青年詩人亮相，這使編選者無法做到兼顧方方面面。而在香港新詩史資料整理做出重要貢獻的關夢南、葉輝合編的《香港新詩選讀》(8)，並沒有亮出「從本土出發」的旗號，可其編選標準是地道的「從本土出發」。不過，他們心目中的本土，主要不是從香港出發的本土意識，而是指根植於本土的非外來的土著身份。該書雖然也選了柳木下、馬朗、黃燦然這樣的南來詩人，其實，這正是編選者的聰明之處：說明該書並不排外的「藝術正確性」。只要我們將此選本與《香港當代文學精品・詩歌卷》加以對照，就可以看出後者所選的幾十位南來詩人在「選讀」中全軍覆歿。

稍後出版的黃燦然主編的《香港新詩名篇》(9)，延續或暗合了關夢南、葉輝的思路。編者以一人之力，引領從一九三〇年代一直到二〇〇〇年代的眾多香港新詩名篇問世。事出偶然——由天地圖書公司委託他編這本書。正是這一偶然，讓其擔當了歷史性的角色。這一角色，還似乎非詩人兼評論家和翻譯家的黃燦然莫屬。黃氏所處的時代，已集結了巨大的「從本土出發」的能量，既寫詩又從事新詩研究的陳滅未能完成它，年長的本土詩人或無機會或不願擔當這一角色，直到關夢南、葉輝兩人以《香港新詩選讀》開路，黃燦然以《香港新詩名篇》為本土派構築新詩史知識譜系，方引發中堅代各派對新詩版圖劃分的深沉焦慮。儘管黃燦然在該書〈後記〉中自謙「不是從文學史出發」，但不管他是從哪裡出發，由他完成香港新詩典律建構是歷史的必需和必然。假設這項工作尤其是一九六〇年代以來的詩選由本土詩人做，難免會遭來為什麼一定要「從本土出發」的質疑，而由外來詩人黃燦然出面，「封殺七八十年代南來詩人」的攻訐使較難落到他的頭上。君不見，此書規模雖然比「選讀」大：從一六五頁拓展到三〇四頁，可在《香港當代文學精品・詩歌卷》中入選的七、八十年代南來詩人也幾乎是全軍覆歿，只剩下獨零零的舒非一位做代表。由此可見這本「名篇」對新一代南來詩人建構香港新詩版圖所起的重新洗牌作用。

《香港新詩名篇》另一特點是注意構架的出新，使其不僅成為名篇欣賞的讀本，也成為具有香港新詩史品格的學術著作。這裏要特別提到的是從一九三〇－二〇〇〇年代，每個年頭的開端都有新詩發展概況的掃描。雖然著墨不多，但基本上描述了這一年代新詩發展的特徵。這描述，不是從政治標準出發，而是從藝術趨向定位，如說一九三〇年代是香港新詩出發期，一九四〇年代左傾詩人的語言堅硬、明朗，因而可稱為硬朗的年代，一九五〇年代是抒情和實驗的年代，一九六〇年代是抒情加口語的年代，一九七〇年代是描述的年代，一九八〇年代是省思的年代，一九九〇年代是綜合的年代……這種說法系從香港新詩的藝術演變歸納出來，雖然有以偏概全之處，但畢竟簡明扼要，自成一家之言。尤其是對一九九〇年代的概述更不容易。作者有研究後勁，能夠將自己的研究力度一直延伸到二〇〇〇年代：

> 這可以說是一個新生的年代，一方面是關夢南和葉輝等前輩老當益壯，獲得新生似地，分別寫下比以前更成熟和更獨特的詩，呼應九〇年代的西西和鄧阿藍；另一方面，是新生代的湧現……

這也是老、中、青、少濟濟一堂的難得場面，有年居古稀的蔡炎培，也有十多歲的中學生；且有多位詩人以方言來增加親和力。無獨有偶，家庭詩特別多……但這些家庭詩都角度獨特：關夢南用字條和腿子；葉輝用手機；洛楓用黑貓……同樣值得注意的是，典型的現代主義技巧派上用場：葉輝和王敏的超現實主義和他們（還有劉芷韻）對節奏的控制……關夢南、陳麗娟和梁旋筠的詩都帶有不同程度的實驗傾向。還有，女詩人繼續增加，並首次超越男詩人……

從一九三〇年代到二〇〇〇年代的卷頭語，加起來就是一部微型的香港新詩史。富於鮮明的當代性，突出一九五〇年代以後的名篇，是該書的一大特色。遺憾的是在上述五百多字的文字中，關夢南、葉輝的名字總共出現了六次，使人感到這本書似乎還未完全跳出小圈子的窠臼。

香港詩人的定義是什麼？香港詩人是否都要從「小鄉土」出發，都要立足於本地，寫的作品都要有本土特色，可否從「大鄉土」中國出發，從中國大環境下寫香港，從中國新詩的大語境下唱香港？寫了香港但不一定有本土性，而只是具有民族性和普遍性的七、八十年代南來詩人，算不算香港詩人？如果算，他們中有無好的作品值得入選？不同的選家，對此有不同的考量。這使人聯想到亂象叢生的臺灣詩壇，他們常常通過詩社選、年代詩選、年度詩選、詩學大系、中國詩選、臺灣詩選、世紀詩選、經典詩選、小詩選各種名目上演新詩版圖的爭霸戰。香港詩人有「藝術發展局」的資助，但由於資源比不上臺灣廣泛，再加上香港詩人不嗜好論戰和混戰，故不存在臺灣這種「明碼」的爭奪戰，但從《香港當代文學精品・詩歌卷》與《香港新詩選讀》、《香港新詩名篇》的對照中，可看出香港詩壇確實存在著隱性的本土與南來的新詩史地盤的爭奪。關夢南、葉輝的「選讀」和黃燦然的「名篇」，聯手推出香港本土詩人盛況空前的群體展示，在徹底排除韓牧、原甸、余光中、鍾玲、林幸謙這些外來詩人的同時，也顛覆了南來詩人所建立的詩選秩序：在《香港當代文學精品・詩歌卷》中，本土詩人是南來詩人的陪襯，而到了《香港新詩選讀》、《香港新詩名篇》中，南來詩人是本土詩人的零星點綴，甚至使人產生這樣的誤讀：在一九六〇年代以後，南來詩人作為一個群體已不復存在。

在香港文學史上，目前還未出現一部有巨大影響力、由本土作家編的含各類文體的選本。新詩選本也大致如此。在這種情況下，胡國賢於二〇〇一年出版了厚達七百三十頁的《香港近五十年新詩創作選》[10]。可以毫不誇張地說，這是迄今為止涉及範圍最廣、容納的詩歌團體及詩人最多、對當代新詩創作兼顧最全面的選本。正如謝富城所說：「胡國賢先生是香港土生土長的詩人，他以詩人特有的敏銳觸角，再加上他親身經歷和體會，將香港新詩近五十年來的發展、特色及風貌全面地展現在讀者面前。我深信此書能夠幫助各位文學愛好者加深對香港新詩的認識，並啟迪他們走向文學創作之途。」[11]

如果說，關夢南與葉輝、黃燦然的選本主要是供讀者欣賞或學生上課使用的話，那胡國賢的書則屬以保存史料為主的選本。作為「詩風」社成員的編選者靈魂即胡國賢，並沒有局限在自己的小團體內，而是注意拓寬選域，讓自己的選本有備史的意味。基於此，選者從事一九五〇年代至一九九〇年代的詩作編選時，以編年、斷代的形式編排，按創作日期先後排列。雖然是編選詩作，但對新詩史料的搜集和整理仍非常重視。也就是說，作者的編選工作，建立在充實、翔實的史料基礎上，堅持把從四面八方搜集來的史料——包括詩集、詩刊、詩頁以及「遺篇」、「珍本」逐一翻閱，憑他多年讀詩、寫詩、編詩、評詩的經驗進行篩選。從事這項工作，包括編制附錄《香港詩人詩集總目》、《香港出版詩刊總目》、《香港詩人小傳》，如果沒有充裕時間和雄厚資源作保證，是很難做到的。正是依仗香港公共圖書館「作家特聘計畫」的資助，胡國賢才得於完成這一艱巨任務。但也有人對這個選本持否定的態度，認為入選的三百多首詩只有三十首左右扣人心弦，「絕大部分屬平庸之作，個別的只是中學生習作的水平。在大量平庸的詩作面前，胡氏在遴選時一定十分為難，於是只好太公分豬肉，從不同詩人的作品中各選數首以充篇幅，拼湊成一鍋看起來頗花哨的大雜燴。」[12]本來，「詩無達詁」，什麼是優秀的詩，什麼是平庸的詩，各人的標準不可能完全一樣。如果和經典之作相比，眾多詩選所選的作品，恐怕大部分都是平庸之作。

香港新詩選本的編選和出版，都是民間和個人行為——借用葉輝的話來說，是「私繪新詩地圖」。[13]胡國賢的選本資源雖然來自「官方」，但出資者並沒有為編選者作意識形態或藝術標準的規範。不以「人選」代替「文選」，不以趨附或希求，或以應酬交際作宗旨的選本，還有黃繼持、盧瑋鑾、鄭樹森合編的《香港新詩選（一九四八—一九六九）》[14]。

這是一部「以論為選」的選本。鄭樹森的導言〈五、六十年代的香港新詩〉，係作者長期的研究成果，這對加深讀者對當代新詩史的理解有一定的作用。可貴的是，編選者沒有先入為主，受鄭氏理論的局限，而是帶有獨立分析的眼光，兼顧到藝術成就、歷史意義、文獻價值三個方面。

這是名副其實的學院派選本。三位編選者均為學院人士，是文學史的研究專家，他們都不以詩創作著稱，當然也談不上加入任何一個詩派，這便避免了「球員兼裁判員」的尷尬處境。

該選本有明確的「選學」觀念，這在凡例、導言中均體現出來。不僅在「選源」——選者所選擇的對象和範圍、「選域」——選本所覆蓋的範圍、「選陣」——選本所體現的詩人陣容方面，該書具有文學史品格，而且在「選系」方面，也表現了該書建構文學史典律的雄心。這裏說的「選系」，是指該書與《香港小說選（一九四八—一九六九）》、《香港散文選（一九四八—一九六九）》、《香港文學資料冊（一九四八—一九六九）》、《香港文學大事年表（一九四八—一九六九）》[15]構成一脈相承的關係，確立了黃繼持、盧瑋鑾、鄭樹森建構香港文學史的系統。這種耀眼的學術光芒，以及文學史代言人的角色，到了一九七〇年代以後，再未出現，這是令人遺憾的事。

從以上論述可看出，香港詩壇的詩選現象，值得關注的有：什麼樣的選本才是全面性的而不是從派別出發？本土作家鄭鏡明認為：「所謂『全面性』，即包括香港開埠以來，所有在本港土生土長的代表性詩人的重要作品」[16]。如果按照他「土長」還必須「土生」的觀點，那葉維廉、西西、也斯都不能算是本土詩人。離開了他們，這樣的香港當代詩選還能稱「全面性」嗎？本來，香港既是華洋雜處的社會，同時也是移民社會，如果只認土生土長的純本土詩人，或只承認五六十年代的南來詩人，而「免除」七、八十年代南來詩人和旅港詩人的「詩籍」，這樣的詩選其全面性和代表性必然大打折扣。

其次，編選集是否要有工作班子，一個由學者、作家、社會人士組成的「遴選委員會」？[17]臺灣的「年度詩選」，是這樣做的。筆者認為，香港不是臺灣，完全沒有必要讓「颱風」刮入港島，去效法臺灣選立法委員一樣票選優秀詩作。本文論述的幾本詩選，都沒有一個「遴選委員會」。雖然這些選本仍存在爭議，但畢竟有自己的「香港經驗」。

香港詩選現象另一值得關注的焦點是：個別身居「南來」或「本土」要位的詩人，近年都成了選家，站在選學論述的最前沿發聲。這裏說的「選學論述」，其實主事者奉行的是只做不說或少說的原則，即主要通過遴選表明自己對香港當代新詩史的認識及其地圖的「私繪」。編選本身也是一種評論，同時是一種文學史的建構行為。「南來」或「本土」立場的隱形存在及其對峙，表面上是為了教學需要，或探索、構築新詩史大廈，其實它暗含有新詩史版圖的割據戰，雖然這「戰」在香港是冷戰而不是熱戰。但不管是哪一派的詩人，也不論是年輕或年邁的詩人，對自己將來在新詩史上的評價及佔據的版面，一直是他們焦慮的原因。對某些人來說，則是奮戰不懈的終極目標。從多元競爭的香港當代新詩選本所建構的典律中，已初步透露了這一資訊。

【附注】

(1) 廣州，花城出版社，一九八六年。

(2) 北京，人民文學出版社，一九八九年。

(3) 王偉明：《詩人詩事》，香港，詩雙月刊出版社，一九九九年，第七〇頁。

(4) 秀實：《我捉著了飛翔的尾巴》，北京，國際文化出版公司，一九九七年，第一六五—一六六頁。

(5) 魏王才（秀實）：〈天階夜色涼如水——香港詩壇概況〉，香港，《圓桌詩刊》，二〇〇五年二月，第八一頁。

(6) 武漢，長江文藝出版社，一九九四年。

(7) 香港，香江出版公司，一九九七年。

(8) 香港，風雅出版社，二〇〇二年。

(9) 香港，天地圖書公司，二〇〇七年。

(10) 香港公共圖書館，二〇〇一年。

(11) 謝富城：《香港近五十年新詩創作選・序》，香港公共圖書館，二〇〇一年，第一頁。

(12) 璧華：〈為了香港新詩的前途〉，香港，《城市文藝》，二〇〇六年四月，第四頁。

(13) 葉輝：《新詩地圖私繪本》，香港，天地圖書公司，二〇〇五年。

(14) 香港中文大學人文學科研究所、香港文化研究計畫出版，一九九八年。

(15) 香港中文大學人文學科研究所、香港文化研究計畫出版，一九九六、一九九七、一九九八年。

(16) 鄭鏡明：〈「香港詩選」〉，香港，《快報》，一九八七年二月五日。

(17) 同注(16)。

附：陷入評家是非圈的《香港新詩》

周良沛

《香港新詩》從一九八六年初版第一次印刷以來，轉眼已二十多年了。人上了年紀，幾乎將它忘了，不想，近日一些香港選詩的是非，竟然也把它扯上了。

編選作品，主要是選什麼和怎麼認識作家的問題：一個作家的作品，最終所要取得的，是讀者的共鳴，是要經得起時間考驗的，而不是圈內人的認同，儘管後者是非常的現實，是凡人難以擺脫的現實中太現實的困擾。被後人尊為「詩聖」的杜甫，其詩的價值，也是在他身後才被公認的。由此，對於文壇某些不公，有什麼想不開的？《全唐詩》有一首〈春怨〉：「打起黃鶯兒，莫教枝上啼。啼時驚妾夢，不得到遼西。」全詩僅二十字，已是傳世名作。只留下僅此一首的作者，雖署有「金昌緒」三字，輯詩時以及後人，對他已一無所知，等同「佚名」。顧名思義，《全唐詩》之書名，本該將唐代近三百年（六一八—八九六）自高祖李淵到昭宗李曄所出現的詩作完全囊括進去，但絕不可能，它也是經過選編的。編《全唐詩》這樣一項浩大的工程，動用的人力物力，難計其數，究竟哪位伯樂看上它，且能選定進入《全唐詩》？迄今也無法查對。清代乾隆年間編選的《唐詩三百首》，對編者「蘅塘退士」

之姓名，朱自清先生說迄今「還不能考出，印證」得出來。該書的題辭稱：「因專就唐詩中膾炙人口之作擇其尤要者」，「為家塾課本。俾童而習之，白首亦莫能廢」。朱自清稱「所謂『尤要者』大概著眼在陶冶性情上。至於以明白易解的為主，是『家塾課本』的當然，無須特別提及。」為此，李商隱有些難解的，或曰「晦澀」的，從某個角度看，也是很能代表他的藝術個性的作品並未選入，卻選了他取材與著筆另有匠心的〈韓碑〉等，同時，也留有既與他整體詩風銜接，也「明白易解」，卻深含人生哲理的〈登樂遊原〉之「夕陽無限好，只是近黃昏」這樣膾炙人口的名句。對於深情綿邈於商隱詩者，看選本中並不在商隱之上的詩家卻比商隱選得多的，心裏也會有想法。像李白這樣穿透了千年時空的詩人，為他的詩說再多的好話也不為過，可他的〈靜夜思〉恐怕還算不上他最好的詩之代表作。可它符合選家所取的「明白易解」而入選，隨選本的「俾童而習之，白首亦莫能廢」，〈靜夜思〉也是李白流傳最廣，最深入人心的一首詩。至於新詩的選本，聞一多編選的《現代詩鈔》，其中有個問題，是老一輩的文化人幾十年來常猜揣的一個謎，那就是《詩鈔》中未選臧克家半首詩。按說，臧先生自印的處女集《烙印》是非請聞先生作序不可，序中說：「由克家自己看來，我是最能懂他的詩了。」並且讚賞了臧先生的《生活》和作者本人的生活態度，稱它「有令人不敢藐視的價值」。被聞先生如此評價的詩，選入他編選的《詩鈔》，本是理所當然的事，然而事實卻不是這樣。聞先生自道：「不用講，今天的我是以文學史家自居的，我並不是代表某一派的詩人。唯其一度寫過詩，所以現在有攬取這項工作

（編選《詩鈔》——編注）的熱心，唯其現在不再寫詩了，所以有應付這項工作的冷靜的頭腦而不至於對某種詩所偏愛或偏惡。我是在新詩之中，又在新詩之外，我想我是頗合乎選家的資格的」……

從香港《城市文藝》今年七月十八期上，看到大陸知名的港臺文學專家古遠清教授一篇〈香港新詩史版圖的焦慮〉，作者是大陸研究新詩和港臺文學的知名專家，二十多年來，對有關問題，不時請教，從年齡，我癡長他一大把，做學問，他又是我的師輩。但看到作者對不同選本有所謂「『南來』或『本土』立場」之不同而『暗含有新詩史版圖的割據戰，雖然這『戰』在香港是冷戰而不是熱戰」的高論，實在是十二萬分的無法苟同（古按：比這還嚴重得多的內情，良沛先生居然不瞭解）。教授對香港詩壇現狀的看法，似乎是太政治化，又太戰略化了，其戰略的高度也實在太高了。

教授評述了香港所有的新詩選本，對別的選本所提出的問題，其他相關人士遲早會作出回答。但聽了他「為了不讓香港選本的工作被內地詩人所壟斷」之說，極為不安。……

我可沒有搶此風頭的言行，如果說「香港選本的工作被內地詩人所壟斷」，再無知，怕也不能將這種嘗試性摸索著起步的工作武斷為「壟斷」吧。……（古按：這是良沛先生的自言自語。因我不會也沒有說憑一本並非「選集」的「選」本便說他「壟斷」。這「壟斷」是揣測港人的心態而非特指良沛先生）。

我選錄了陳炳元，卻沒有選柳木下。對此二位的選擇，完全可能有考慮不周之處，但絕沒有一個誰該選誰不該選的絕對界限。

《香港新詩》所以這樣選錄，實在是不喜歡大陸某些香港文學研究專家所指的詩界代表人物而論資排輩所該考慮的「名單學」，更沒有想高攀以「建構香港文學史」的架構之高度，我只是以我上述的構想和方式，向那些說「香港是文化沙漠」者說一聲「不」而已。……

古遠清教授說到港人《香港新詩》的評價，大致應該鎖定的範圍是：「一來內地學者收集的資料不全面，不時出現一些授人以柄的硬傷；二來內地學者對香港詩壇缺乏深入的瞭解，所取的評價標準也不被香港詩人認同；三是內地學者研究香港文學，不少屬於友情演出，缺乏嚴肅態度。」對此，首先為它將我提高到「內地學者」之列而惶惶不安。……現今被大教授認作「兼顧到藝術成就、歷史意義、文獻價值」之「以論為選」的「名副其實的學院派選本」《五、六十年代香港新詩》之編選者黃繼持、小思（盧瑋鑾），絕非高攀，同我也鑾多交情。為此交換意見時，他們同樣能認同《香港新詩》編「選」取向，並未因它的非學院派之路數而以非學院式的粗暴予以輕視、否定。

……當年，作為編者，我也少不了收到香港作者和讀者的來信，以及評論的剪報。若秀實撰文肯定陳德錦和姚學禮的選詩認定它是一家之言，那麼，籠統說港人對「內地學者研究香港新詩的成果」，「多半採取不看好乃至嘲諷、否定態度」，我以為是缺乏理據的。香港朋友並不是那麼簡單、粗暴對待內地學者的成果。一九八七年五月九日之《成報》（古按：應為《信報》）專欄《乘遊錄》，戴天就寫了〈《香港新詩》略讀〉一文，他這樣說：「……假如文化的發展是累積的、衍生的，那麼，從歷史的眼光看來，周良沛所選析的這本《香港新詩》，應當說是一個相當好的起點（尤其是他選析了不少向來為人忽視的香港青年詩人作品，雖然，人數可以更多一些，甚至無妨專門出一本《香港青年詩選》），儘管亦有資料乖誤、選材偏失等等的缺點。可是，以一個生疏的外來人，能夠在短時期搜集到這麼些資料，也實在不易。因此，這書能否名實相符，盡如人意，以瞭解、交流的立場而言，也就不成問題了。」（古按：戴天在肯定之餘也指出《香港新詩》有「資料乖誤、選材偏失」的缺陷，這正與筆者的觀點不謀而合）。

我曾聽香港評論家林曼叔說：「香港作家還沒有大陸的香港文學研究之專家多哇！」從香港本土的角度看，他也許是謙和本港的作家還偏少，若換個角度想，中國大陸，地大物博，人傑地靈，湧泉似的湧出無數天才中，崛起一批香港文學研究專家，全屬必然。他能高瞻遠矚，有縱攬全局的戰略眼光，對港人看來某些門戶之見的相異，敏銳到「本土的」、「南來的」之間，不是「全軍覆歿」就是「一網打盡」的慘烈，聽來真是振聾發聵。再如描繪「已跟不上資訊時代的潮流」之「老一輩」的「顫巍巍」之形象化，是一般評論中很難讀到的。這不能不欽佩專家觀察的細緻，研究的深入，描繪的生動。

可不是麼？香港的作家還沒有大陸研究香港文學的專家多哇！（古按：打擊面太寬。此說把作者自己也圈了進去）。

二〇〇六年十二月三十日

（原載香港《城市文藝》二〇〇七年九月；香港《海岸線》二〇〇七年冬季號。因文章太長，有刪節）

第三節　重構「香港文學史」

一些香港學者批評內地研究香港文學，對一九八〇年代末上海學者提出的「重寫文學史」沒有什麼反應，仍舊按老一套的思路寫「香港文學史」(1)。下面這篇文章，算是對香港學者的回應，同時包括筆者對自己在上世紀研究香港文學的反思和檢討。

「香港文學史」高產的神話

在「九七」回歸前後，內地突然冒出十種「香港文學史」及類文學史、分類史：

左起：古遠清、謝冕、曉帆、嚴家炎，1993 年於香港

一、謝常青：《香港新文學簡史》，廣州，暨南大學出版社，一九九〇年六月

二、潘亞暾、汪義生：《香港文學概觀》，廈門，鷺江出版社，一九九三年十二月

三、易明善：《香港文學簡論》，成都，四川大學出版社，一九九五年九月

四、王劍叢：《香港文學史》，南昌，百花洲文藝出版社，一九九五年十一月

五、王劍叢：《二十世紀香港文學》，濟南，山東教育出版社，一九九六年三月

六、古遠清：《香港當代文學批評史》，武漢，湖北教育出版社，一九九七年五月

七、劉登翰主編：《香港文學史》，香港，香港作家出版社，一九九七年八月；北京，人民文學出版社，一九九九年四月

八、潘亞暾、汪義生：《香港文學史》，廣州，暨南大學出版社，一九九七年十月

九、袁良駿：《香港小說史（第一卷）》，深圳，海天出版社，一九九九年三月

十、施建偉、應宇力、汪義生：《香港文學簡史》，上海，同濟大學出版社，一九九九年十月

下面還有教材、論文集或和臺港文學一起論述的專著，舉有代表性者如下：

一、潘亞暾主編：《臺港文學導論》，北京，高等教育出版社，一九九〇年九月

二、李旭初、王常新、江少川：《臺港文學教程》，武漢，長江文藝出版社，一九九六年一月

三、田銳生：《臺港文學主流》，開封，河南大學出版社，一九九六年四月

四、許翼心：《香港文學觀察》，廣州，花城出版社，一九九六年十一月

五、何慧：《香港當代小說概述》，廣州，廣東經濟出版社，一九九六年十二月

六、周文彬：《當代香港寫實小說散文概論》，廣州，廣東高等教育出版社，一九九八年八月

七、袁曙霞：《臺港文學概論》，貴陽，貴州人民出版社，一九九九年三月

八、曹惠民主編：《臺港澳文學教程》，上海，漢語大詞典出版社，二〇〇〇年九月

九、陶德宗：《百年中華文學中的臺港文學》，成都，巴蜀書社，二〇〇三年四月

十、趙稀方：《小說香港》，北京，三聯書店，二〇〇三年五月

在改革開放前，內地普遍認為香港是「文化沙漠」。既然是「沙漠」，何來香港文學？如有，也是聲色犬馬腐朽墮落的文學[2]。直到一九八五年，原中國作家協會副主席馮牧仍認為「香港還沒有形成自己的文學」[3]。造成這個情況的原因，除內地學者的立場和視角有問題外，另與香港人「失去記憶」，香港作家缺乏歷史意識，不重視整理文學史料，更遑論構築「香港文學史」大廈有一定關係。在一九七二年以前，香港本地沒有過嚴格意義上的「香港文學」的概念[4]。一九八〇年代「香港文學」的名詞開始流行，但多半是由「臺港文學」這稱謂帶出來的。香港的最高學府香港大學直至一九八五年才有香港文學研討會的舉辦，便可反證這一點。

由過去認為在香港提倡文學，有如在水泥島上種植樹木(5)，到現在認為香港的「石屎森林」中確實蘊含著文學，且是值得寫「史」的文學；由過去認為香港是「文化沙漠」，到現在反過來認為文學繁榮的香港是「文化綠洲」。這一百八十度的急轉彎，離不開政治氣候的大變化：一九八四年九月，中英雙方草簽了關於香港問題的聯合聲明。眼看香港回歸在望，因而瞭解香港、研究香港包括研究香港文學，就顯得特別重要。這就難怪眾多《香港文學史》的編纂者在「前言」或「後記」中，都毫不諱言寫「史」的一個重要目的是為香港回歸祖國獻上一份厚禮。

內地人民要瞭解香港，要瞭解香港文學的歷史，以配合回歸尤其是清洗「香港是文化沙漠」的污名，這無可厚非。問題出在這麼短時間冒出如此之多的「香港文學史」和類文學史，有的只用了一年多的時間就完工，這種快速炮製「文學史」的神話，現在回想起來未免太急功近利。眾所周知，寫「文學史」要麼必須如古人講的「瘁畢生精力」，要麼有較長時期的積累。「多快好省」寫「文學史」的做法，難免會有各種各樣的錯漏和缺陷。在「九七」前後出版的各類《香港文學史》及其類文學史，高產中存在著危機，至少存在下列七大誤區：

一是用大中原心態看待香港文學，籠統地將其判為「邊緣文學」。本來，「香港之於中國，無論從地理、政治及文化的角度來看，都位處邊陲。」(6)歷史上的香港，也是中原貶謫之地。不過，當今持中原心態的論者，將香港文學判為「邊緣文學」，不是單純指地理空間，而是包含了價值判斷，即居中原地位的文學具有領導、示範作用，屬第一流文學，而「邊緣文學」則屬次文學。這裏以優越的中原文化代言人自居，並以傲慢的態度排等級不言自明。這種心態和看法值得討論，如《臺港文學導論》主編在〈引言〉中開宗明義說：無論是臺灣文學，還是香港文學、澳門文學，都是歷史造成的一種「邊緣文學」。為了強調這一點，在另一處又說：「如果要界定的話，比較而言，臺港澳文學可以稱為『邊緣文學』」(7)。這裏雖然沒有明說也不便說香港文學是二三流文學，或如某些內地學者心目中的「邊緣文學」就是「邊角料文學」，但不含統治地位以至有些輕看、小視的意思還是可以體會得出來。

關於「邊緣」等於「邊角料文學」，可從一些把「香港文學」收編進《中國當代文學史》教材中得到印證。據香港學者陳國球在〈收編香港〉(8)一文中統計，雷敢等主編的《中國當代文學》(9)，全書五五七頁，其中香港部分六頁，占總篇幅的一・〇七%；金漢等主編的《新編中國當代文學發展史》(10)，全書七二三頁，香港部分九頁，占總篇幅的一・二四%。「九七」回歸前後，「香港文學」在《中國當代文學史》各類版本中有明顯的增加，但這不過是五十步與百步之差，仍無法改變「補遺」、「附錄」性質的裝飾狀態，從而也就無法改變「香港文學」屬「邊緣文學」或「邊角料」的命運。

以地理位置來區分文學的「中心」與「邊緣」的做法，值得商榷。明顯的例子是：「文革」期間，內地如一位偉人所說沒有小說，沒有詩歌，沒有散文，沒有文學評論。香港作家在這時儘管受了「反英抗暴」的干擾，仍堅持寫作，堅持出版各類文學作品。和臺灣文學一樣，香港文學在這一非常時期，填補了「魯迅一人走在『金光大道』上」中國當代文學的空白，這能說它是「邊緣文學」嗎？在內地閉關鎖國的「十七年」，香港文學在溝通世界華文文學，尤其是為東南亞輸送華文文學精品做出了重要貢獻。相比之下，這時的內地文學不但沒有成為國際文化交流中心，甚至連「邊緣」的位置都沾不上。就是到了新世紀，香港仍是聯繫世界各地華文文學的橋樑和紐帶。作為國際大都會對天下來客一律歡迎的做法，是在向內陸的中心文化挑戰，甚至北伐中原，將自己的特色文化去解構內陸文化的部分結構。反觀內地，由於受意識形態的牽制，設有各種各樣的禁區，它無法起到香港的橋樑和紐帶的作用，故籠統地說香港文學是「邊緣文學」，不足以服人。

二是簡單化地認為殖民地只能產生罪惡，不能為香港的繁榮和香港文學的發展起促進作用。英人統治香港，自然不會去提倡華文文學。弔詭的是，港英當局也沒有去提倡為殖民地服務的英語文學，以至「九七」前並沒有出現傳統定義下的「殖民地文學」。(11) 港英當局對華文文學固然不資助、不倡導，但也不搞行政干預，更沒有在文學界推行各種各樣的政治運動，把大批不同政見和文學觀的作家打成反革命或下放勞動改造，這是其開明的一面。一些未到過香港考察或雖到過的內地學者，用線性思維的方式判殖民者為華文文學的摧殘者。他們用階級鬥爭觀點認為殖民者只會剝削、壓迫華人，對英人使用先進的管理方法和發展經濟的種種措施，使香港成為名副其實的東方明珠這一面視而不見。在文學上則只見嗎啡不見咖啡，只見色情文學不見嚴肅文學，如有一位資深的香港文學史家認為：「香港歷史表明，冒險家們來到荒島無非是為了賺錢享樂。拼命之餘需要精神刺激，賺錢之後需要娛樂享受，尋花問柳之後精神空虛，便去飽覽色情文學。早在十九世紀中葉，香港色情小說風行一時，到了本世紀二、三十年代，香港書市充斥上海鴛鴦蝴蝶派之作。當時，小報三十多份，人手一張，色情文學氾濫成災。」[12]這裏且不說「鴛鴦蝴蝶派」是否就等於「色情文學」，單說殖民統治一定會帶來「賺錢享樂」及隨之而來的色情文學，這種觀點經不起推敲。因為沒有殖民統治甚至號稱社會主義國家的地方也講究「賺錢享受」，同樣有藏污納垢的地方，有色情文學，有「下半身寫作」，這是不爭的事實。

三是過分拔高魯迅到香港演講所起的作用。《香港文學簡史》在第一章〈香港文學的誕生〉的第一節〈魯迅與香港文學的發軔〉中，認為魯迅一九二七年訪問香港「在文壇引起了極大的震憾，對香港新文學的發軔是有力的推動。」[13]《臺港文學教程》的編者也認為：「一九二七年，魯迅到香港演講……過了一年，香港第一本白話文學期刊《伴侶》創刊，被譽為『香港新文壇的第一燕』，據此也可看出香港文學與中國現代文學的關係。」[14]這些論述是為了證明魯迅不僅是內地新文學之父，而且也是香港文學開山之祖，這種評價未免太過誇張。誠然，魯迅到香港演講所產生的影響，從長遠看不容小視，但當時卻不是如此，至少說魯迅直接催生《伴侶》的創刊缺乏證據。讓我們還是聽聽魯迅的夫子自道吧：演講的主持者受到多方刁難，聽眾也有限，其演講的入場券被人用買走的方式造成聽眾空缺。演講稿先是不許登報，後來登出也被大量刪削[15]，故所謂「極大的震憾」、「有力的推動」云云，不過是一廂情願或曰「合理想像」而已。[16]

四是過分突出「南來作家」的作用。一位最早建構「香港文學史」其功不可沒的學者，一再宣揚「南來作家」在香港文壇佔主導地位，又發揮了領導作用，「隨著香港回歸的進程，這種主導地位和領導作用將必定加強而不削弱」。對這位學者炮製的「領導作用」的神話，香港作家戴天曾寫了雜文作了批評，諷刺這位學者研究香港文學是在寫《南柯記》和《枕中記》，還說這是「典型的夢囈」，「不是文藝沙皇而做文藝沙皇之言，而『佔據』、『必將』之類的字眼，也不像學術討論的發言口氣。潘亞暾何許人也，竟『迫不及待』為香港文壇定調？為所謂『南來作家』的主導作用『鬥爭』？所謂『南來作家』的主導地位和領導作用，是『黨中央』也未曾下『紅頭文件』，形式上更必待《基本法》制定之後才取決的，潘亞暾到底以什麼身份說出？有沒有權說出？」[17]戴天的批評過於尖刻，先是直呼「潘亞暾之流」，後又將其比作「文藝沙皇」，這同樣不是學術爭鳴的口氣，且有人身攻擊的味道，但潘氏將學問演變為話語霸權，小視或無視本土作家的作用，無限膨脹「南來作家」的影響，的確難以苟同。以一九三〇、一九四〇年代第一、第二波的「南來作家」蕭紅、徐遲、袁水拍、司馬文森等人而論，他們寫的作品均不是以香港做背景，其活動與香港只有間接的關係。郭沫若、茅盾等人的工作目標是北方中原，而不是南方，即不是以推動香港本土文學的發展為己任。不錯，他們為祖國特別是為抗戰做了大量的有益工作，當時的香港文藝界也很活躍，可由於他們「包辦」而不是「領導」了文壇，再加上左派、右派、托派、中間派、「汪派」，還有英方的多重角力，本土作家反而受到極大的壓抑——不是被「南來作家」所遮蔽，就是黯然失色（如改行寫流行小說）而銷聲匿跡。

五是對「九七」回歸這一重大政治事件給香港文學造成的影響估計過高。演講風格激情洋溢且有拳拳赤子心的一位老先生，曾這樣預言：「相信隨著回歸的進程，文學界走向大聯合，實績將會更加顯著。」[18]鐵的事實是：回歸後的香港繼續保持自由港和單獨關稅地區的地位，保留原有的貨幣金融制度，所實行的是「一國兩制」，新聞和出版高度自由化——不搞審批制而實行登記制，允許和鼓勵辦同仁刊物，不成立統一的「作協」，也不用「文聯」的形式收編各路人馬，故「走向大聯合」云云便成了一句偉大的空話。另一「教程」作者也以學術背後的政治權力作支撐，大膽假設「九七」後的香港文學因「香港作家意識到他們是中國的一分子，將促使他們關注中國和香港的發展，從而有望寫出博大深厚的作品。到了那時，香港文學的面貌將有改觀，最明顯的是，文學商品化的傾向將會得到抑制，嚴肅文學會受到積極的扶持。」[19]事實與這種預言恰好相反：「九七」後的香港特區政府按照當地的有關法律，自行確定並負責執行特區的文化政策，不僅馬照跑，舞照跳，而且通俗文學照舊大行其道，嚴肅文學雖然有「藝術發展局」的資助，但只是杯水車薪，無法改變純文學照舊在寒風中顫抖[20]以及刊物旋生旋死、轉瞬無聲的局面。所謂「博大深厚的作品」，至今還未和讀者見面。不僅香港如此，就是內地的「博大深厚的作品」，人們也還在引頸以待，至於文學商品化傾向更是無法得到抑制，反而愈演愈烈。

本來，文學有自身發展的規律。香港作家大都未受過社會主義教育，均對政治冷感。除以王一桃為代表的新左翼詩人自覺意識到「是中國一分子」而大寫歡呼回歸之作外，大部分本土作家對「九七」採取的是一種觀望的審慎態度。不少人寫文章至今仍稱內地為「國內」或稱內地人為「中國人」，彷彿香港是「國外」，他們不是「中國人」似的。

香港文學的獨立發展與不同於內地的政治、經濟、文化體制分不開。且不說回歸後「英皇道」沒有改為「人民路」、「維多利亞公園」也沒有更名為「解放公園」，單說香港文學也沒有因為回歸而成為深圳特區文學，它仍保留姓「資」的原貌，不會也沒有與姓「社」的內地文學合流。可仍有人信誓旦旦說：「臺港文學必然由分流走向統一」。(21)「統一」是政治語言，還是改說「整合」更科學些。就是「整合」分流的香港文學乃至臺灣文學，筆者的觀點是「分而不離」、「合而不併」。我們研究「九七」後香港文學的走向，絕不是要把香港文學這個「棄嬰」抱回社會主義大家庭來。如果要講政治，把香港文學「統一」到北京，或把香港各類聯會、協會歸屬「中國作家協會」統一領導，或金庸們的作品發表出版必須先送北京一審、二審、三審，倒是不符合中共中央「一國兩制」精神的。

六是研究者用內地流行的「政治標準第一，藝術標準第二」的觀點評價香港作家作品。有的論者強調香港文學的主旋律為「愛國、健康、積極」(22)，或像《當代香港寫實小說散文概論》作者那樣，認為「進步作家」是香港文壇的主流，「寫實小說占主導地位」。這是用一九五〇年代出現的內地主流文學史觀嫁接香港文學的結果，其觀點完全忽視了香港文學魚龍混雜的情況：逢中（共）必反和逢英必崇並存，寫實主義和現代主義並存，現代和後現代並存，進步作家和反共作家並存，宗教文學與「咸濕」文學並存，學院文學和打手文學並存，回歸文學與觀潮文學並存，方言文學與國語文學並存……

用內地的政治標準而不是從香港文學實際出發去研究，不僅會忽視華洋雜處、中西交匯多元並存的一面，而且在評價作家作品時會出現偏差。如寫蔣家王朝如夢興衰和它黯然氣勢的《金陵春夢》，有助於人們認識舊中國的腐敗，因而許多《香港文學史》或文體史均用極大篇幅加以論述，而對阮朗即唐人其他以香港為背景的小說不是語焉不詳就是缺席。在這種意識形態主導下，不少學者普遍看好的是揭露香港社會陰暗面和有階級意識的作品，如舒巷城寫被污辱、被損害而又不甘沉淪的小人物的作品被大書特書，陳浩泉揭露金錢罪惡、批判人吃人現實的《香港狂人》，也給足了篇幅作高度的評價。至於一些作品選（「選」也可視為一種「文學史」），首選對象是左翼作家或所謂進步作家所寫的現實主義作品，對左中有右、右中有左或邊左邊右、亦左亦右的作家及其現代後現代作品，不是儘量壓縮篇幅就是不似評寫實作品那樣遊刃有餘。

七是對「美元文化」缺乏具體分析。自抗美援朝戰爭發生後，美國改變對華政策，即由消極觀望到積極進攻。他們由亞洲基金會出面，決定每年拿出六十萬美金資助香港的文化事業。在出版方面，大力扶持由張國興負責、黃震遐任總編輯的亞洲出版社。該社自一九五二年九月成立以來，出版的作品絕大部分為港臺作家的反共作品。但不能只看到它的負面作用，而應看到「美元文化」在客觀效果上促進了香港文學的發展，如打開了香港作家的眼界，讓他們從固守傳統中接觸到美國新詩、文學理論等西方文化；尤其是用美鈔作後盾的《中國學生週報》，成了香港新生代作家的搖籃，培育了像西西、也斯、小思、亦舒等新一代本土作家。進入一九七〇年代後，該報開展了挖掘一九三〇—四〇年代文學寶藏的活動，使香港青年重視「五四」以來的文學傳統。這和兩岸從不同角度狠批一九三〇年代文藝的做法完全不同。對張愛玲在香港寫作的《秧歌》、《赤地之戀》，也不能只強調是「美元文化」的產物，而應正視張愛玲作品提供了另一種不同於主流文學的藝術特質，表現了真實動人的人生慾望，寫亂世男女物質世界時透出一股悲涼氣氛，有不同凡響的民間文化形態，並啟發高曉聲後來寫的以農村為題材的作品。一些香港文學史作者未能全面辯證地看「美元文化」，只滿足於把《赤地之戀》貼上「反共小說」的標籤，可在「反共文藝」流行的一九五〇—六〇年代的臺灣，該書卻被臺灣當局列為禁書，後來同意出版也要經過刪改才准發行。張愛玲剛到香港找工作時，還被當做「共諜」審查過。張愛玲是自由主義作家，不能因為她不滿大陸政權，便對其作品一棍子打死。

《香港文學史》高產神話的形成，除為了迎接特區政府的誕生，需要表達民族意識、凝聚民族精神包括修史在內的新的意識形態外，另一原因與教育體制有關。如陳平原所說，《中國現代文學史》的生產在內地長期受教育體制的操控[23]。王瑤的開山之作《中國新文學史稿》，就是在左傾年代大體上按教育部的教學大綱和有關規定編寫的。出版後，又由國家出版總署召開座談會，對該書是否貫徹了主流話語尤其是文藝政策這一點進行評說和批判。[24]進入新時期後，這種思想專制及知識壟斷的局面有所改變，不過這種改變只是五十步與百步之差而已。如最早論述香港文學的《臺港文學導論》，就是教育部高教司組織下按其要求編寫的。正因為如此，該書才會有向「廟堂」表忠心的文字：「本書所評作家都是愛國的並為傳播中華文化作出貢獻的，所論作品都是較好地反映現實生活，思想健康並有積極意義的。……我們的目的是：通過本書起到溝通、交流、借鑒的作用，希望為祖國統一大業作出貢獻。」[25]這種表白其實在幫倒忙，因為上頭並沒有明確規定研究香港文學只能用「反映論」，其研究對象只能是「愛國的」作家和「思想健康」的作品，而不能研究不愛國但也不叛國的作家，以及沒有積極意義的灰色作品乃至反共作品、托派作品[26]、漢奸作品。把香港文學局限在「愛國的、健康的、積極的」(27)範圍，這種冠冕堂皇的文學框架，總有一天會自行崩塌，或被後人拆毀重構。當下編著者也許已與時俱進，觀念有所更新，教育部也不再出面組織編寫只評述愛國作家且作品內容只限定在健康範疇的臺港文學教材，而改由「國家哲學社會科學規劃領導小組」頒佈臺港文學暨海外華文文學課題。雖然這課題只是「指南」而不是耳提面命，但任何一個學者都會高度自律，不敢稍有與主流話語不合的見解出現，否則就拿不到課題或拿到寫好了，卻審查通不過而流產。

在「通史」周邊崛起的「文體史」

香港文學從一個在牆角裏瑟縮的灰姑娘到變成一個光彩照人的大美人，上面曾說到與配合宣傳回歸、代表國家利益的教育體制有關，具體說來還與教材掛鈎聯繫在一塊。一旦與教科書沾上邊，尤其是與之匹配的作品選、賞析及辭典，就可以批量生產，出版也不成問題，還有可能帶來經濟效益。

如同「中國現當代文學史」因過量生產造成陳陳相因的弊端一樣，內地的「香港文學史」短時期大量湧現，不僅產生了大同小異的現象，而且不止一次出現了剽竊他人成果的情況。雖是個別人所為，但問題嚴重，這說明與評職稱掛鈎隨之與工資掛鈎的教材編寫方式，在某種意義上為某些文品守不住底線的作者提供了學術腐敗的溫床。(28)

在寫文學通史的心態彌漫學界的情況下，少數學者為了不使學術生命受到窒息，便設法跳出原有的窠臼，另闢蹊徑，相繼出版有袁良駿的《香港小說史》和筆者的《香港當代文學批評史》。尤其是青年學者趙稀方的《小說香港》，係從「通史」幾大誤區中突圍後出現的有新意成果。對前兩本「文體史」，香港學者則有贊有彈，其中拙著遭遇眾多「論敵」乃至惡評，如在香港「藝術發展局」一次會上，香港大學某教授大罵拙著是「統戰產物」，「香港作家不需要這種用馬列主義觀點寫作的垃圾文學史」。另一位學者則比較理性，為文指出拙著的〈緒論〉是用「國內」（應解讀為「內地」，因這位作者非「國外」學人）觀點研究香港文學的典型例子，「不但資料不全，認識不清，而且根本沒有細說出香港當代文學批評的特色」，並對某些文評家有偏愛[29]。還有一位資深香港作家認為筆者瞭解香港文學不全面，「看架構，雖覺仍有些『隔』，還是四平八穩」。又適度肯定說：「綜合來看內地作家所寫的兩部《香港文學史》，《香港當代文學批評史》和《香港小說史》，後兩者比前兩者更能掌握實際情況去發揮。」[30]香港嶺南大學陳炳良教授則不用酷評方式，轉為鼓勵筆者：「古遠清的《香港當代文學批評史》是一本很不錯的書，除了它是第一本講述香港文學批評的書籍外，它所用的資料相當廣泛，裏面的論斷也相當中肯。」[31]在這種所謂「不錯」的評價中，裏面也用了大量篇幅批評或和筆者商榷文論史的寫法。這種忽兒「垃圾」，忽兒「不錯」一驚一詫的評價，均可促使筆者反省：或以退為進，設法論證自身存在的合理性；或以進為退，乾脆重構批評史。

無獨有偶，在新世紀也出版了兩本「港產」的「文體史」：一是黃仲鳴的《香港三及第文體流變史》(32)，二是寒山碧的《香港傳記文學發展史》(33)。這兩本「文體史」，與教育制度關係不大，即不是為教學需要而撰寫。當然，正如陳平原所說，教材型的文學史也可以出優秀成果，如魯迅的《中國小說史略》(34)，但教材型的文學史其弊病在於宣講基礎知識，綜合他人成果多，創見少。與其炒現飯，不如另起爐灶從某種文體中去突破。黃仲鳴、寒山碧不走內地學者寫「通史」的老路，故未見時代背景、文學運動和文學思潮再加作品論的框架。不以約定俗成的文體作研究對象，而是選取長期被冷落且有爭議或有風險的作品進行系統整理和評述，這顯示了香港文學這門年輕學科的魅力，其潛力大，有比較大的發展空間，又顯示出這兩位學者勇闖禁區的勇氣。像寒山碧評述了大量在羅湖橋嚴禁攜帶的政治人物傳記，內地學者是很難去評述這類著作的：一來很難見到這些傳記，就是見到了不好碰也不敢碰，即使敢碰敢寫也無人敢出版。

從一九五八年「大躍進」開始，內地掀起一股集體編教材的風氣，此風氣一直延續到現在。對牽涉面廣和作家作品多得看不完的領域來說，單槍匹馬研究確有困難。在這種情況下，找一批志同道合的朋友合作，可集思廣益，可按時完成「獻禮」任務。這種權宜之計，有時還是需要的，不可全盤否定，像劉登翰主持的《香港文學史》，雖多人合作，但基本上還是保證了質量，在理論的大器與分析的細膩關係方面處理得當，學術圈內有較高的評價。不過，有些大兵團作戰的書，往往體例不統一，觀點前後矛盾(35)，文風也不一致，很像「百納衣」。筆者就曾看到一本集體編寫公開出版的世界華文文學教材，僅香港部分一頁就多達十六處史料錯誤。真正有生命力的「文學史」，應是一人獨立完成，像古代部分的劉大杰《中國文學發展史》，現代部分的王瑤《中國新文學史稿》，當代部分的洪子誠《中國當代文學史》。一般來說，私家治史可以躲避大統一論述後隱藏的話語霸權，不必為貫徹領導或主編意圖將個人觀點消溶掉。著者的獨立見解可盡情發揮，文風也一致，黃仲鳴、寒山碧所寫的著作就是這樣一種有開拓精神的「文體史」、「專題史」。

不能說寫香港文學通史就不能出精品，就一定會成為無特色的平庸之作，但「三及第文體史」、「傳記文學史」啟示我們：在「通史」與「專題史」之間，應保持必要的張力，以給不願被規範性束縛的學者留足發展的空間。因為體例大同小異、觀點穩妥無出格之處的某類「通史」，畢竟不是高水準學者治學的理想目標。有些《香港文學史》已寫得像電話簿那樣厚了，這不僅讓史料淹沒了洞察力，史識不突出，而且不符合學術規範，成了資料長編。其實，本子薄不一定意味著水平差，且不說黃仲鳴的書還不到十三萬字，單說後起之秀張詠梅的《邊緣與中心——論香港左翼小說中的「香港」（一九五〇—一九六七）》(36)也不厚，可誰也無法否認這兩部「專題史」所起到的深入研究香港文學的導引作用。

人們一直強調作家要寫自己熟悉的題材，學術研究又何嘗不是如此。寒山碧的《香港傳記文學發展史》之所以有筆路藍

《香港三及第文體流變史》

縷之功，原因在於他十分稔熟研究對象，其本人就是傳記作家，親歷過傳記文學的發展過程和事件，所以寫起來才能得心應手。別看他寫書的時間不長，可他的準備功夫花了一、二十年。同樣，作為「香港仔」的黃仲鳴，對被某些香港文學史料專家所遮蔽、且報刊連載後又多未結集的「三及第文體」有濃厚的興趣。他先是當忠實的讀者，後來才完成從欣賞者到研究者的「戰略轉移」。

香港作家普遍不認同內地學者寫的《香港文學史》，一些學者更是以看對方出洋相的心態訕笑史料錯訛。在這種不接納、不看好的情況下，人們希望香港學者能寫出自己的文學史，這方面最理想的人選是盧瑋鑾。有一些人為盧瑋鑾在退休前未能寫出一部《香港文學史》感到深深的遺憾。如果從一個治文學史的學者生平最大的理想就是寫好一部文學史來看，也許應同意這種看法。使人感到不解的是，不少人往往把治文學史作過於機械的理解，以為寫大部頭的「通史」或「專史」才是學問，史料整理是中學生都能做的事。這是一種偏見。像盧瑋鑾和鄭樹森、黃繼持合作整理的《早期香港新文學作品選》[37]、《國共內戰時期香港文學資料選》[38]、《香港新詩選（一九四八—一九六九）》[39]、《香港散文選（一九四八—一九六九）》[40]、《香港小說選（一九四八—一九六九）》[41]、《香港文學大事年表》[42]等等，如果沒有一定的史識和相當的學術功力，是整理不出來的。應該承認，盧瑋鑾是把建構「香港文學史」作為自己畢生追求的目標，無論是「作品選」、「資料選」還是「年表」，她都是從「史」的眼光考量。不過，她認為史料還未準備充分，不應急於動手寫文學史，故撰寫《香港文學史》並不是她最高的學術追求。這不是她不具備寫「史」的能力，而是由她不浮躁、一步一個腳印做基礎工作的文品與學品所決定。她參與編寫的那些香港文學資料系列著作，已成了人們瞭解香港文學、研究香港文學必備的參考書，其學術價值絕不可以低估。

香港文學：說不清的「不明寫作物體」

香港文學的身世，一直懸浮未定，相當朦朧，新一波「南來作家」黃子平曾戲稱其是「不明寫作物體」：

何謂「香港文學」？南來北往東去西遷土生土長留港建港移民回流的作家，左右逢源左右為難中間獨立有自由無民主的政治傾向和文學經費，鬆散聯誼宗旨含混聚散無常的文學社團與協會，自生自滅停刊復刊再停刊風雲流散的文學雜誌，現代後現代殖民後殖民過渡後過渡的文學思潮和語境，雅俗對峙雅俗雜錯雅即俗俗即雅的文學生產與消費——界定之難，真個是只好稱之為一種「不明寫作物體」（unknown writing object，uwo）罷？(43)

對這「不明寫作物體」，其實也有相對明確的說法。一般認為，在香港出生或雖不是本地生，但在本地長的作者在香港發表出版的作品，是為香港文學。另一種意見補充道：這類作者在香港以外發表的作品，也算香港文學。或雖然沒有香港身份證，但在香港居留過七年以上的作者在香港發表和出版的文學，亦是香港文學。[44]按照後種定義，相當一部分「南來作家」或「旅港作家」寫的作品自然屬香港文學。但這種觀點常常受到一些本土學者的質疑，且不說蕭紅、司馬文森等人在香港寫的作品算不算香港文學，只說居港達十年之久的余光中算不算香港作家，也成了問題。如有人批評王劍叢編的《香港作家傳略》[45]，最荒謬之處是把余光中當作香港作家對待[46]。盧瑋鑾等人認為，應分清「南來」（或「外來」）作家居港時所做的一切是「在香港的」文學活動，還是「香港的」文學活動。[47]據此標準推理，余光中居港期間寫的作品不是關注大陸狀況，就是回溯歷史文化，以香港做題材的不占大多數。一時北望大陸，一時又東瞻臺島，所從事的許多文學活動也有不少屬左顧右盼而非香港的，比如他在中文大學就沒有開過「香港文學」專題課，而是開的「中國現代文學」課。這樣一來，余光中是否屬香港作家倒成了問題。按筆者之見，沙田山居的余光中是將生命的棋子落在最靜觀的位置上。吐露港的波光給了他無窮的靈感，他在這裏寫下了〈過獅子山隧道〉、〈春來半島〉[48]等以香港為背景的錦繡文章，他應為香港作家。作家的流動性，本是香港文學的一大特色。何況文學分類過於量化，不見得科學。

香港文學從何時開始，也是一個說不清道不明的話題。據王劍叢的歸納，目前至少有四種不同意見：一是認為上世紀三、四十年代就已經有香港文學了，這以內地的王劍叢、易明善為代表。二是認為一九五〇年代後才有香港文學，這以黃繼持為代表。三是認為在一九六〇年代中、後期才有香港文學，以鄭樹森為代表。四是認為香港文學自一九七〇年代才逐漸浮現，以黃康顯為代表。四種關於香港文學何時出現的看法，時間相差三十多年，分歧可謂大矣。(49)之所以出現這樣大的分歧，源自於香港文學屬「不明寫作物體」。這裏提出這樣一個問題從王劍叢到黃康顯所說的香港文學，究竟是誰的香港文學？與此相關的問題是：是「他者」還是香港人在言說香港文學，他們言說香港文學的動機是什麼，何時才出現香港文學，是從多元並存還是純本土角度判定香港文學的源頭，這些看法的科學性何在？這裏不準備展開討論。不過，筆者的看法是廣義的香港文學應從上世紀三、四十年代開始，狹義的香港文學則應從一九五〇年代算起。

說到「不明寫作物體」，框框雜文、傳記文學、「三及第文體」是夠典型的。如有人認為香港的框框雜文大部分是煮字療饑的產物，粗製濫造者多，專欄文字純屬「報屁股」貨色，文學性嚴重不足，不能算香港文學(50)。但黃維樑堅持認為框框雜文屬香港文學，且是不同於兩岸文學的一大特色(51)。至於傳記文學，不少人認為政治性太強，應歸入政治讀物，而不應視為文學作品。也有人認為即使算文人創作，也是有「傳」無「文」或文采甚差，只能歸入歷史類。這種看法是把傳記文學的文學性等同於塑造典型環境中的典型性格一類的技巧，而不是認為文學性主要是指文筆或文字的考究。寒山碧首先是一位作家，他腦中自然不會有這麼多條條框框，《香港傳記文學發

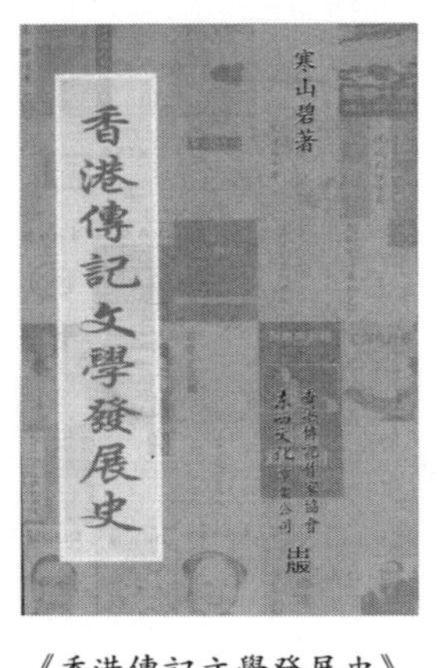

《香港傳記文學發展史》

展史》就不以小說、新詩、戲劇之「美文」的標準去要求政治人物傳記的文學性，而是以廣義而非純文學的標準視文學性為結構嚴謹以及遣詞造句一類的技術。黃仲鳴所論述的「三及第文體」，也有人認為香港作家用粵語寫作，又用文言、白話，後來還有英文夾雜在裏面，這破壞了祖國語言文字的純潔性，可黃仲鳴認為這種文體是「香港製造」的一大特色，不但不應輕意否定，而且還要作深入研究。本來，香港文學是從通俗而來，要真正做到深入研究香港文學，不能不重視這種文體，有一位評論者甚至說：「凡是沒有把『三及第文體』列入研究範圍的，根本算不了『香港文學史』。」(52)

研究香港文學最大的難點莫過於研究對象存在著眾多的小圈子，這種風氣甚至影響到官方文化機構的運作。比如上面提及的「藝術發展局」，它所資助的項目不盡人意，被批評為有圈子傾向，最典型的是一九九六年花鉅資出版的《香港文學書目》，(53)存在以「書介」代替「書目」的傾向，如某位作家的著作共有二十一種都寫了書介，占總書介的百分之十，這就難怪一位老作家說：「它只是為圈子人所喜愛的，或所熟悉的『文學書目』，香港三聯、商務、中華及龍

香港文壇的大圈子和小圈子。作者：李華川

香文學、文學世界社等出版的書目均未列入。」[(54)]這裏說的「龍香文學」、「文學世界社」，係指「南來作家」、「旅港作家」組織的文學社團。由於該書目是本土派編的，故把非本土的「龍香文學社」等團體的書目排除在外。其實，這裏說的「本土派」，是本土中的某一翼。編者出於某種偏見，還將本土中的另一翼有意大量「遺漏」甚至對個別作家全盤遮蔽。本來，書目是純客觀的資料，不帶任何傾向，可在某些人手中既然可以玩出如此大的花樣，這不禁使人乍舌，難免感歎香港文壇真是太複雜了：圈中有圈，圈外有圈！充滿內在緊張的內地學者，一不小心對某個圈子說多了或說少了，或說好了說壞了，都會引起對方強烈的反彈，甚至呼朋引伴進行「圍剿」。某部《香港文學史》由於對某團體的評價不高乃至有所貶低，還差點引發出一場訴訟。從這個例子看，恐怕《香港文學史》還是由圈外人寫才有包容性。回想起中英兩國政府談判香港前途時把香港撇在一邊，因而有人感慨一番：「香港的事，從來都是他人決定的。」[(55)]今天已沒有洋人管香港，但所謂「港人治港」，最終還得北京拍板。從這個角度理解，《香港文學史》全部由「他人」包辦，似乎也就不難理解了。

誰來重構「香港文學史」

一九九八年，在蘇格蘭愛丁堡舉行的歐洲漢學會上，有一個小型圓桌座談會上的主題是「由誰來編寫《香港文學史》」。

鑒於坊間出版的香港文學通史清一色出自內地學者之手及隨之而來的「香港文學在香港，香港文學研究在內地」局面形成的狀況，國外漢學家們便責問香港學者：「為什麼你們自己不去寫本地的文學史？」到會的香港中文大學王宏志的回應是：「《香港文學史》不一定要由香港人來書寫」[56]。如果香港學者不瞭解香港文學或雖瞭解而評價時「黨同伐異」，他同樣沒有資格寫。寫文學史，本不應查戶口、分地域，像早期的《中國文學史》就不是中國人而是日本人寫的。林傳甲的《中國文學史》（一九〇四年），在這方面落後了一步。雖然古城貞吉的《支那文學史》（一八九七年）或笹川種郎的《支那歷朝文學史》（一八九八年）存在著許多局限，但在對象的界定、敘述的安排、章節的設計乃至評論觀念方面，都是中國學者難以取代的。

臺港地區文學史的編寫現狀也可作如是觀。以臺灣而論，儘管開過眾多「臺灣文學史」一類的研討會，弄得沸沸揚揚，還出過一本又一本厚厚的論文集[57]，許多院校還設有「臺灣文學系」，但他們的《臺灣文學史》就是千呼萬喚不出臺。本土作家葉石濤在福建、廣東學者的刺激下，倒是寫過一部《臺灣文學史綱》[58]，但並不是嚴格意義上的「臺灣文學史」。真正的《臺灣文學史》和《香港文學史》一樣，清一色出自祖國大陸學者之手。

為什麼臺港地區的文學史本地的學者不寫，要由他人來寫？前面說過，香港學者的學術觀念、方法以及教育體制與內地不完全相同。在香港某些大專院校，厚古薄今、貴遠賤近的風氣甚濃，研究香港文學不如研究內地文學、臺灣文學地位高。傳統偏見認為，研究古典文學比研究現代文學「身價」

高，研究內地文學又比研究香港文學「意義」大。臺灣學者則醉心於參加各種文學活動和忙於選舉，缺乏經濟效益的學術專著寫作極少有人肯幹，就是想寫也沒有大陸學者那樣有充裕的時間。上課、演講、開研討會再加到電視上作秀還有旅遊已忙得不亦樂乎，那有閒暇去整理史料，去撰寫非一朝一夕之功能殺青的文學史？

臺港文學史由第三者來寫，自有其長處。俗云：「不識廬山真面目，只緣身在此山中」。不少香港作家、學者身在「江湖」之中，不像外地人那樣容易看清文壇內幕。不少學者還是圈子中人，由圈中人執筆寫本地文學史必然會少寫或不寫圈外之人(59)——即使寫也可能多帶貶詞。由局外人寫，自然可以減少「派性」，以較公正、客觀的態度評述文壇的是非與功過。內地學者研究香港文學，二十多年來走過一條重政治功利到逐步向著審美價值傾斜的曲折道路。他們每個人並非都像某些香港作家想像的那樣肩負著「統戰」重任，都代表主流話語，相反，許多人並非上級指定而是出於個人學術興趣，他們還持有民間立場。他們的著作儘管有較多史料缺陷或錯漏，但總的來說，包容性較大：不論是傳統派還是新潮派，不論是雅文學還是俗文學，不論是本土作家還是「南來作家」，不論是學院派還是非學院派，都能尊重他們的創作勞動，給予應有的文學地位。當然，內地學者有開頭說的中原心態，他們評判作品的標準在許多地方不一定適合香港文學的實際，更多的是史料掌握不全，這是有待重構和完善的地方。

總之，由誰來重構「香港文學史」問題，不應從地域上去劃分，正如香港文學不是「同鄉會」文學一樣，香港文學研究也不應該是「同鄉會」的專利。編撰《香港文學史》最理想的人選應該是熟悉香港文學、佔有資料充分、對香港文學研究深入、態度又公正客觀的學者——而不管他是哪個地方人。不過，作為內地學者，倒是十分希望本港學者自己動手撰寫香港文學通史，或與內地學者展開友好的競爭——而不是像某些臺灣學者那樣：擔心大陸學者向其爭奪臺灣文學的詮釋權或樹什麼「話語霸權」。其實，這不存在「爭奪」問題，你有興趣、有時間，你就像黃仲鳴、寒山碧、張詠梅那樣放手去寫香港文學的「文體史」或「專題史」乃至「通史」就是了(60)。

【附注】

(1) 黃子平：〈「香港文學」在內地〉，載《香港文學節研討會講稿彙編》，香港，市政局公共圖書館，一九九七年。

(2) 香港出身的海外學者余英時也有這種偏頗看法。余英時：〈臺灣、香港、大陸的文化危機與趣味取向〉，香港，《明報月刊》，一九八五年四月號。另見〈香港和大陸文化危機與趣味取向〉，臺北，《聯合報》，一九八五年四月十一日。

(3) 殷德厚：〈馮牧談新時期文學與香港〉，香港，《星島晚報》「大會堂」副刊，一九八五年四月三日。

(4) 在內地閉關鎖國的一九五二年十一月，羅香林作過〈近百年來之香港文學〉的演講，後收入集子時，改為〈中國文學在香港之演進及其影響〉。他這裏談的是在香港的中國文學，而並非獨立於內地的「香港文學」的概念。到了一九七二年，《中國學生週報》發起過「香港文學」的討論。一九七四年九月，吳萱人在《學苑》發表了〈二十年來香港文學的嬗變〉。一九七五年七—八月，香港大學文社主辦了「香港文學四十年文學史學習班」，並編印了相關資料。同年十月，梁秉鈞在中文大學校外課程部講授〈三十年來的香港文學〉。一九八〇年，中文大學文社編制〈香港文學史簡介〉等資料。

(5) 一九八二年七月，現代舞蹈《街景》的編作者在香港藝術中心的「節目表」上寫道：此舞「致那些在水泥島上竭力植樹的香港朋友」。轉引自黃維樑：《香港文學初探》代序，北京，中國友誼出版公司，一九八七年，第一頁。

(6) 鄭樹森：〈香港文學的界定〉，載黃繼持、盧瑋鑾、鄭樹森《追跡香港文學》，香港，牛津大學出版社，一九九八年，第五五頁。

(7) 潘亞暾主編：《臺港文學導論》，北京，高等教育出版社，一九九〇年，第四頁。

(8) 陳國球：《情迷家園》，上海書店出版社，二〇〇六年，第一九五頁。

(9) 西安，陝西師範大學出版社，一九九〇年。
(10) 杭州大學出版社，一九九二年。
(11) 鄭樹森：〈遺忘的歷史・歷史的遺忘〉，載黃繼持、盧瑋鑾、鄭樹森《追跡香港文學》，香港，牛津大學出版社，一九八八年，第五五頁。
(12) 潘亞暾、汪義生：《香港文學概觀》，廈門，鷺江出版社，一九九三年，第一二頁。
(13) 施建偉、應宇力、汪義生：《香港文學簡史》，上海，同濟大學出版社，一九九九年，第一三頁。
(14) 李旭初、王常新、江少川：《臺港文學教程》，武漢，長江文藝出版社，一九九六年，第三六六頁。
(15) 魯迅：〈略談香港〉，載《魯迅全集》第三卷，北京，人民文學出版社，一九八一年，第四二七—四二八頁。
(16) 王宏志：〈中國人寫的香港文學史〉，載王宏志、李小良、陳清橋著《否想香港》，臺北，麥田出版公司，一九九七年，第九五—一三二頁。
(17) 戴天：〈夢或者其他〉，香港，《信報》，一九八八年十二月三十日。
(18) 同注(7)。
(19) 同注(14)。
(20) 如香港作家孫滌靈在回歸後，就曾在《香港文學》一九九八年十二月號發表〈試談當今香港文學界的困難〉，其三個小標題分別為：「香港文學作家社會地位等於零、香港的文學作品擱置成堆沒有銷路、香港至今仍是文學『沙漠』」。他這裏講的「沙漠」，取寂寞之意。不過，從他這篇牢騷充斥的文章中，也可見回歸並沒有絲毫提高作家的社會地位，更沒有抑制通俗文學的發展，嚴肅文學面臨的困境與「九七」前相差無幾。
(21) 同注(14)。
(22) 同注(7)。

(23) 陳平原：〈重建「中國現代文學」——在學科建制與民間視野之間〉，香港，《人文中國學報》，二〇〇六年九月，第一二期。本文的寫作，曾受到他的啟發。

(24) 〈《中國新文學史稿（上冊）》座談會記錄〉，北京，《文藝報》，一九五二年十月二十五日，第二〇期。

(25) 同注(7)。

(26) 作為「公共空間」的香港，不僅有左派、右派，而且有為海峽兩岸都不容的托派組織、刊物和作品。拙著《香港當代文學批評史》就曾評述了老托派一丁研究魯迅的著作。

(27) 同注(7)。

(28) 現已發現有兩位女作者幹過這種蠢事，除袁勇麟在香港《香江文壇》上發表有關文章指出貴州出版的那本「概論」涉嫌抄襲外，另有北京出版的《簡明臺灣文學史》也有同類情況。據筆者最新發現，「臺港文學名家名作鑒賞」也有個別人在大面積抄襲。

(29) 張文林：〈《香港文學節研討會講稿彙編》問題多〉，香港，《讀書人》，一九九七年七月號，第一〇一頁。

(30) 慕容羽軍：《為文學作證——親歷的香港文學史》，香港，普文社，二〇〇五年，第三二五頁。

(31) 陳炳良：〈漫談《香港當代文學批評史》〉，香港，《香港書評》，一九九八年九月，第七三頁。

(32) 香港作家協會，二〇〇二年。

(33) 香港，東西文化事業公司，二〇〇三年。

(34) 同注(23)。

(35) 如「香港作家版」《香港文學史》，第四五七頁說梁錫華出生於一九三〇年，在四八九頁又說梁氏生於一九三三年。

(36) 香港，天地圖書有限公司，二〇〇三年。

(37) 香港，天地圖書有限公司，一九九八年。

(38) 香港，天地圖書有限公司，一九九九年。

(39) 香港中文大學人文學科研究所香港文化研究計畫，一九九八年。

(40) 香港中文大學人文學科研究所香港文化研究計畫，一九九七年。

(41) 同注(40)。

(42) 香港中文大學人文學科研究所香港文化研究計畫，一九九六年；香港，天地圖書有限公司，二〇〇〇年。

(43) 同注(1)。

(44) 劉以鬯：《香港文學作家傳略》前言，香港，市政局公共圖書館，一九九六年。

(45) 南寧，廣西人民出版社，一九八九年。

(46) 見「盧因」在一九九〇年香港《大公報》發表的二篇批評王劍叢的文章，日期待查。

(47) 盧瑋鑾、黃繼持：〈關於香港文學史料的整理〉，載黃維樑主編《活潑紛繁的香港文學（下冊）》，香港中文大學出版社，二〇〇〇年，第九二五頁。

(48) 王劍叢：〈對香港文學史編纂問題的思考〉，載黃維樑主編《活潑紛繁的香港文學（下冊）》，香港中文大學出版社，二〇〇〇年，第六七〇頁。

(49) 余光中在香港十年寫的詩文選集《春來半島》，香港，香江出版公司，一九八五年。

(50) 一丁：〈對黃維樑先生的異議〉，香港，《當代文藝》，一九八三年三月，第一〇六期。

(51) 黃維樑：〈香港專欄通論〉，香港，《信報》，一九八八年九月七—九日。

(52) 陳青楓：〈香港文學史重要參考資料——評介黃仲鳴《香港三及第文體流變史》〉，香港，《香江文壇》，二〇〇〇年十二月，第六五頁。

(53) 香港，青文書屋，一九九六年。
(54) 犁青：〈對「香港文學」幾個問題的看法〉，《香港文學》，一九九八年八月，第七頁。
(55) 佚名：〈「我們」如何論述香港〉，二〇〇五年四月十一日改於深圳。選自網頁。
(56) 王宏志：〈在愛丁堡談香港文學史〉，香港，《信報》，一九九八年十月十七日。
(57) 《文訊》雜誌主編：《臺灣現代詩史論》，臺北，文訊雜誌社，一九九六年；陳義芝主編：《臺灣現代小說史綜論》，臺北，聯經出版公司，一九九八年。
(58) 高雄，春暉出版社，一九九一年。
(59) 如有一篇題為〈香港新詩八十年〉（香港，《詩潮》，二〇〇二年）的文章，談到一九八〇年代後的詩壇，全然沒有「南來詩人」的名字，甚至連本地詩人羈魂的名字也沒有出現，更沒有論及像《當代詩壇》這樣「南來詩人」所辦的堅持長達二十多年的刊物。這類文章的圈子傾向，是再明顯不過了。
(60) 據香港《明報》二〇〇一年七月三日報導，香港藝術發展局斥巨資籌備編寫《香港文學史》，可一直無法落實。如此豐厚的條件竟無人投標，看來，香港文學通史指望本土學者寫出，仍遙遙無期。

第四節　關於首屆香港文學節的「主旋律」

從大馬、臺灣訪問歸來，途經香港時購得《讀書人》一九九七年終刊號，內有張文林先生的〈問題多多的《香港文學節研討會講稿彙編》〉，對文學節的組織工作和編輯工作提出了建設性意見，但該文也有值得討論的地方，如認為文學節的「主旋律」是「對中文大學的歌頌」。這個論斷可謂十分大膽，可惜論據欠充分，且有斷章取義之嫌，因而不足以服人。

如果讀者仔細讀了收入《彙編》的拙文〈《香港當代文學批評史》緒論〉，無論如何是得不出我心目中只有古蒼梧、李立明、宋淇、梁錫華、黃維樑、黃國彬、黃繼持、盧瑋鑾等中大出身的評論家，而無來自別的院校及來自社會各方面的評論家的印象。這只要從《彙編》二四四—二四五所開列遠至五、六十年

古遠清在香港中文大學講學，1997 年

代的丁淼、趙聰、李文、曹聚仁、司馬長風、徐訏，近至八、九十年代的李怡、馮偉才、東瑞、王一桃、劉達文、莊柔玉等人的名單便可看出。這位花名為文林的教授潛意識很可能認為筆者忽略了香港大學的學者，其實，拙著《香港當代文學批評史》給港大文學評論家設專節的就有也斯、黃傲雲、黎活仁、張曼儀及他們早先的同事陳炳良，另還有對黃德偉、鍾玲等人的論述。其中比較文學專節論及個人成就時，給梁秉鈞的篇幅最多。或許張文林撰文時未看到此書，但就〈緒論〉而言，已可看出大概。只要不是戴著有色眼鏡看，拙文對羅孚、馮偉才、溫健騮、林年同、彥火、林曼叔、原甸、忠揚、余思牧、張向天、一丁、丁淼、趙聰、李文、劉以鬯、璧華等人的論述，總不會是在「歌頌中文大學」吧。退一萬步來說，拙文在歌頌中大，那香港中文大學有無值得肯定之處呢？答案是不容置疑的。中文大學的學者先後出版有《香港文學初探》、《香港文縱》、《香港文學散步》等論著，走在別的院校前面。別院校的學者有關研究香港文學的論著當然也很有影響，拙文已論述到。以港大黃康顯為例，他當時還沒出專著，可我已搜集到他的許多論述香港文學的資料，寫出專文在港刊上發表。

香港文學節有沒有「主旋律」？如果有的話，絕不是像文林臆想的在歌頌某一所院校（只有想保持自己名牌大學地位的人，才有此奇怪心理）。香港文學節研討會上的大部分文章，都在歌頌香港文學五十年來的成績，總結五十年來的經驗教訓。劉以鬯、曾敏之、胡國賢、岑逸飛、鍾玲、盧瑋鑾、黃繼持、阿濃等人的文章並無歌頌中大的內容。把香港文學節的「主旋律」定為「歌頌中大」，這是文林心造的幻影，是他本人名牌院校意識太強烈，以至看走了眼的緣故。

文林還以臺灣詩壇批評過我為理由，證明市政局邀我參加香港文學節是一種錯誤的選擇。這是一種很奇怪的邏輯。文壇有論爭，有批評，是很正常的事。拙著《臺灣當代文學理論批評史》前不久又遭到臺灣詩壇某些人的炮轟，這主要不是我研究臺灣文學資料不全造成的，而多半是意識形態的分歧所至。至於文林說拙文是「典型的國內研究香港文學的例子」，實在是過譽了。內地研究香港文學的方法非常多元，筆者的文章絕不能代表內地同仁。在這方面，文林本人倒犯了「資料不全」，對內地學者認識不甚清楚的錯誤。

香港文學節已過了半年，到現在還成了一些人的熱門話題，這證明了首屆香港文學節還有生命力。至於內地學者研究香港文學的成果很難被本地學者接受，這是意料中的事。香港文壇一向缺乏論爭，尤其是缺乏有深度而不單純是諷刺挖苦的對內地學者的批評。希望以後能讀到更為客觀冷靜的商榷文章——而不是像文林那樣把我前面的關鍵句「本土評論家在成長，尤其是『兩大』——香港大學和中文大學的評論生力軍在成長」刪去，只留下後面的「以中大為例」，或把我對羅孚的讚揚納入對中文大學歌頌的範疇。

一九九七年九月十日於武昌

第五節　書寫底層的香港故事

「底層文學」是新世紀在內地學術界和文壇的一個重要話題。在人們印象中，「底層文學」從未有過如此熱烈的討論，受到各方面的關注。對這個被稱為學界「話語圈地運動」的探討，許多人從雨果的《悲慘世界》談到托爾斯泰的《復活》，從陀思妥耶夫斯基的《窮人》談到狄更斯的《霧都孤兒》，從左拉的《萌芽》談到斯坦貝克的《憤怒的葡萄》，從魯迅的《祝福》談到老舍的《駱駝祥子》，從李克威的《女賊》談到劉醒龍的《鳳凰琴》……可就沒有人談到香港新文學中早就有「底層文學」的存在。黃谷柳的《蝦球傳》[1]和侶倫的《窮巷》[2]，便是最好的例證。

香港新文學是中國新文學的有機組成部分。香港的著名作家黃谷柳、侶倫等人繼承了五四新文學同情弱者、關心下層民眾生活與命運的優良傳統。尤其是作為

侶倫自畫像，1934 年

香港文壇拓荒者的侶倫，是內地以外寫底層經驗，為弱勢群體發言的典範。他的代表作《窮巷》，通過描寫第二次世界大戰結束後的香港，職業不同、身份有異的小人物共同生活在一起的悲苦生活，體現了作者的人文關懷和道德理想。

作為言說對象的底層，由誰來表述最為恰當？這裏有來自底層民眾的自我表述，也有他者的底層言說。其實，創作手法應該多樣。只要能真實地反映出底層人物在金錢世界中的貧困，在權力世界中顯得渺小，在知識世界中顯得匱乏的狀態，並表現出他們對美好生活的嚮往和嚮往落空後的幻滅，就可算作「底層文學」的佳構。而侶倫，不僅是底層生活的親歷者，而且是底層生活的創造者。在寫《窮巷》時，正值他生活上最困難的歲月。他和書中的主人公一樣：生活艱辛，物資貧困，居住環境惡劣，一天到晚為油鹽柴米發愁。在《窮巷》第四七章中，高懷捏緊拳頭連續地打著桌面，激烈地大叫「錢！錢！錢！錢！錢！」這既是底層的呼聲，也是苦難之源的注腳，它來自作者的真實體驗。不同於生活舒適、與底層形成上下對立關係、住在冷氣房中爬格子的作者，侶倫本身就蟄伏在下層，一直在饑餓的邊緣上痛苦地呻吟。正因為如此，他才能將人滿為患的香港狹小的都市空間寫得栩栩如生，才能將住房、失業作為迫切的社會問題加以表現。正因為作者不出身於高層，對都市租屋區小人物的跌宕人生、歷史變遷和夢想破碎有深刻的體驗，所以才能將作家高懷、小學教師羅建、拾荒者莫輪、失業軍人杜全、險被逼良為娼的白玫在底層掙扎中所顯現的人性光輝，表現出撼動人心的力量。

據有的學者考證，底層的概念來自義大利馬克思主義文學理論家葛蘭西的《獄中札記》。斯皮瓦克在《從屬階級能發言嗎》中，強調底層的一個重要特徵是本身不能發聲。(3) 原因是底層的整體文化水平不高，分散和組織化程度也很不理想。作為底層的失業者和都市貧民，他們的自我表述難於進入社會公共話語空間。可侶倫不是一般的城市貧民，而是做過教師和報刊編輯的知識份子，所以他的底層生活不需借助「他者」表述，而是將「底層民眾的自我表現」與「他者的底層言說」或曰「為底層者寫作」與「作為底層者寫作」合二為一，這樣便解決了對底層生活隔膜的「他者」由於不熟悉生活，只好靠技巧取勝而導致「代言」不夠真實的問題。

也許有人會認為，侶倫的「底層寫作」不過是借表述底層之酒澆胸中塊壘，發洩自身處境的不平而已。這種看法有片面性。眾所周知，任何作家的創作都難免有自己的生活經驗在內。這經驗，不管來自「底層」還是「高層」，對作品的生活氣息和真實性均起著決定性的作用。何況，侶倫的《窮巷》並沒有滿足於發牢騷，而是借此描繪華洋雜處，到處恢復了元氣又帶著混亂的殖民地生活圖景。作品中出現的廉價租屋，濃縮著社會、時代、歷史、政治、經濟、法律和文化的整體經驗，其中醜惡與崇高並存，黑暗與光明同在。

客觀而論，侶倫書寫底層的香港故事，不是心血來潮所致或為了迎合市場的需要，而是他的文學視點不斷下移的創作思潮延伸，是他以往創作的《飄忽的雲》、《大地兒女》路線的合理發展。《窮巷》的出版，標誌著他由個人寫作向「底層創作」的轉換。同樣是寫抗戰背景下大屋中各種人物的矛盾衝突，《窮巷》不似《大地兒女》那樣不協調，給人生硬相加的印象，而是將不同遭遇的人物生存掙扎和諧地統一在租屋內，並將掙扎與抗戰的「慘勝」有機聯繫起來。他的筆端，觸摸到了南下難民的靈魂深處，淋漓盡致地道出了底層所包含的苦痛、不幸、磨難、沉倫、欺詐、不公等各種人生經驗和社會倫理，同時也包含著質樸、勤勞、申張正義、不怕艱難困苦的美好一面。所不同的是，他不是從接受大員大發國難財這一宏大視窗去揭示杜全們的生活困境和「雌老虎」的精神狀態，而是通過衣食住行中的「住」，即欠租與催租的矛盾中去展現戰後香港的廣闊生活畫面。具體說來，《窮巷》所寫的底層生活，具有如下特點：

一是與香港現實密切聯繫的當下性。《窮巷》與那些遠離現實，敘寫帝王將相的腐化生活或「死人復活」的小說不同。所謂「死人復活」的小說，是指香港的某些章回小說家，為生活計，每天在各種報紙上寫連載小說：甲報寫幾百字，又同時在乙報寫幾百字，天天如此，弄得作家疲於奔命，寫了上則忘卻了下則，以至把上則寫過的已去世的人物在下則中莫明奇妙地出現。這種小說由於迎合了市場需要，故那怕粗製濫造，也名利雙收。而《窮巷》不同，作品中出現的無論是凶神惡煞的包租婆、市儈的小攤主「旺記婆」，還是無家可歸的飄零女，一貧如洗的莫輪，窮愁潦倒的文人高懷，都可在現實中找到原型，他們均是生活中的真實存在。下面是〈序曲〉中所寫一九四六年香港的春天：

戰爭過去了，但是戰爭把人打老了，也把世界打老了。然而，在這個經歷了血腥浩劫的南方小島，卻依然是青春的——一樣是藍天碧海，一樣是風光明媚。

隨著米字旗代替了太陽旗重再在歌賦山頂升起，百萬的人口從四方八面像潮水一樣湧到這裏來，像無數的螞蟻黏附著蜂窩。

這裏面有著忍受了八年的辛酸歲月之後，跑來換一口空氣的特殊身份的人物；有著背了殘破行囊回來找尋家的溫暖的流亡者；有著在暴行與饑餓威脅下窒息了三年零八個月，而終於活下來了的人們；有著……

吉普車、軍旗、戰艇、美式裝備的中國兵、戴綠色帽子的英國「金晃多」部隊，在陸上、海上熙來攘往。這一切都在喚起百萬以上的人們一個虛榮觀念：我們勝利了！

……

戰爭嗎？那已經是一場遙遠的噩夢！

香港，迅速地復員了繁榮，也迅速地復員了醜惡！

穿著綴上徽號的美式黃色襯衫的人，驕傲地說：我們是從內地抗戰回來的呢。身上因為落過水還濕淋淋的，也穿上同樣服飾驕傲地說：我們是曾經作過地下活動的呵！

在抗戰中獻出良心也獻出一切卻光著身子復員的人，一直是光著身子。曾經出賣民族利益的販子，搖身一變之後卻重新有了後臺，招搖過市；把日子打發得舒舒服服。

「國際女郎」們依舊在夜街裏活動著，送了舊客又迎新客；昨天才是靜子或菊子，今天卻是瑪莉和露絲。

這是無聊嗎？這是對社會現實的諷刺！是一個時代的面影！

這裏有絕對，也有相對；有憎恨，也有寬容。

然而有歡笑的地方同樣有血淚，有卑鄙的地方同樣有崇高。

這裏所寫的興奮的情緒與光明的幻景，繁榮的恢復與醜惡的出現，難民的生活焦慮和復員的抗日戰士身份的重新確認，以及如何挖出及處置曾經出賣民族利益的漢奸，這些問題涉及到千百萬香港人民的切身利益，也是戰後香港社會重建需要解決的迫切問題。

二是民間敘事立場。這裏講的民間立場，是指作家自覺地站在社會底層及廣大平民的立場上，對「城市異鄉者」、出賣體力或腦力者、失業者的生活做出自己的審視與判斷。由於民間文化系相對廟堂文化而言，它不具有正統性而帶有在野色彩，這就使作家必須擺脫主流文化的宰割，使自己貼近下層人民生活，以寫實的方式表現出「一張床板加一張被單」的原始生活狀況。當然，這不是簡單的認同民間生活，而是包含著從「木杉街的殘舊樓房」的民間生活中發掘出生命的意義與時代價值。「底層寫作」的作家不僅要關注小人物的外在遭遇，更應關注他們的精神世界。侶倫正是這樣做的，即他不滿足於揭開城市底層的帳幔，讓人們看到四男一女共居一室的生活真相，而且還表現了這些無權無錢的小人物雖面臨困境卻不低下高昂的頭的人性光輝，雖遭遇苦難卻相互扶助的團結精神。正如作品中的莫輪所言：「就因為大家都一樣困難，我們才住在一起……我覺得友誼比金錢更好。」高懷也這樣勸慰受冤屈的杜全：「這世界只有有錢人奚落窮人，窮人決不會奚落窮朋友。」

侶倫筆下的民間，在法律一類的強制力量難以企及時，人與人之間的友愛便主宰一切。民間雖然也有爭吵，有時甚至相互拉扯、出拳，但更多的是彼此關愛。這就是說，「窮」在《窮巷》中並不是底層生活標籤式的存在，以至把筆墨全部花在苦難事件、貧困生活的描寫上，而是注意寫出底層生活的野趣和情趣，寫出人與人之間的溫情、友愛、合作、互助的美好德性。如一名不文的杜全投奔莫輪時，莫倫不僅沒有拒人以門外，而且將他照顧得無微不至。可杜全誤解了對方，莫輪卻不記恨他，認為杜全因生活無著落心情不好，可以原諒。工薪甚微的羅建，連改作業的空間都難找到，可他仍沒有怨言接納了杜全、高懷和白玫。這種處處為他人著想的忍讓精神，令人感動。先後搭救輕生的白玫，並把自己的版稅全部用來交租，還幫助調解杜全與莫輪之間誤會的高懷，更是體現出知識份子的人道關懷。這種盡可能減少對立和衝突，即「我愛人人，人人愛我」的品格雖然過於理想化，但民間的力量就是靠這點凝聚，並且義無反顧，毫不反悔。

侶倫憧憬的民間境界，不是一般意義上返樸歸真或絢麗歸於平淡，也不是只局限於有血有淚的人生體驗。侶倫的理想是有憎恨也有寬容，有陰霾也有光明的現實，其最大願望是重塑民眾的美好情操。他締造的藝術世界不是海市蜃樓，而是深深紮根在民間的土壤中。他以平民的眼光觀察生活，眼睛始終注視著收廢品者、失業軍人、市儈的小販這些被侮辱者和政治、經濟地位不高、文化水準甚差的下層群體。他不追求重大題材，不去寫光芒四射的英雄人物，而是從一貧如洗的小人物身上著墨，從而體現出強烈批判社會的大主題。侶倫這種以平民心態關照失戀失業者的命運而不游離於弱勢群體的寫作態度，完全可以和內地的「底層創作」相媲美。

三是鄉土性。侶倫雖然沒有舒巷城的「鄉土作家」桂冠，但作為一位土生土長的香港人，《窮巷》所表現的是地道的香港風味。作品中反復寫到的「窮巷」便與北平、上海不完全相同。如為了和阿貞結秦晉之好的杜全，在偽裝到船廠上班時所上演的「失業漢的活劇」，其利用的便是港式建築：從出租屋走出來到街尾遊蕩片斷，再從另一頭的樓梯上轉回來——

舒巷城書影

> 在另一頭，杜全已經走到街尾。照例他是轉個角落，便由那開在第一間樓房側面的門口閃進去，一直由樓梯跑上四樓的天臺。這一排樓房的天臺木門，在淪陷時期給歹徒們撬去作燃料賣錢，所以每一張樓梯都可以由街上直通天臺的。杜全為著避開旺記婆和阿貞的視線，便選擇了有轉角掩護的第一間樓房的側門，作為演他「上班」把戲的孔道。跑上天臺便可以跨過一列樓房的天臺，回到自己的住處。

第九章〈香煙皇后〉所做的「各種香煙發售，名貴雀牌出租」的廣告，以及招牌下的香煙擋──「一隻階梯形的木架擱在一張小書桌上，架子的階梯上面排列著五光十色的香煙和火柴」，也是南方獨有的，或者說具有第二次世界大戰後初期之香港特色。在語言的運用上，《窮巷》極少用粵語，但像阿貞在向杜全宣佈實施充滿幻想的計畫時說：「你聽我說吧，有了孩子的時候，我們可以從各方面節省一點錢出來，供一份『會』，需要錢用時把它『標』了來，不需要錢用時留到『尾會』才拿。這麼一來，我們不是無形中有了儲蓄，金錢上不也是有保障了嗎？」這裏的的「會」、「標」、「尾會」之類，亦極富香港地方色彩。

魯迅在〈致陳煙橋〉的信中說：「愈是有地方色彩的，愈容易成為世界的。」(4)不妨照抄一句：愈是有香港地方色彩的，愈容易成為世界的。香港早期的新文學拓荒者及後來湧現的本土作家，為香港文學的鄉土色彩和本土化作過不同程度的探索。然而，由於一波又一波的南來作家「包辦」了香港文壇，再加上戰亂帶來的生活不安定，香港文學的鄉土色彩在一九四九年前並不突出。黃谷柳的《蝦球傳》在這方面作過努力，但由於作品大部分寫的是廣東，使其成就受到局限。而《窮巷》專寫光怪陸離、貧富不均的香港，這是一大突破。

四是悲劇性。作為「底層寫作」中最重要的美學範疇之一的悲劇性，在《窮巷》中也有所體現。無論是作品中被迫返鄉的莫輪，還是被趕出租屋的另外三個人，等待他們的均是受壓、失業、無家可歸的悲劇命運。至於心地善良但毛病不少的杜全，為了將漢奸、惡霸王大牛繩之於法，他在關鍵時刻犧牲自己，背著「竊賊」的惡名鋃鐺入獄。戀人阿貞不理解他，要與他分手，再加上「雌老虎」、旺記婆等世俗之人歧視他、辱罵他：「滾開呀！不要把我的地方站臭了！」在失業兼失戀的雙重打擊下，杜全只好走上絕路，跨上騎樓的欄杆往下跳。高懷穿過人群沉默地看著地面，只見——

杜全仰身躺在那裏，動也不動，兩腿直伸著；一支手腕擱在胸前，另一隻反常地扭轉，因為肘骨折斷了。他是倒頭撞到地上的，因此腦殼已經破裂；腦漿和血水在破口中湧出來又濺開去，在附近的地面塗上斑斑的血痕。他的眼睛凝定地睜開著，好像還在搜尋什麼東西。嘴巴也是張開的，血水在嘴角湧出來，和腦殼的血水匯流在一起，在貼身的地方染紅了一大塊。他躺在上面，就彷彿是一個倒在戰地的武士一般——不過他的仗是打敗了！

這位抗日戰士在生活面前打了敗仗，說明悲劇人物的毀滅總是與某種人生價值的毀滅相聯繫的。侶倫的人生價值借高懷之口說出：「生活是戰鬥，人生也是一種戰鬥，一個人首先不能夠戰勝自己，便說不上戰勝生活！」杜全無法解除生活給他帶來的痛苦，並被這種痛苦所壓垮；他可以在前線英勇殺敵，卻不能戰勝自己身上的弱點。他走上一條不歸路，是價值系統失衡，對生活失去自信心的表現。

魯迅說：「悲劇是將人生有價值的東西毀滅給人看，喜劇將那無價值的撕破給人看。」(5) 如果說，杜全的跳樓行為屬悲劇，那他生前所「演」假上班的「活劇」，則帶有喜劇因素。這帶譏諷的喜劇，其矛頭指向貧富懸殊的社會及勢利的「旺記婆」，是「旺記婆」希望自己的女兒嫁個有職業、能掙錢的老公。悲劇與喜劇之間相互融合，相互滲透，相互補充，相互轉化，使杜全的形象比莫輪、羅建更使人難忘。

五四以來出現的「底層文學」，如夏衍的《包身工》，均與左翼文學有內在的聯繫。在某種意義上說來，「底層創作」是以階級、剝削、壓迫為關鍵詞的左翼文學傳統的延伸和復活。以侶倫的《窮巷》而論，把杜全們的悲劇命運歸結為生存環境的惡劣，尤其是歸結為社會的黑暗和惡勢力的猖獗，這種「環境決定論」，正好與左翼作家慣用的批判現實主義手法相接近。在普羅作家看來，人生的悲劇，主要不取決於個人品德而取決於社會的壓迫。正如高懷所說：「幾個人竭盡了能力，卻連生活也弄不安定，天天受包租婆催租的威脅。但這是我們的罪過嗎？這完全是社會許多複雜因素所形成的結果」。故侶倫寫弱者的故事，沒有停留在對底層人民的悲憫同情方面，而是揭示出造成他們苦難的根源。正因為《窮巷》受以魯迅為首的左翼文學的影響（第九章寫的「香煙皇后」便有魯迅《故鄉》中「豆腐西施」的印痕），再加上書名有一個「窮」字，容易喚起患敏感症人的某種聯想，以至讓人擔心該書難於發行到海外，故《窮巷》在東南亞銷售時，書名被改為《都市曲》與讀者見面(6)。

左翼文學另一特點是將人與人之間的關係簡化為階級關係，具體說來是有錢人與窮人的矛盾。《窮巷》作者正是用這種線性思維創作的。在侶倫筆下，反面人物有屋主「包租婆」、市儈的「旺記婆」、逼白玫「接客」的乾姐姐，以及為虎作倀、惡貫滿盈的王大牛。作者用臉譜化的手法描寫他們不是滿臉橫肉，就是鼠頭獐目，齜牙咧嘴。這些人屬唯利是圖、不事生產的「吃人的動物」，或嫌貧愛富，將良家婦女逼往火坑的惡霸。作品的主要正面人物高懷，則是「高尚胸懷」的化身。這種用貧富懸殊、階級差別以及美醜分明，黑白彰顯的對峙來批判社會，是五四以來左翼文學傳統的繼承。

作為香港本土的第一代作家，侶倫一直堅持「純文學」創作，而不炮製充斥大量醜陋、畸形、變態、劣根性的「港島傳奇」，讓我們在主人公所經歷的艱難困苦中看到生命的尊嚴和相濡以沫的美好品德。《窮巷》沒有玩味和展覽苦難，不加判斷地記錄底層生活，採取一種所謂「零敘事態度」，而是注重文學的教化作用，給讀者一個理想主義——「不要回頭看，要看的是路」、「我們是有前途」這種烏托邦式的希望，給貧困的小人物一個注重人性價值和生命尊嚴的生活理由。這種與人類倫理相關的寫法，也和左翼文學傳統有關。普羅作家喜歡從詩性倫理的立場出發寫底層——這為社會和廣大讀者所需要，而不是為少數人的利益服務。真正的文學，本來用不著打任何旗號來提高自己的價值。從不以「底層文學」標榜和以底層代言人自居的侶倫，他的《窮巷》半個世紀以後讀來仍撼動人心。這是真正有傾性向的「底層文學」，而不是被初版本抽去〈序曲〉的只呈現、不判斷的「底層文學」。

在藝術上，《窮巷》情節曲折，懸念迭出，第三三章〈連環奇禍〉戲中有戲，水煙筒引發的「案件」出人意料。但有的地方過於巧合，語言也不夠簡煉，五個難民只有杜全形象較鮮明，王大牛則近乎影子，但這不影響《窮巷》作為書寫香港底層故事的典範之作。

【附注】

(1) 黃谷柳：《蝦球傳》，北京，通俗文藝出版社，一九九七年。

(2) 一九四八年夏季開始寫，一九五二年春完成。該書有幾種版本，本文所引的均為三聯書店香港分店一九八七年出的單行本。

(3) 廖炳惠：《關鍵字匯兩百——文學通用辭匯編》，南京，江蘇教育出版社，二〇〇六年。

(4) 《魯迅全集》第一二卷，北京，人民文學出版社，一九八一年，第三九一頁。

(5) 魯迅：《墳・論雷鋒塔的倒掉》。

(6) 侶倫：《向水屋筆語》，三聯書店香港分店，一九八五年。

附錄　我的文學評論道路

古遠清

寫創作經歷，少不了從出生年月日寫起。每逢寫到此，友人總是戲謔地對我說：「你的生辰八字真像一首『朦朧詩』。」一九四八年在廣東梅縣上「大坪中心小學」時，我填寫的是一九三九年出生。可是長大後經過認真考證，減去了兩歲，成了一九四一年生。至於具體出生月日，至今還未「鉤沉」出來。之所以有這個誤差，原因是我家不是書香門第，祖宗三代為煤礦工人，均目不識丁。我雖是排行最小的一個，可處在死亡線上掙扎的父母親為了生計，另方面也不讓我活活餓死，又像前幾次賣我的哥哥、姐姐那樣，在我出世兩年之後把我交給人販子，再由人販子轉手賣給離我出生地——廣東梅縣大坪墟西山村赤嶺頭不遠的小鎮上，做「廖中興」老闆廖廣庭家的兒子。「禍兮福所倚」，我由此就得了求學的機會，並在課餘時間閱讀了大量的小人書和連環畫刊所載的各種故事。這對山區的孩子來說，是一種奢侈的精神享受，由此也培養了我嗜書的習慣。這種優裕的生活一直繼續到一九五〇年，由土改工作隊將我接回老家。

回到老家，儘管課餘要參加插秧、割稻、砍柴等粗活，但我仍忙中偷閒，在放牛時帶上我心愛的文藝作品，甚至在煮飯期間還偷偷地在看《新兒女英雄傳》等小說，以至把飯燒焦，氣得我父親要把小說投進火爐。家父是粗人，沒有文化，他越是反對我看小說，我偏不肯放棄自己的文藝愛好。一九五三年——一九五六年在廣東梅縣「程風中學」讀初中時，我負責學校團組織的宣傳工作並擔任黑板報編輯，還參加學校文藝宣傳隊任導演和演員，所有這些都培養了我對文藝的濃烈興趣。這時我還狂熱地迷上了詩神繆司，從北京出版的《人民文學》等雜誌上抄下了一厚本詩作。梅縣地區本是文人薈萃之地，現代文學史上一些著名作家如黃藥眠、張資平、碧野，以及詩人蒲風、任鈞和象徵詩派先驅李金髮，還有晚清「詩界革命」的主將黃遵憲均出生在這裏，文化積累和文化傳統頗為豐厚。這些著名作家、詩人，對我後來走上文學道路，均起了潛移默化的作用。

一九五六年秋天，我來到了黃遵憲故居「人境廬」附近的一所中學——「梅縣高級中學」讀書。從山村到縣城，都市給我展示了新的風貌，給我學習文學提供了更廣闊的天地。當時我寄居在一位親友家裏，從他家閣樓上發現大批三四十年的期刊和書籍，使我如獲至寶，如饑如渴地讀起來。到了高一下半年即一九五七年，我開始投搞。記得我第一篇變成鉛字的文章是對一篇評論的評論，發表在地方文藝刊物《梅江》上。後來又發表了一些新詩、民歌、戲劇評論以及新聞作品。在課餘，我還和三五知己聚在一起，在由我擔任副主編的校級文藝刊物《周溪》上舞文弄墨。在那個狂熱的「全民煉鋼鐵」的「大躍進」年代，我還擔任了《鋼鐵歌聲》（詩刊）和校報的負責人。先是油印，後來編勤工儉學詩集時改為鉛印。這上面刊登的習作，非常稚嫩淺陋，還打上了「左」的烙印，現在讀起來就像年長後看到自己孩提時代露屁股、含手指的照片那樣惹人發笑，但它對我文學寫作興趣的培養，卻有巨大幫助。

一九五九年桂花吐香的季節，我榮幸地接到了從揚子江畔飛來的大學錄取通知書，這對整個暑假在梅縣丙村幫哥哥採煤礦的窮孩子來說，其高興心情是難以言狀的。雖然我的第一志願北京大學沒有被錄取，但武漢大學也是國內名牌高校，而且校長是「五四」時代的風雲人物、著名哲學家李達。可我當時沒有路費，找信用合作社借未能獲准，急得我這個有淚不輕彈的男兒也兩眼淚汪汪。哥哥從初中到高中負責我學費，可這次他籌不到這多錢，便勸我留下當煤礦工人，我卻怎麼也捨不得放棄做文學家的夢，好容易得到姐夫凌發輝及熱心腸的初中老師余拱昆的資助，再加上我在礦井當小工得到的報酬，才勉強湊足盤纏，離開了故鄉，生平第一次坐火車來到白雲黃鶴的地方。作為武漢大學中文系文學專業的學生，我有幸親聆著名古典文學專家劉永濟、沈祖棻及現代文學史權威劉綬松等人的教誨。五年來，

武漢大學《珞珈山文藝》同仁，1963 年 10 月
左起：陳漢柏、古遠清、成九五、柳佑、趙至真、冼濟華、楊小岩、袁茂余、宣奉華、李爾瑩

我漫步在東湖之濱、珞珈山麓，繼續做著當文學評論家的夢。除擔任武漢大學《珞珈山文藝》副主編外，從一九六〇年起，陸續在《中國青年報》、《羊城晚報》、《作品》、《奔流》等十餘種報刊發表了許多文藝評論文章。從高中到大學，我始終堅持課餘辦文藝刊物和向外投稿。有時難免有退稿。當時年輕臉皮薄，也有難為情的時候，可一想到失敗是成功之母，我又鼓足勇氣繼續向報刊投稿。結果命中率越來越高，當時稿費雖然不多，但畢竟部分解決了我的零花錢和買書錢。越寫越感到「書到用時方恨少」，我又越來越想買書刊。為了解決書款問題，我又參加了勤工儉學，利用假日到學校當小工，有時通宵達旦拉板車運磚瓦到長江邊，往返數十里也不覺得苦。武漢大學的物理大樓，就是靠我們挑的磚蓋成的。一天勞累得精疲力盡，可一走進圖書館，又頓覺精神倍增。當時是極左思潮盛行的年代，像我這種喜歡寫稿，有強烈「發表慾」的學生，當「四清」運動到來時，便過不了關。我的文章，成了批判的靶子。一些人還揮舞起「白專道路」（即埋頭業務，不問政治）的棍棒向我襲來，並取消了我報考中國科學院文學研究所文藝理論專業研究生的資格。

一九六四年秋畢業後，我被分配到湖北大學任教。先是下鄉搞「社教」，接著又來了十年浩劫。在那焚琴煮鶴的年代裏，我在一大段時間內被打入另冊，被莫須有的罪名打成「五．一六」分子，天天讀的是〈南京政府向何處去〉，夜夜寫的是交代檢查，何暇讀詩和作文！只有翦除「四凶」之後，我才能復萌青春，重新開始我的文學評論活動。一九八五年十一月，我出版了第一本三十萬字的學術專著《短篇小說藝術欣賞——〈吶喊〉、〈彷徨〉探微》。此書跳出了單一的現代文學範疇，從寫作學的角度研究魯迅的短篇小說藝術技巧，算是我從事二十年寫作課教學的一個小小紀念。一九八六年，我繼開出《魯迅小說選讀》課之後，又在中南財經大學開設了另一門選修課《詩的寫作與欣賞》，並將講義鉛印成冊，分成上、下冊出版（四十萬字）。這本講義內容，絕大部分在《詩刊》、《詩探索》以及《光明日報》、《藝術世界》等四十多種報刊發表過。

在講授《詩的寫作與欣賞》過程中，我對當代新詩理論批評發生了濃烈的興趣。我想：何不把平素苦心搜集到的一本本當代詩論著作通讀一遍，再把讀書的心得整理出來，然後在這個基礎上深入研究，查找資料，寫一部《當代新詩批評史》之類的書稿？於是，就這樣決定了。當一些朋友知道我有這個寫作計畫後，給我寫來了不少溫馨的信件，說寫評論評論家的書「不僅是創舉，而且是一個壯舉」。一位海外學者還來信鼓勵說：對詩論家的研究，確是一片未開墾的處女地，「你現在做墾荒先鋒，精神實可欽佩」。不過，在寫作時，我深深感到自己還不具備寫作被稱為「壯舉」的條件，因而便將研究範圍縮小，改為寫對郭沫若、艾青、臧克家、何其芳等詩人的詩歌理論的評價，對安旗、謝冕、李元洛等人評論道路的闡述。這闡述，只能算是述評，離「史」的要求尚遠。即使這樣，我下筆時仍力求抓准每位詩論家的特點，儘量做到微觀與宏觀相結合，現代詩論與當代詩論相銜接。出乎意料之外，《中國當代詩論五十家》由重慶出版社出版後，在海內外學術界引起了反響。《人民日報》、《文藝報》、《詩刊》、《文學報》等近二十家報刊發表了評價文章，香港《文匯報》在一九八七年三月還連續發表了九篇署名評論文章。我本想再接再勵，把《中國當代新詩批評史》寫成，但當時內地正掀起「辭典熱」，我先是應一位朋友的要求參加《中國當代文學辭典》（武漢出版社）詩歌部分（後來又加了臺港澳作家作品部分）的編寫工作，後又應中國青年出版社之約，參加《社會科學學科辭典》文藝學、美學部分（八萬字）的編寫工作。在寫作過程中，我感到由於該辭典容量的限制，我收集到的大量文藝新學科無法容納進去，便下定決心獨自編一本《文藝新學科手冊》。在動手編寫時，雖然覺得「一手獨拍，雖疾無風」，但至少不會因為互相牽扯放慢了速度，這更堅定了我編寫此書的信心。一九八八年秋天，我終於出版了四十二萬言的、收有一百四十五門文藝學、美學方面新興學科、邊緣學科、分支學科的《文藝新學科手冊》。

當我擺脫美妙格律的束縛而來到佈滿荊棘而又豐腴待耕的文藝新學科這片理論莽原的時候，我發現許多文藝新學科的探險者，都有一塊精耕細作的園地。我是否也應選一塊荒地來開墾和耕耘呢？帶著這個半是惶恐半是自信的念頭，我便把《詩的寫作與欣賞》的上冊加以刪改和整理，並重寫了十萬字，便成了在大陸和臺灣先後出版的《詩歌分類學》，並又把下冊改寫乃至重寫，成了另一本《留得枯荷聽雨聲——詩詞的魅力》，由北京三聯書店出版。這是我詩學著作中最重要的、也是影響最大的一本。

從一九八九年開始，我又開闢了另一新的研究領域——臺港文學。研究臺港文學，並不是趕時髦，回想我在花城出版社出版的第一本有關臺港詩的書，是編輯先生預約的。誰知我一鑽進去，便出不來了。本來，臺港文學也是一門新學科，海外華文文學更是一片未開墾的處女地。站在海邊眺望遙遠的異國——尤其是一九八九年訪問香港時聆聽友人打來的越洋電話，那裏的華文文學對我也產生了頗為巨大的吸引力。當時，我只能從我熟悉的臺港現代詩研究做起。先是有《臺港朦朧詩賞析》、《臺港現代詩賞析》、《海峽兩岸朦朧詩品賞》、《海峽兩岸詩論新潮》這四本小書出版，後來則有六十八萬言的《臺灣當代文學理論批評史》、四十八萬言的《香港當代文學批評史》問世。珞珈山同窗古繼堂也出版有《臺灣新文學理論批評史》。我們這兩本「批評史」，被臺北出版的《臺灣詩學季刊》捆在一起「炮轟」，說「南北雙古」把臺灣文學定位為中國文學的一部分是「思想僵化」的表現，並稱我們為大陸臺灣詩學的主流代表。臺灣有關部門對「雙古」的批判，是一種免費廣告，應很好地感謝他們才對。

我多年來從事的是寫作教學工作。從事寫作研究，不像文藝理論、現代文學專業那樣有較固定的研究目標，這便養成了我個人興趣過於寬泛，缺乏「從一而專攻」精神的毛病。在「知天命」之年過後，我不想再將研究範圍擴大，而只想在中國當代文學及其分支臺港文學方面多下點功夫。在九十年代，我集中攻的是《中國當代文學理論批評史》。我追求的是「大中國」目標，即「批評史」不僅寫大陸，還包括臺灣、香港。大陸部分計七十萬字，由臺北文史哲出版社分上下兩冊印行。臺灣部分由武漢出版社出版。我還利用十多次赴香港講學和開國際研討會的機會，搜集了許多資料，寫成了《香港當代文學批評史》。這樣加起來，《中國當代文學理論批評史》「三部曲」就有一百八十萬字了。這是一個填補空白的項目。據友人說，這是我出版的二十種書中「份量最重的一種」。但我並沒有寫《中國當代詩論五十家》時「終於登上山巔」的那種欣慰，倒是產生出另一種惶恐不安的情緒：這部「批評史」真的繪出了兩岸三地文學理論批評潮流奔騰沸湧的情狀嗎？這一浩大工程能宣佈已竣工了嗎？以我的愚鈍，恐怕很難說。應該說，我對兩岸三地當代文學理論批評史的研究，還僅僅是開始。很可能，我犁耕的只是當代文學理論批評史這塊貧脊土地的表層，因而我不敢奢望這部書有什麼「份量」。我只希望當人們登上當代文學理論批評高峰，回顧過去，評說這部含臺港部分的《中國當代文學理論批評史》算得上起步之初的《幼學瓊林》，那就是鄙人的榮幸。

我在《詩歌分類學》的〈跋〉中曾說過一句俏皮話：目前大陸的出版界，「正值經濟效益的臀部沉重地壓在社會效益的胸口上」。在這種情況下，我仍不斷有新著面世（其中在臺灣出了九本書），新千年又有六十五萬言的《古遠清自選集》在吉隆玻問世。這是東南亞的友人為我特製的六十壽辰「生日蛋糕」。一位老友見了我，先是輕輕地揍我一拳，然後調侃地說：「眼下出書這麼難，由於缺少『趙公元帥』的贊助，不少人都快『旱』死了，可你從不自掏腰包出二十多本書，小心『淹』死啊。」他似乎有點「嫉妒」，又有點羡慕，最後「拜拜」時，給我帶了頂「快手」的帽子。其實，我不是聰穎過人的「快手」。應該說，我寫得並不快，有時還寫得特慢。別看那些現代詩賞析文字寫得短，可是花費我的精力並不少。有些臺灣詩，用詩人流沙河的話來，「文字佈滿了明碉暗堡」，比一般詩作特難「攻進去」，弄得我悲吟累日才寫成那幾行。少數篇章寫了重寫。尤其是近兩百萬字的「批評史」，每當赴臺灣、東南亞、澳大利亞等地講學獲得新資料後又找出來增刪潤色，以至弄得兩眼昏花不辨蚊蠅，一次炒菜錯把味精當鹽巴……。當然，比起「十年『磨』一書」的作家來，我寫得確實快。但我並未一味去追求手揮目送、行無所事的快。前面提及那位朋友對我寫得「快」迷惑不解，可他似乎忘了我平時靜默觀察、凝神結想、苦思陶煉的慢。有時為了核對一段引文或考證某一位臺灣作家離開大陸的時間，我花了整整一個上午。有時為了查一首現代詩用的「洋典」，我在圖書館裏倘徉了老半天，翻遍了各種工具書。我覺得，研究的慢，是一種耕耘，而一揮而就的快，則是一種收穫。如果不經過慢的階段，不在寫作前作好資料的準備和打好腹稿的話，那我寫起來就必然思路艱難，「兀若枯木，豁若涸流」（陸機：〈文賦〉）。可以預料，我今後生命歡樂的源泉，仍是在這夜以繼日的爬格子的攀登過程中。我個人生活上沒有什麼嗜好：唯一的歡樂是買書、看書、評書、寫書外加上「玩」書——每當收到海峽對岸寄來印刷精美的書，我總要左看右看，愛不釋手。目前，我除完成由教育部批准的人文社會科學研究「十五」規劃首批立項課題《九十年代臺灣文學》外，又正在主持國家社會科學基金專案《海峽兩岸文學關係史》，並在臺港兩地分別出版《臺灣當代新詩史》、《香港當代新詩史》，這也算是我即將邁向古稀之年的一個寫作新起點吧。二〇〇二年還和大陸一位文化名人打了一場震動中外文壇的官司，最後以對方放棄「侵權」的指控和索賠而告終。我把打官司的經過寫成兩本書在兩岸出版，這是我人生的一大收穫。

古遠清與金文明（左），2008 年於上海

國家圖書館出版品預行編目

古遠清文藝爭鳴集 / 古遠清著. -- 一版. --
臺北市：秀威資訊科技, 2009. 06.
面； 公分. --（語言文學類；PG0243）
BOD 版
ISBN 978-986-221-226-4（平裝）

1.張愛玲 2.臺灣新詩 3.香港文學

863.21 98007227

語言文學類 PG0243

古遠清文藝爭鳴集

作　　者 / 古遠清
主　　編 / 蔡登山
發 行 人 / 宋政坤
執行編輯 / 藍志成
圖文排版 / 鄭維心
封面設計 / 陳佩蓉
數位轉譯 / 徐真玉　沈裕閔
圖書銷售 / 林怡君
法律顧問 / 毛國樑　律師
出版印製 / 秀威資訊科技股份有限公司
臺北市內湖區瑞光路 583 巷 25 號 1 樓
電話：02-2657-9211　　傳真：02-2657-9106
E-mail：service@showwe.com.tw
經 銷 商 / 紅螞蟻圖書有限公司
臺北市內湖區舊宗路二段 121 巷 28、32 號 4 樓
電話：02-2795-3656　　傳真：02-2795-4100
http://www.e-redant.com

2009 年 6 月 BOD 一版
定價：360 元

讀　　者　　回　　函　　卡

感謝您購買本書，為提升服務品質，煩請填寫以下問卷，收到您的寶貴意見後，我們會仔細收藏記錄並回贈紀念品，謝謝！

1.您購買的書名：______________________________

2.您從何得知本書的消息？

☐網路書店　☐部落格　☐資料庫搜尋　☐書訊　☐電子報　☐書店

☐平面媒體　☐ 朋友推薦　☐網站推薦　☐其他__________

3.您對本書的評價：(請填代號　1.非常滿意 2.滿意 3.尚可 4.再改進)

封面設計____　版面編排____　內容____　文/譯筆____　價格____

4.讀完書後您覺得：

☐很有收獲　☐有收獲　☐收獲不多　☐沒收獲

5.您會推薦本書給朋友嗎？

☐會　☐不會，為什麼？______________________________

6.其他寶貴的意見：______________________________

____

____

____

讀者基本資料

姓名：____________________　年齡：______　性別：☐女　☐男

聯絡電話：________________　E-mail：____________________

地址：____

學歷：☐高中(含)以下　☐高中　☐專科學校　☐大學

☐研究所(含)以上　☐其他________________

職業：☐製造業　☐金融業　☐資訊業　☐軍警　☐傳播業　☐自由業

☐服務業　☐公務員　☐教職　☐學生　☐其他__________

請貼
郵票

To：114

台北市內湖區瑞光路 583 巷 25 號 1 樓

秀威資訊科技股份有限公司　　　收

寄件人姓名：

寄件人地址：□□□

(請沿線對摺寄回,謝謝!)

秀威與 BOD

BOD（Books On Demand）是數位出版的大趨勢，秀威資訊率先運用 POD 數位印刷設備來生產書籍，並提供作者全程數位出版服務，致使書籍產銷零庫存，知識傳承不絕版，目前已開闢以下書系：

一、BOD 學術著作—專業論述的閱讀延伸
二、BOD 個人著作—分享生命的心路歷程
三、BOD 旅遊著作—個人深度旅遊文學創作
四、BOD 大陸學者—大陸專業學者學術出版
五、POD 獨家經銷—數位產製的代發行書籍

BOD 秀威網路書店：www.showwe.com.tw
政府出版品網路書店：www.*gov*books.com.tw

永不絕版的故事・自己寫・永不休止的音符・自己唱